沈阳文化丛书

初国卿 主编

峥嵘歲月

伏桂明 著

沈阳出版发行集团
沈阳出版社

图书在版编目（CIP）数据

峥嵘岁月 / 伏桂明著. -- 沈阳 : 沈阳出版社,
2024.4
（沈阳文化丛书 / 初国卿主编）
ISBN 978-7-5716-3952-5

Ⅰ. ①峥… Ⅱ. ①伏… Ⅲ. ①散文集－中国－当代
Ⅳ. ① I267

中国国家版本馆 CIP 数据核字（2024）第 083058 号

出版发行：沈阳出版发行集团|沈阳出版社
（地址：沈阳市沈河区南翰林路10号 邮编：110011）
网　　址：http：//www.sycbs.com
印　　刷：辽宁泰阳广告彩色印刷有限公司
幅面尺寸：170mm × 240mm
印　　张：18.5
字　　数：240千字
出版时间：2024年4月第1版
印刷时间：2024年4月第1次印刷
选题策划：张　闯
出版统筹：张　闯　赵长伟
责任编辑：王　颖　邵彤彤
封面设计：杨　雪
版式设计：润泽文化
封底篆刻：孙熙春
责任校对：籍　莉
责任监印：杨　旭
法律顾问：张宝兰

书　　号：ISBN 978-7-5716-3952-5
定　　价：158.00元

联系电话：024-24112447
E - mail：sy24112447@163.com

瀋陽文化叢書

总序

文化是一个国家、一个民族的灵魂。党的十八大以来，习近平总书记深刻把握新时代历史方位，以坚定的文化自觉、宏阔的历史视野、深远的战略考量，创造性提出了一系列新思想新观点新论断，形成了习近平文化思想。中共沈阳市委深入学习贯彻习近平文化思想，扎实推进文化强市建设，加快打造区域文化创意中心，沈阳市展现出独有的文化风貌和文化魅力。

沈阳是闻名遐迩的历史文化名城，拥有11万年的人类活动史，7200多年的人类生活史，2300余年的建城史，勤劳、勇敢、智慧的沈阳人民创造了璀璨夺目的历史文化，斯文在兹，底蕴深厚。沈阳是一座英雄城市，在中国共产党领导下，沈阳英雄儿女为了国家独立、民族解放、人民幸福不屈不挠、奋起抗争，谱写了可歌可泣的壮丽诗篇。新中国成立后，沈阳人民担当奉献、开拓创新，积极投身社会主义革命、建设和改革的宏伟事业，创造了共和国历史上数百个“第一”。沈阳作为辽宁“抗日战争起始地、解放战争转折地、新中国国歌素材地、抗美援朝出征地、共和国工业奠基地、雷锋精神发祥地”重要承载地而名载史册。新时代以来，在以习近平同志为核心的党中央坚强领导下，沈阳聚焦建设国家中心城市、在辽宁打造新时代“六地”中当好排头兵，顽强拼搏、砥砺前行，全面振兴其时已至、其势已成、其兴可待。

2022年9月，中共沈阳市委决定编纂“沈阳文化丛书”（以下简称“丛书”），旨在探求历史源流，提炼文化精髓，彰显城市魅力，赓续城市文脉。沈阳市政协荣膺此任，市政协党组高度重视，组织编委会成员深入学习习近平文化思想，弘扬社会主义核心价值观，严把意识形态关，认真研究丛书内容、结构、体例等。参编人员辛勤工作，钩沉史料，斟酌推敲，精心打磨，倾力为读者提供内容翔实、鲜活生动的高质量文化丛书。

丛书共10卷，采取文化散文体例，撷取精粹，探幽穷赜，全方位、多角度描绘沈阳历史与现实、艺术与人文、民俗与风貌，深入挖掘丰富内涵和时代价值，彰显了沈阳海纳百川、开拓进取的城市品格。其中，《名城沧桑》萃取沈阳先人筚路蓝缕、上下求索的文化记忆，记录城市变迁，张扬人文风骨；《峥嵘岁月》以凝重的笔触书写烽火硝烟的年代和英勇抗争的传奇，为英雄立传，为信念放歌；《名家风流》记述沈阳历史上重要人物、重要事件，尽展名士风范，彰显爱国情怀；《铁流百年》实录沈阳百年工业文明的铿锵步履，赞美沈阳人民主人翁的秉性、勇立潮头的天性、精工细作的品性，弘扬劳模精神、工匠精神；《山水形胜》描绘沈阳山川多娇、钟灵毓秀，触摸山水灵性，品味城市意蕴；《沈水文韵》赏鉴地域文学史、艺术史之精品力作，汲取文本精华，滋养城市文心；《建筑风华》让历史吟咏凝固的音乐，展现多元气象，熔铸城市性情；《市列珠玑》敷陈沈阳都市商业史、市井民俗史，呈现生活场景，尽显城市繁华；《巷陌至味》氤氲人情味、烟火气，记述围炉煮酒的饮食文化，盛邀四季客来；《物华天宝》讲述名物藏珍和民族瑰宝的前世今生，展现雍容气度，见证文化辉煌。相信这部丛书能够更好地以文化人，以文育人，传承文化基因，坚定文化自信，给奔跑的沈阳以智慧和力量，奋力谱写中国式现代化沈阳新篇章。

丛书编纂得到了省委宣传部、省委党史研究室、市委宣传部和沈阳出版社等省市部门、单位的热情帮助和鼎力支持，丛书编委会表示衷心的感谢和诚挚的敬意！丛书的出版是沈阳文化建设的一件大事。我们要认真学习贯彻落实习近平文化思想，坚定文化自信，坚持守正创新，在新的历史起点上更好担负起新的文化使命，推进文化繁荣，建设文化强市，续写无愧于先贤、无愧于时代、无愧于后世的文化新篇。

文章千古事，得失寸心知。尽管编委会做出了很大努力，但由于时间和水平所限，丛书不免有缺点和不足，敬请指正。

沈阳市政协主席 于云利

2024年4月

引言

一座有英雄魂的城市

沈阳人民是英雄的人民，他们用鲜血和生命书写了英雄的历史。

沈阳近百年发生过许多足以影响历史走向的事件，成为中国近现代历史上的重要节点城市。在沈阳，中国抗战第一枪打响，又以最后一批日本战犯审判画上句号；在沈阳秀水河，一场歼灭战拉开了东北解放的序幕，又在沈阳城落下辽沈战役的帷幕；在沈阳，几乎所有的工厂企业都为支援抗美援朝开展爱国主义劳动竞赛，要人出人、要物出物、要钱出钱；在沈阳，不知有多少厂矿的工人或撇家舍业或拖家带口，义无反顾地远离家乡支援国家三线建设；改革开放，沈阳人民经历过阵痛，却以无数敢为人先、锐意进取的尝试，开辟了一条条改革发展之路……

习近平总书记指出："九一八事变后，中国人民就在白山黑水间奋起抵抗，成为中国人民抗日战争的起点，同时揭开了世界反法西斯战争的序幕。"从中国抗战十四年角度来讲，沈阳抗战历史具有特殊意义。无数英雄来到这里，留下浴血奋战的身影；也有无数英雄离开这里，成为影响历史的关键力量。由于中共满洲省委早期驻地在沈阳，作为党团方面的重要领导，核心的活动地点也在沈阳。杨靖宇、赵尚志、赵一曼等东北抗联英烈在沈阳留下了他们在东北地区的第一行战斗脚印。

1931 年 9 月 18 日夜，驻沈日本关东军炸毁南满铁路柳条湖段轨道，谎称中国军队所为，遂进攻中国守军驻地北大营，部分东北军爱国官兵在突围战中打响抗战第一枪；9 月 19 日凌晨，以黄显声为代表的沈阳爱国警察打响中国地方治安力量抗战第一枪；9 月 19 日，中共满洲省委发表的《中共满洲省委为日本帝国主义武装占领满洲宣言》（简称“九一九宣言”），是中国抗战的第一篇宣言；9 月 27 日，高鹏振在沈阳新民姚堡乡沙岭岗子树立起第一支民众组织的抗日义勇军大旗；1932 年 4 月，由巩天民、刘仲明、毕天民等 9 位沈阳人组成的“爱国小组”，向国联调查团实名递交《TRUTH》（中文名《真相》）日军侵华证据汇编，对国际社会对九一八事变和伪满洲国首次定性起到了推动作用；九一八事变后，东北籍流亡抗战的力量为中国抗战作了先锋性实践，唤醒民心、共赴国难……沈阳抗战的英雄群体相融相生、相辅相成，奠定了沈阳作为中国抗战起点的地位。在中国抗战前六年，以沈阳为中心初步形成了抗日民族统一战线。在此期间，沈阳人民充分展示了天下兴亡、匹夫有责的爱国情怀，视死如归、宁死不屈的民族气节，不畏强暴、血战到底的英雄气概，百折不挠、坚忍不拔的必胜信念。

经历了战争的人们，更加懂得和平的宝贵。

对于这一点，饱受创伤的沈阳人民体会得最多、也体悟得最深。无论是在抗日战争、解放战争还是在抗美援朝战争期间，无论是受奴役者、抵抗者、解放者，还是国家主人，实际上参与的主体基本是一代人，都吃尽了旧社会的苦、尝到了新社会的甜。他们都成为了沈阳这座城市的主人。我们发现当年那些流亡抗战的志士、青少年学生回来了，他们成为城市的领导者、管理者，成为厂矿负责人、工程技术人员，成为医生、教育工作者，成为各行各业的中坚力量。还有翻身当家作主的广大工人阶级，他们经历过抗战的洗礼，比任何人都珍惜这朝气蓬勃的新社会、新中国。当面对新社会、新生活再遭践踏甚至失去的危局，他们毅然决然选择了众志成城、共赴国难、共克时艰。所以，为了支援全中国解放、为了支援抗美援朝，沈阳人民使出了“洪荒之力”。特别是在抗美援朝期间，沈阳人民表现得更为突出、更为急迫，甚至沈阳的“工业之骨”与“城市之魂”也由此初步奠定。

窥一斑而见全豹。无论是抗战精神还是抗美援朝精神，沈阳人民都把国家至上的爱国主义放在最核心的位置上。抗战精神是“‘天下兴亡，匹夫有责’的爱国情怀”，抗美援朝精神是“始终发扬祖国和人民利益高于一切，为了祖国和民族的尊严而奋不顾身的爱国主义精神”。抗美援朝精神与抗战精神是有着传承的。

沈阳有全国祭奠抗美援朝英烈、弘扬抗美援朝精神的重要场所，有一座留忠魂的陵园，它便是沈阳抗美援朝烈士陵园。陵园里安葬了杨根思、黄继光、邱少云、孙占元、杨连弟等 123 位志愿军英烈。陵园里还建有一面镌刻着 197653 个烈士名字，高 3 米、长达 130 多米、由黑金沙花岗岩构成的烈士英名墙，墙的前面从来不缺少敬献的鲜花。从 2014 年开始，每年都有在韩志愿军烈士遗骸归国，也均被安葬于此。沈阳抗美援朝烈士陵园已成为国家一个重要的烈士纪念场所，志愿军情结已成为沈阳这座英雄城市的底色。

自1948年沈阳解放以来，有一种精神便在沈阳萌芽，它是劳模精神。沈阳是中国共产党最早接管的大工业城市，也是全国率先开展奖励和宣传劳动模范活动的地区。1949年10月5日至11日，沈阳市召开第一届职工代表大会，奖励了赵国有、马恒昌等16名在复工生产、创新纪录、爱厂护厂等方面有突出贡献的劳动模范。这批劳动模范成为新中国成立后地方表彰的第一批劳动模范，被载入了中国工运发展史册。

单独说抗战精神、抗美援朝精神、劳模精神，均有各自属性，但放置于抗美援朝战争这个共同语境下，三者就像三条河流实现了合流，汇成了“一条大河波浪宽”。对于沈阳工人阶级来说，以“爱国主义劳动竞赛”为代表的爱国生产运动便是他们的应战方式。正是在这场广泛的爱国生产运动中，劳动模范、先进生产者如潮水般涌现出来，如新纪录运动的创造者赵国有，全国劳动模范小组带头人马恒昌，航空工业战线上的攻关尖兵、中国第一代反坦克火箭弹专家马德有，全国第一个模范工厂厂长高方启，新中国第一位女火车司机田桂英，凿岩机“技术大拿”徐连贵，“全国工业生产建设一面旗帜”王凤恩，“毛主席的好工人”尉凤英等一大批全国劳动模范。新中国成立以来，沈阳共产生市级以上劳动模范近3万人（次）。来自沈阳各行各业的劳模们实力谱写了一曲曲可歌可泣的英雄赞歌，生动诠释了沈阳人民具有的创造精神、奋斗精神、团结精神、梦想精神和工匠精神。

“抗战精神—抗美援朝精神—劳模精神”，这些以国家为信念的英雄精神已经深植于沈阳的城市肌体和沈阳人民的心中。它们凝聚成无数沈阳城市英雄的丰碑，浓缩的是沈阳这座英雄城市的集体记忆、情感共振与精神支撑，为沈阳这座英雄城市注入了“英雄魂”。

本书以弘扬伟大的英雄精神为初衷，以沈阳百年历史为轴线，以“六地”

（抗日战争起始地、解放战争转折地、新中国国歌素材地、抗美援朝出征地、共和国工业奠基地、雷锋精神发祥地）文化为内容，以事件发生地遗址遗存为线索，今昔关联、铺陈叙事、游记行文，力争使大家能够全景式了解、感触、理解一座英雄城市的“峥嵘岁月”。

目录

播火者

在中国近代史上，在沈阳的一块繁华地段，隐藏着一叶承载着诸多大事、迎送过众多爱国志士的扁舟——奉天基督教青年会旧址。

一个春日迟迟的午后，我们来到朝阳街 151–1 号。

眼前这座典雅含蓄的四层楼房，每一块斑驳的青砖、每一方明净的窗户，都散发着一种阅尽沧桑、波澜不惊的气息。缓缓步入雕花的大门，耳畔猛然静了下来。来自历史的风霜凝结于楼体之上，仿佛正不动声色地打量着我们，默默地沉淀着、回忆着什么。

奉天基督教青年会旧址

驻足这里，不禁缅想起这样一段历史。1925 年，众多中国近代史上赫赫有名的人物，在这一天一地之中寻觅真理。

这一年，中共隐蔽战线上的传奇人物阎宝航 30 岁、苏子元 21 岁，在奉天东关模范学校当老师的吴竹村 28 岁，已有银行家身份的巩天民 25 岁，当过中共满洲省委代理书记的李耀奎 22 岁，以救国救民为己任的高子升 20 岁，沈阳地区首位女共产党员张光奇（张景珍）17 岁……他们或者在这里工作，或者在这里集会，或者在这里学习。一时间，青年会里“人物归之，襁至而辐辏”，云集了许多青年精英和思想活跃人士。

恰同学少年，风华正茂。一座城市正在酝酿着一场石破天惊的巨变。

1925 年的沈阳，来了两位在中共沈阳党史上不可或缺的人物，两人为沈阳青年们带来了新的气象。他们是 27 岁的任国桢和刚刚 20 岁的吴晓天，他们受北方党组织派遣，肩负着在沈阳发展党、团组织的使命。其实，在任、吴二人来到沈阳前，青年会便已响起探讨“问题与主义”的声音、宣讲《共产党宣言》后的惊叹。在这栋还保持原貌的四层小楼里，我仿佛听到了杂沓的脚步声、兴奋的大笑声、清朗的讨论声和相知恨晚的击掌声，似与十多年前那个“为中华之崛起而读书”的声音铿锵应和，在梁间萦绕不去。自 1922 年起，在青年会任干事的阎宝航等爱国青年先后组织了“星期三会”“社会主义研究小组”“启明学社”等进步组织，聚集了高子升、苏子元等进步青年。1924 年 1 月，朝鲜族共产党员、画家韩乐然来到沈阳，暂寄在青年会里。同年暑期过后，苏子元又将中学的一些进步学生组织起来，成立“文学研究会”，组织学生阅读进步刊物，每个星期日在青年会聚会，漫谈读书心得、感想及个人创作的体会，介绍或者朗诵一些新体诗歌。有高子升、吴竹村、巩天民、苏子元、郭纲、何松亭等人参加的“社会主义研究小组”也成立了。“社会主义研究小组”秘密学习马克思主义、传播进步思想，寻求救国救民的真理，这些进步青年成为沈阳最早探索马克思主义的一批人。

| 从左至右依次为：任国桢、吴晓天、张光奇、巩天民、苏子元 |

任国桢在这年春天来沈，住在大南门附近文华阁（亦称南纸店）。

据巩天民后来回忆：“我同青年会干事苏子元和满洲银行行员高子升，很接近任国桢。以后我们知道任国桢是中国共产党党员，到沈阳来是做党的地下工作和发展党的组织的。”当年的奉天基督教青年会成员已经和党组织有了紧密的联系，为辽宁早期党组织的建立创造了必要的条件。任国桢接触最频繁、交流最多的是青年会文书苏子元。苏子元对五卅惨案后沈阳学生的爱国运动起到了重要的作用。他往返于奉天医专、第一师范等各个学校之间。1925 年 6 月 5 日晚，奉天医专的毕天民、高启福、吴执中、白希清，满洲医大的粟丰，文会中学的李耀奎，一师的王纯一，女师的张光奇，以及坤光女中、南关师范、第一工科学校、农林中学等学校部分爱国青年，在小河沿的奉天医专召开各学校学生代表联席会议，成立奉天学生联合会，决定于 6 月 10 日开展学生请愿活动，公推毕天民为请愿总代表。

6 月 10 日上午，沈阳十几所大中学校的千余名学生，打着“为死难同胞复仇”等标语，开始了请愿斗争。他们宣读请愿书，声讨英、日帝国主义的暴行，强烈要求答复七项请愿条件。任国桢冒着危险，来到学生中间。谁也没想到，这位衣着朴素、身材瘦小的青年人竟是活动的组织者和策划者。任国桢是奉天安东（今丹东）人，原名任鸿锡，曾用名任国藩、刘子厚，

1924年加入中国共产党。作为北京大学的学生，他亲历了1919年的五四运动，有过被当局逮捕、后被释放的经历。1925年6月，反动当局派大批警察和宪兵包围并冲进学生队伍，抢夺学生手中的旗帜，驱赶学生，用武力扣留学生代表。但学生们毫不屈服，坚持斗争。最后，省公署不得不接受请愿的部分条件。这就是沈阳历史上著名的“六十”学生运动。也正是在“六十”学运期间，吴晓天也来到沈阳，并以全国学联代表的身份参加了奉天学联的会议，报告了“五卅惨案”的经过。吴晓天，安徽凤台县人，原名吴霆，又名胡友三、吴天喟，1923年在上海大学社会科学系就读，后经瞿秋白、薛作汉介绍，加入中国共产党。

“六十”学生运动策源地——奉天医专旧址

“六十”学生运动唤醒了民众，在整个东北地区产生了巨大震动，尤其对教育界、知识界的影响更为深远，为以后党在东北地区革命活动打下了坚实的群众基础。“六十”学生运动后，当局悍然下令各校一律自6月13日起提前放暑假，派人监视和驱赶学生离校。

针对这种形势，任国桢、吴晓天建议，利用过去暑假办夏令营的形式，以青年会为基地，开办暑期学校（也称暑期大学），进行马列主义的宣传与研究。由时任青年会学生部干事阎宝航任校长，并由他出面聘请任国桢、吴晓天等为主讲教员。暑期学校 6 月下旬开学，参加学习的主要是奉天学联的骨干、积极分子及常到青年会的爱国青年、教员、店职员和“社会主义研究小组”成员。每天下午 5 时至 7 时上课。任国桢主讲《唯物史观和唯物辩证法》，吴晓天主讲学生运动、社会科学、现代政治和妇女问题。还请日本留学回国的国民党党员陈日新、民报编辑安怀音和苏尚达讲一些新闻学、财经理论等，以作掩护。暑期学校是马克思主义在奉天早期传播和宣传共产党政治主张的重要阵地，培养了一批有志为党的事业奋斗的青年。结业后，任国桢、吴晓天将学员组织起来成立了“同学会”（又名“同志会”），继续组织学习、研究革命斗争形势。

变幻莫测的时事政治，激烈争辩的思想碰撞，前所未见的书籍和课程，魅力超凡的时代人物，让青年会悄然萌发出了爱国主义、共产主义的星星之火。

1925 年 9 月初，沈阳地区第一个党组织——中共奉天支部正式成立，任国桢任第一任支部书记。同时，共青团奉天特别支部也正式成立，吴晓天任书记。党团员人数 15 人，党员有任国桢、吴晓天、高子升、吴竹村、李郁阶（李焕章）、巩天民等，团员有苏子元、李耀奎、张光奇、王纯一等。第一个党支部的创建，加快了中国共产党在沈阳地区的发展壮大。1926 年 9 月，中共奉天支部改为中共奉天特别支部，隶属中共中央直接领导。中共奉天特支根据中共中央关于团员转党员的指示，将一批早期加入共青团的团员转为中共党员，党员人数达到 22 人。

在研究这段历史的时候，我了解到：多数沈阳早期共产党员的入党介绍人是任国桢、吴晓天。吴竹村特别将自己位于大东区魁星楼里 17 号（20 世纪 20 年代叫头道沟胡同）的一个小四合院，作为党支部机关驻地。

漫步在历史的硝烟中，我们发现在第一批党团员中有一对革命伉俪，他们是吴晓天和张光奇。1926 年春，吴晓天任共青团哈尔滨地委书记，5 月回奉天任中共奉天支部书记，并将 1925 年入团的一些同志转为中共正式党员，

10月被调往哈尔滨做团地委书记。1927年2月，经组织同意，吴晓天和张光奇结婚了。九一八事变爆发后，一直在东北从事革命工作的吴晓天，辗转回到安徽老家，继续革命工作。1933年，吴晓天因给华北前委传递文件，在天津被捕，直到1937年七七事变后才获释出狱。因数年狱中摧残，他在回家途中病死于旅馆，年仅32岁。

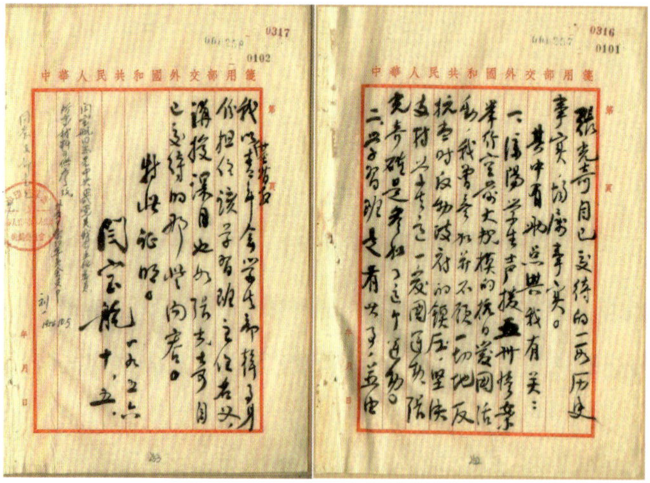
0317
0102
中華人民共和國外交部用箋
0316
0101
中華人民共和國外交部用箋

阎宝航为张光奇写的入党证明

痛失爱侣后，张光奇在家乡故土以教师身份为掩护继续战斗，先后两次入党。即使曾失掉党的关系多年，她依然对党怀有深厚的感情，于暮年再次回到党的怀抱。她对东北地区党的初期建设和妇女、学生等工作作出了重要贡献。

老精华的『秘密』

太原街，东北著名的商业街。

太原街始建于 1906 年，初名西四条街，1919 年改为春日町。1945 年日本投降后被改为太原街。九一八事变后，日本经济垄断了当时的奉天市场。1941 年设在春日町一带的外国商号共有 117 家。其中，日本商号竟达 114 家，另外 3 家是印度的大隆洋行、苏联的秋林公司和若路陶拉文具店。在“春日町”仅有两家中国人开设的商铺是中和福茶庄和老精华眼镜店。在那段被殖民统治的岁月，太原街一带麇集着日商的银行、洋行、事务所及商店，满是穿趿拉板儿的日本歌舞伎、日本浪人、南来北往的商客，有着说不尽的腥风血雨。

在这个“满铁附属地”的心脏地带，红色火种依旧燃起。

这里，是第一届中共奉天市委的诞生地，市委书记是中共奉天支部的第一任书记任国桢，市委机关地址设在“春日町”的老精华眼镜店。它也是任国桢的临时住处。最危险的地方往往是最安全的地方，就像奉天基督教青年会，这个当时奉天城里备受关注的地方，反而成了本地区传播马克思主义、党团员活动的重要场所。

|20 世纪 40 年代的太原街街景，充满了浓厚的殖民色彩|

今天，老精华眼镜店还在正常经营。

沈阳市和平区中山路 58 号，有一栋青砖小楼。在高大的现代建筑包围圈中，它有点像一个小小的孤岛，这便是老精华眼镜店。人们推开一扇锈迹斑斑的蓝色铁门，沿着残缺的楼梯拾级而上，就来到了二楼右手边那间不到 20 平方米的小屋。“这幢房子 1984 年重建了。按当时来说，任国桢住的是最里头的那个屋子。”老精华眼镜店现任经理杜肇杰用手指向最里面。

1925 年 9 月，任国桢组织建立了中共奉天支部。这年 9 月末，党中央派任国桢去哈尔滨筹建党的组织。敌人曾以“嫌疑犯”罪名将任国桢关押了 11 个月，后经保释出狱。他又被党组织派回沈阳，继续担任中共奉天特别支部的书记，后来工作地点转移至老精华眼镜店。杜肇杰说，老精华眼镜店的前身是奉天老精华眼镜公司。1924 年开店时，第一任经理是陈嘉康，年底由仲肇发继任。

任国桢回到奉天时，中共大连地委组织部部长杨志云也被调到奉天工作。因与仲肇发是同学关系，他便找到了仲肇发，以报考满洲医科大学复习功课为由，与任国桢一起租住在老精华眼镜店二楼的一间小屋。那段时间，每到深夜，那个小屋的灯总是亮着。人们都称任国桢为“刘先生”，他学识渊博，有胆有识，受人尊重。在任国桢领导下，奉天医专、省立一师、奉天兵工厂、志城银行等先后建立了党的组织，党员也发展到40多名。他和杨志云经常在奉天兵工厂及满蒙毛织株式会社、奉天纺纱厂、大连机械制作所奉天支店和奉天制麻株式会社的工人群众中进行活动。

当年影响最大的工人运动是奉天制麻株式会社工人罢工斗争。

奉天制麻株式会社工人的劳动强度极大，工资极低，难以养家糊口。更让人难以忍受的是，日本资本家制定了许多克扣、虐待工人的制度，对工人非打即骂。1927年5月2日上午，织布车间300多名工人开始罢工，次日扩及全厂。任国桢派杨志云与工人代表祁长祥等接头，帮助工人研究斗争策略，制定了不许打骂工人、工厂有事要与工人代表协商、不许随意克扣工资等复工条件。罢工期间，罢工工人按住地划成小组，按地区组织工人纠察队，防止敌人暗中破坏。这次罢工，在社会上引起了广泛的同情和支持，日本资本家深恐招致更大的损失，不得不答应工人的复工条件，释放被捕工人。罢工坚持了20多天，是中共奉天特别支部领导工人反帝爱国斗争的一次胜利。在当时东北地区党组织还很薄弱特别是全国革命处于低潮的情况下，这次罢工的胜利具有重大意义。

1927年6月中旬，中央驻东北特派员、中共北满地委书记吴丽石来到奉天。根据中央指示精神，中共奉天特别支部改建为中共奉天市委，任国桢任中共奉天市委书记，杨志云任组织部部长，高子升任宣传部部长，市委机关设在奉天老精华眼镜店二楼。

中共奉天市委成立时，任国桢、杨志云正在铁西一些工厂中活动，秘密

|20 世纪 50 年代的沈阳老精华眼镜商店|

发动和组织满蒙毛织株式会社、大连机械制作所奉天支店等几家日厂的工人进行联合大罢工。他们的活动引起了日本警察当局的注意。1927 年 6 月 29 日傍晚，日本警察在老精华眼镜店对面的邮局诱捕了杨志云，又围住老精华眼镜店，抓捕了任国桢及六名店员。为了继续抓捕前来接头的共产党员，日本警察扣下眼镜店经理仲肇发作诱饵，继续蹲守。第二天上午，时任共青团奉天特支书记杨韦坚来这里找任国桢时，被日本警察带走。不久，满洲医大的共产党员邓述明来到眼镜店，仲肇发迎上去问："你买眼镜吗？"邓发现情况不对，忙说："是的。"仲肇发在验光室偷偷告诉了邓述明发生的事。邓立即返校，通知党组织撤离。日本警察对店员和杨韦坚、仲肇发进行审讯，没有抓到什么把柄，便释放了他们。对于任国桢和杨志云，日本人动用了酷刑。任、杨两人咬紧牙关，始终没泄漏党的秘密。日本人只好将他们转交给奉天商埠警察局，后来将两人关押在奉天第一监狱。刚组建的中共奉天市委，

由于任国桢、杨志云的被捕而遭到敌人破坏。中共奉天市委存在的时间虽然短暂，但加强了党对工人运动的领导，对于提高奉天工人运动的组织性和战斗力具有重要意义。

1928年6月，“皇姑屯事件”后张学良特赦政治犯，任国桢、杨志云才获释出狱。任国桢出狱后，暂回家乡安东（今丹东），秘密指导安东鞋厂工人运动。1929年以后，任国桢又分别担任过中共满洲省委候补委员、委员、候补常委兼哈尔滨县委书记、市委书记等职务。任国桢还被派往山东、北平、天津、唐山等地工作。1931年9月，任国桢作为中共河北省委特派员前往太原开展工作，10月被叛徒出卖遭到逮捕，11月13日在太原市小东门外英勇就义。

目前，任国桢烈士的遗骨被重新安葬在太原市双塔寺烈士陵园。

从中共奉天支部到奉天市委，再到中共满洲省委，任国桢在沈阳留下了不可磨灭的红色印迹。而他战斗过的老精华眼镜店依旧藏于繁华深处，虽经岁月风雨、历史变迁，幸存于今，仿佛就是为了讲述那段峥嵘岁月的隐秘往事。

特科在『满洲』

沈阳城东有个叫东山嘴子的地方，曾是百余年前沈阳东大营的驻地，也是中国近代四大军校之一——东北陆军讲武堂旧址。

说起东北陆军讲武堂，人们更熟悉的可能是大东区珠林路 25 号的旧址，因为如今那里作为省、市重点文物保护单位，已建立陈列馆对外开放。这两处旧址都是对的，珠林路 25 号是 1907 年建校的校址，东大营旧址是 1928 年张学良主政东北后的新校址。二者合起来，才是它在沈阳的完整痕迹。

| 东北陆军讲武堂旧址 |

无论东大营还是珠林路，都曾隐藏过一支神秘的中共潜伏队伍。

它就是中共满洲特科，中共中央情报部门特别委员会（简称“特科”）派驻东北的分支机构。提起中国共产党在东北陆军讲武堂的早期地下活动，绕不开满洲特科。中共中央为了及时快捷地掌握东北各方情况，从中共满洲省委成立时起，就考虑在东北设立中央特科分支机构——满洲特科。在满洲特科代表性人物中，有一个叫赵唯刚的沈阳人。后来，他成为中共情报战线的功臣，1955 年 9 月被授予大校军衔。1925 年，赵唯刚中学毕业后认识了奉军总参议兼兵工厂督办杨宇霆,并由杨出面保送至日本千叶士官学校学习。留日期间，他加入了中国共产党。

1927 年 9 月，赵唯刚回到沈阳，任东北军工厂少校厂员兼东北陆军讲武堂教官。在中央特科直接领导下，他以此身份做掩护开展地下工作。1928 年 2 月，赵唯刚在奉天与中共满洲省委秘书长廖如愿接上关系。当年年底，党中央派蔡伯祥到奉天筹建满洲特科，蔡伯祥任书记，赵唯刚任秘书长，受中共中央特科和中共满洲省委的双重领导，任务有三：发展党员，搜集情报，营救同志。其间，赵唯刚以朋友身份，将中共党员、自己在奉天南满中学时的同学刘伯刚，安排到东北陆军讲武堂炮兵队当上士班长，从事兵运和发展地下党员工作。不到半年时间，发展了卢透云等四名新党员。

监视日军在满洲的侵略阴谋活动，是九一八事变爆发前满洲特科的主要任务。在这一时期，满洲特科与中央特科有一次具有重要意义的合作。被誉为“龙潭三杰”的钱壮飞、李克农、胡底，是中共中央特科的精英人物。鲜为人知的是，“龙潭三杰”在国民党最高特务机关里站稳脚跟并执掌重要机构所凭借的“资本”，竟然是他们与陈赓一道在沈阳所建立的。

在满洲特科配合下，中共中央特科有一段“三英闯沈阳”的惊险经历。

自“东北易帜”以来，东北军成为国民党南京政府觊觎的重要军事力量。其时，东北局势并不太平，日本的驻军只增不减，东北军又因中东路刚与苏联红军交火。对国民党南京政府来说，了解此刻东北及张学良的情况极为重要。徐恩曾作为国民党特务头目，深知此事重要性，决定打探东北情报，以便邀功请赏。但几路人马放出去，一到沈阳全都杳无音讯。徐恩曾决定动用手中的王牌钱壮飞，组织一个特别情报小组。而对于钱壮飞来说，此举算是“要睡觉了就有人送枕头”。钱壮飞经过一番准备，很快就组织一个“北上沈阳”的三人情报小组，组员是钱壮飞、胡底，组长是中共特科的情报科科长陈赓。方案得到了徐恩曾的批准。很快，三人直奔东北沈阳。

当时的沈阳，有东北军的稽查宪兵，有日本关东军的密探，还有日本满铁机构的间谍，暗探罗布。特别是火车站一带，因毗邻日本人居住地，宪兵、警察、特务戒备森严，外地人来沈多被跟踪和盘查。国民党派往沈阳的特务个个有来无回，足以表明当时的严峻态势。这一时期，在沈阳的中共满洲省委机关和地方组织也数次遭到破坏，形势非常紧张。

陈赓、钱壮飞、胡底三人硬闯沈阳，很危险，也有些底气。

这个底气就是满洲特科。当时满洲特科负责人蔡伯祥曾是陈赓手下的得力干将，名震上海滩的红队中的著名神枪手。他参与了陈赓组织的处决叛徒

| 位于珠林路25号的东北陆军讲武堂陈列馆 |

白鑫的锄奸行动。在蔡伯祥的安排下，三人巡视小组成员分别住在满洲特科工作人员家中，其中陈赓被安排在赵唯刚家中。1930 年 4 月至 8 月间，三人小组和满洲特科四处收集情报，并巡视中共中央特科部署在东北的各项任务。这套名义上属于国民党，实际上向中共中央特科提供情报的谍报网开展了卓有成效的工作。

回到上海后，胡底便与李克农在东方宾馆“埋头苦干”，梳理实地巡视的情况、满洲特科搞到的情报、报纸杂志上公开的信息和军事资料，撰写了一份关于东北的 4 万多字的报告书。报告书中有许多关于日本正在加紧准备武装侵略东北的重要情报。例如：日本特务荒木在东北地区秘密召集两千人，集中于朝鲜的会宁，准备经过训练后进攻吉林的一些地区。密山、通化、柳河等地土匪头目数人已被日本特务吉平召集到沈阳南满站旅馆，声称有匪众万人可供驱使，正筹划对吴俊升、杨宇霆及财政部前部长家属和奉天会仙阁（妓女行）、金龙洋行老板等施行“绑票”，“每家至少索洋在千万元数”，用作活动款项。报告书呈到面前，徐恩曾对着钱壮飞、胡底接连说了两句“了不起”，感叹“上哪儿搞到的这么多的好材料”。徐恩曾嘉奖了钱壮飞、胡底，并由此对胡底也刮目相看了。此后，钱壮飞、胡底连同李克农三人均成为徐恩曾的“得力”下属。徐恩曾将南京的特务机构“正元实业社”作为大本营，让钱壮飞以机要秘书的身份兼任“正元实业社”的指挥机构“长江通讯社”及其掩护机关“民智通讯社”的负责人。在天津设立国民党特务分支机构“长城通讯社”，由胡底任社长，负责北方情报工作。而在上海，李克农则升任上海无线电管理局的电务股股长，控制特务总部在全国的无线报务员。

“三英”走了，满洲特科继续监控日本关东军的动向。

1930 年 9 月 19 日，满洲特科以东北陆军讲武堂教授副官李注南等七人名义，将上述情况密呈奉天省主席臧士毅，提醒当局注意。九一八事变爆发的前一个月，满洲特科人员在沈阳南满站等地发现异常现象：本就很大的车站大仓库，又扩大了许多；围挡也由原来的铁丝网改为木板，周围又搭起很多临时军用帐篷，还挖了不少掩体。从高处往里看，还发现里面有很多日本青年在接受军事训练。同时派到四平等地的人员也发现类似情况，铁路给水塔旁均增加了日本兵的岗哨。他们得出结论：日本人要动手了！

满洲特科将侦察到的情况迅速报告给上级党组织。

此举为中共中央和中共满洲省委正确把握日本侵略动向和制定相关政策提供了可靠的依据。而当时，以蒋介石为首的国民政府对日本的挑衅虽有预判，却抱有幻想，认为不抵抗政策可换来国际同情及国际联盟的强力干预。无论中央特科和满洲特科合作通过“煌煌正道”呈交的报告，还是后来满洲特科传递的重要情报，都被当局理所当然地忽略了。

惨烈巷战

1931 年 9 月 18 日夜，九一八事变爆发。

抵抗的枪声先在北大营响起。面对侵华日军早有预谋的袭击和当局“不抵抗”的命令，东北军六二〇团团长王铁汉率领部分官兵打响突围战。而在沈阳城，时任辽宁省警务处处长兼沈阳市公安局局长的爱国将领黄显声坐镇于沈阳东关（大东门外）大什字街北的公安局院内。在几个小时后，他向三经路警察署、商埠三分局、南市场等处警察大队及公安分队通令就地“誓死抵抗”。

本应保国安民的军队撤走了，幸有属于辽宁治安体系的警察站出来。

在今天的三经街、南市场、北市场等地，我们已经找不到当年警察抗日留下的弹孔和痕迹，但历史在这里留有回声。

| 黄显声 |

1931 年 9 月 18 日下午，黄显声得知日本特务机关长土肥原贤二从日本飞回沈阳，并与关东军司令本庄繁见面。当晚，黄显声严令各

警务分局和公安队整装待命。战事爆发后，黄显声率沈阳县公安局、三经路警察署、商埠公安三分局、南市场警察大队及公安分队等2000多人与日军展开了激烈的巷战。19日，日军占领沈阳市区商埠及大小西关。20日夜，沈阳各城门和公安总队防线被日军坦克攻开。由于装备相差悬殊，又敌众我寡，在死伤较多的情况下，黄显声被迫于9月21日夜间下令，以各个分局为独立单位，尽数携带武器弹药，有序地撤出阵地，经新民向锦州开去，准备在锦州地区重新集结部队。其部属张凤岐率200余人坚持到最后，才奉命撤出沈阳城。据史料记载："工业区六分局的30多名警察，奋力抵抗日军进攻3个多小时，终因寡不敌众，弹药打光，在没有后援的情况下全部牺牲。"30多人，3个多小时，足以让我们在今天想象那时巷战的激烈和惨烈。

对于日军侵略，黄显声是早有准备的。

九一八事变之前，他便以辽宁省警务处处长名义，将存放在沈阳的20万

|1931年7月20日黄显声下达储备子弹的指令|

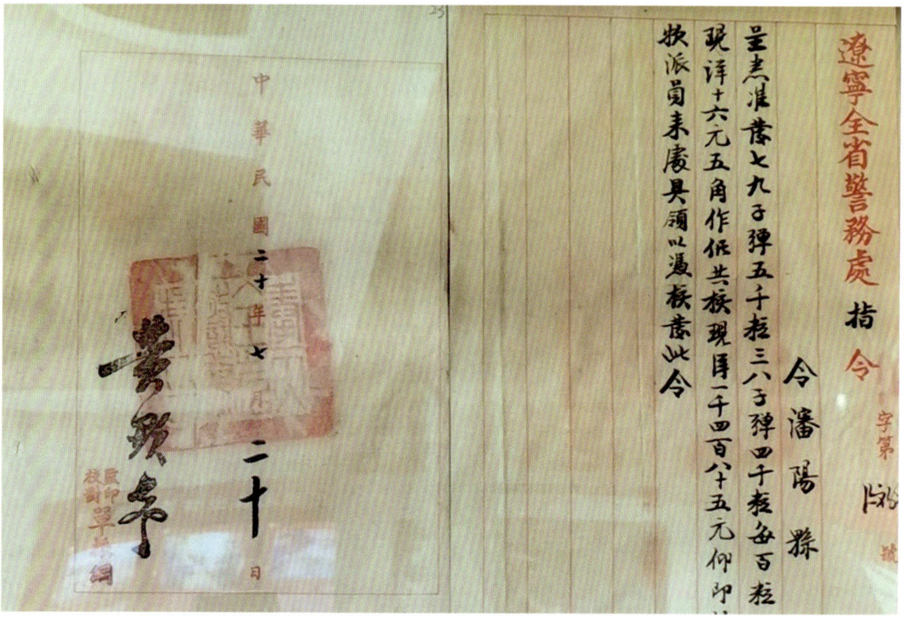
遼寧全省警務處指令 字第 號

令瀋陽縣

呈悉准發七九子彈五千粒三八子彈四千粒每百粒現洋十六元五角作價共核現洋一千四百八十五元仰即

妥派員來處具領以憑核發此令

中華民國二十年七月二十日

黃顯聲

支枪、100余万发子弹发给全省58个县公安队。正是这批枪支弹药，武装了后来迅速兴起的包括义勇军在内的民众抗日队伍。沈阳沦陷后，东北军政中枢西迁锦州。9月末，黄显声主持召开了锦西、义县、兴城、绥中、北票、黑山、台安、盘山等县公安局局长会议，抽调各县干警补充公安队伍，又重编所属部队为公安骑兵3个总队，通令全省各县与驻锦州的省政府警务处联系。10月初，日本关东军委任汉奸凌印清为“东北自卫军总司令”，司令部设在盘山沙岭镇。为了粉碎凌印清和关东军的阴谋，黄显声令熊飞做工作，争取了当时任敌伪军第一师师长的项青山等人。在熊飞的支持下，项青山等一举擒获了汉奸凌印清及其日本顾问。随后，黄显声以警务处名义分别委任项青山、张海天、盖中华为东北民众抗日义勇军第一、二、三路军司令，成为较早的抗日义勇军。

当时，锦州军政两署实际上由黄显声主持。在这期间，黄显声积极与各地爱国人士取得联络，大力发展民众武装，组织各种形式的抗日义勇军。一时间，各方爱国志士请缨抗敌者纷至沓来，黄显声根据实际情况分别予以编委任用。截至1931年11月末，仅辽西、辽南等地由黄显声编委任用的义勇军就达20路之多。与此同时，黄显声还部署各地成立武装民团，又对一些绿林帮伙晓以大义，将他们编成各种形式的义勇军。

黄显声对在北平东北爱国人士组织的“东北民众抗日救国会”（简称“救国会”）十分支持，并出任该会常委。救国会根据黄显声的建议，先后派大批人员到辽、吉、黑等地组织义勇军，使1931年11月以后东北各地的义勇军又有了很大的发展。东北各地义勇军后经救国会统一改编为50多路人马及若干支队。

当时，日伪报纸报道义勇军必提及其组织者和领导者黄显声之名，日本关东军将其视为“日军之劲敌”，爱国志士更以“血肉长城第一人”誉之。

长城抗战开始不久，黄显声毅然率部出关。

长城抗战失败后，黄显声为寻求积极抗日的途径，通过东北籍共产党员刘澜波等人与中共中央北方局取得联系，并请求派遣共产党员来他的部队工作。根据他的请求，17 名共产党员先后来到他率领的骑二师。黄显声安排他们以秘书、军需、书记官等职务，对部队进行改造工作。骑二师有个教导队，由共产党员担任队长。在骑二师，可以进行其他国民党部队所不能进行的政治宣传，可以公开教唱其他国民党部队所不能高唱的抗日歌曲。为了支持骑二师内党组织的工作，黄显声毫不犹豫地清除了国民党派来的特工人员。这些情况自然引起了当局有关人物的不满，他们称骑二师是“红到底”部队。

1935 年 7 月，黄显声被任命为东北军副军长兼九师师长。这支骑兵师成了驻西北地区的东北军中唯一没有和红军发生过摩擦的部队。在黄显声“不闻不问”的情况下，七团、十六团等部党组织也得到了建立与发展。1936 年 8 月，中共北方局党组织根据黄显声的多次请求，批准他加入中国共产党，为中共特别党员。

西安事变爆发后，他积极参加营救张学良和从事各种抗日救亡组织工作。他会同张学思和东北籍的一些要人疏通关系，甚至向蒋介石提出愿以他和张学思两个人的自由换取张学良自由的请求。因其言行经常与蒋介石“安内”政策相悖，国民党当局对黄显声欲除之而后快。1938 年 2 月 2 日，正准备去延安的黄显声被特务告密，在武汉遭到秘密拘捕，在贵州息烽集中营被囚禁八年。抗战期间，党组织曾多次组织营救未果。1946 年 7 月，黄显声被转押到重庆歌乐山白公馆。狱中，黄显声团结难友，每天教难友和小萝卜头儿文化，并巧妙与军统特务进行斗争。这一情节被写入著名长篇小说《红岩》。1949 年 11 月 27 日，国民党特务在败逃前将黄显声杀害。黄显声也被称为“红岩烈士”。

黄显声牺牲前从狱中给东北流亡学生黄彤光发出了最后一封信，信中说自己如遇不测，便是为“主张对内和平、对外抗战而牺牲的，这是对得起国

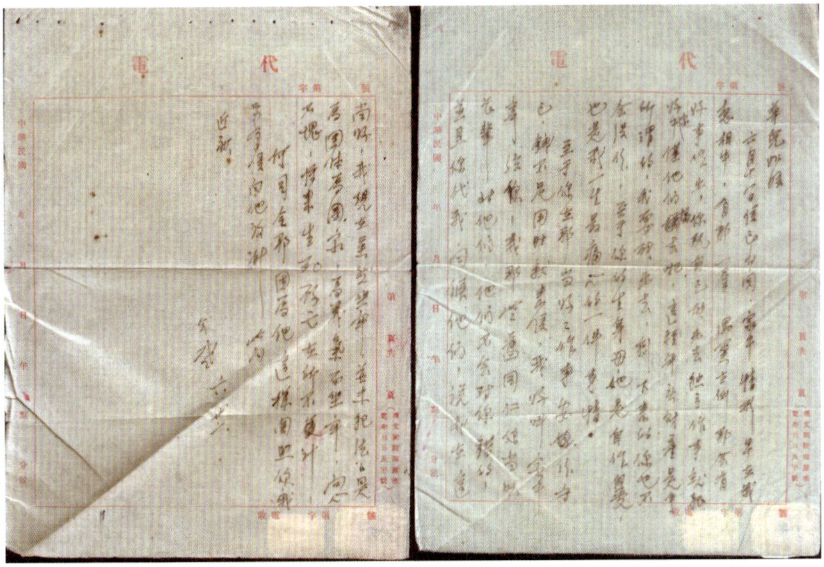

| 黄显声将军狱中写给儿子的家书 |

家人民的，是光荣的”。这说明他对自己遇害是有预感的。在写给儿子黄耀华的一封狱中家书中，他说：“我现在虽然坐牢，并未犯法，是为团体、为国家、为义气而坐牢，问心不（无）愧。将来生死存亡在所不计。”这也表达了黄显声一以贯之的抗日态度和革命态度。

后来，黄显声将军的遗骨被葬于北京八宝山革命公墓。

“萧萧易水有荆轲，千古犹传不朽歌。此日暂抛儿女态，莫将岁月再蹉跎。”这首黄显声将军狱中的自勉诗，今日读之让人唏嘘不已。

2020 年 12 月，黄显声将军在沈阳的故居被找到了。

线索是从 1951 年 1 月 12 日《沈阳日报》刊登的《沈阳市人民政府公告（沈房产字第二〇号）》中找到的。这是为政府代管房地产限期办理发还手续的公告，其中有“黄显声 南市区 芳波胡同”的字样。芳波胡同在哪儿？经查阅沈阳市档案馆馆藏档案，又找到黄显声住宅建设平面图，上面标明的位置是九纬路以北、三经路（今北三经街）以西，为 20 世纪 20 年代沈阳商埠地

99 号地块。经多方考证，我们在和平区八纬路连珍巷（原三经街三段 6 号）找到了建筑面积 528 平方米的黄显声旧居，一栋白色的小楼。其东侧是北三经街（原三经路），南侧为九纬路，西侧是刘多荃住宅。刘多荃为张学良卫队长，是西安事变“捉蒋行动”的总指挥。黄显声旧居的大门朝西开，刘多荃住宅的大门朝东开，两家是对门。这与档案资料中的记载和建筑平面图完全相符。刘多荃，字芳波，人们便将这两家门前两丈宽的小巷称为“芳波胡同”，也就是现在的连珍巷。

福安里 4 号的声音

沈阳，皇寺路福安巷 3 号。

这里，在过去是老北市福安里 4 号。

这里，如今是中共满洲省委旧址纪念馆，坐北朝南的一排硬山式青砖瓦

| 中共满洲省委旧址纪念馆 |

房。来到这里，就会立即被红色的历史包围，从早期沈阳党组织建立到风云涌起的义勇军抗日，再到后来的抗日联军……特别是 1931 年 9 月 19 日，中共满洲省委机关发出了九一八事变爆发后中国第一份抗日宣言，也是世界反法西斯战争的第一份宣言！这就是《中共满洲省委为日本帝国主义武装占领满洲宣言》（史称“九一九宣言”）。

1931 年 9 月 19 日，一个刻在中国抗战历史上的日子。

这是九一八事变爆发后的第二天上午。

中共满洲省委时任省委书记张应龙、组织部部长何成湘、宣传部部长赵毅敏（化名刘焜）、秘书长詹大权和军委书记廖如愿，来到当时省委机关临时所在地——沈阳小西边门附近詹大权家里召开常委紧急会议。赵毅敏后来回忆说，“九一八”当夜他正在沈阳南三经路81号居所，“突然听到枪声四起”，在多数沈阳人以为日本人又在搞军事演习的时候，他第一时间便意识到“日本人发动了蓄谋已久的侵略”。

会议分析了局势，讨论研究对事变的应对措施，确定了斗争的主要任务、方针、政策。中共满洲省委责成宣传部秘书杨先泽起草了一份宣言，经赵毅敏修改，提交常委讨论定稿，然后立即刻蜡纸、印刷。19 日下午，在日本兵到处搜捕、杀害抗日人士的危险情况下，共产党员、共青团员和进步学生们巧妙地把宣言送到商场、工厂和老百姓家的院子里，塞到学校学生的书桌里……人们争先传阅，或窃窃私语，或奔走相告。

那个时候，老百姓正处在不知所措的恐慌时刻，中国共产党鲜明的抗日立场，使人们看到了希望和光明。这份宣言的发表，打破了以往党的重要文件发表的程序。若按惯例，就重要事件发表宣言，一般是由中央发表在先、省委发表在后；或先给中央打报告征得同意，省委才能发表。但这样的话，宣言很可能就会错过发表的最佳时机。实际上，这份宣言的发表虽属特例但也非意外。在九一八事变爆发前，中共中央特科和满洲特科对日军调动军队、装备及由此作出了日军可能实施侵略的预判，已形成报告上报中共中央。这也是中共满洲省委行动如此迅速的原因。“九一九宣言”与日本关东军的“安民告示”同一天出现在沈阳街头。

站在中共满洲省委旧址纪念馆展厅，我们在展板上寻到了这份宣言。

宣言以 17 个口号结束。其中有“罢工、罢课、罢市，反对帝国主义占据满洲”“驱逐日本帝国主义与一切帝国主义的海陆空军”“不投降、不缴械，带枪到农村去实行土地革命”“发动游击战争”“反对白色恐怖——屠杀、逮捕、监禁”等。

专家指出，这份宣言简练而又明白、深刻而又透彻。特别是“三岁小孩也不会相信这些话”，成为对九一八事变日本人虚假说法的极为流行的一句痛斥语。很快，沈阳、抚顺、锦州、大连等各城市街头也出现了“同胞们起来，打倒投降帝国主义的国民党，以罢工、罢课、罢市来反对日本帝国主义占领满洲”及“发动游击战争”等标语和传单。九一八事变发生后，南京国民政府寄希望于国际调停、大国干涉，而中共满洲省委率先发声，旗帜鲜明地树起了抗日大旗。

工农兵劳苦群众们！万恶的日本帝国主义者已经将奉天、营口、安东、抚顺、辽阳、海城、铁岭、长春，还有许多别的大小城镇完全武装占领了，这是如何惊人的事啊！

本来已经贫困不堪的工农兵劳苦群众，目前的生活更加痛苦了，失业、死亡、流离、恐慌、饥饿、贫困，已达到空前的境地！一切物品与粮价突然高涨数倍，而且仍在有加无减地继续着！

只有工农兵劳苦群众自己的武装军队，是真正反对帝国主义的力量。红军两年来和帝国主义、国民党英勇战斗的光荣历史，便是万古不灭的证据。只有工农兵劳苦群众自己的政府（苏维埃政府）是彻底反对帝国主义的政府。

只有在共产党的领导下，才能将帝国主义逐出中国！

工农兵劳苦群众们！唯一的出路久已摆在我们面前了！伟大的任务久已放在我们肩上了！只有我们以英勇的斗争能完成它！

……

看完宣言，我们想到了臧克家为《救亡日报》战时号外《光明》写的一首诗的名字——除了抗战，一切都没意义。

中共满洲省委站在反抗日本侵略者的最前沿，洞若观火、早有判断，为东北抗战乃至全民族抗战的胜利作出了独特的历史贡献。中共满洲省委是中国共产党在东北地区第一个统一领导机构，自1927年10月至1936年6月，特别是在九一八事变后，中共满洲省委领导东北人民进行了长期的革命斗争。

建筑，是一座城市的精髓和灵魂，更是一座城市独一无二的印记。沈阳，正是因为这座城市里有着许多极富特色的建筑，让人产生难以割舍的情感。中共满洲省委旧址就是这样一座特殊的建筑。当年，沈阳北市场是一大片低矮的青砖建筑，以“汇集五行八作、辐辏商贾游人”著称，十分繁华热闹，也是三教九流聚居的地方。1921年，东北当局与外国商埠进行竞争，下令在皇寺地区“十间房”附近开发北市场。几年工夫下来，北市场拥有大型剧场3座，大小饭馆120多家，大型浴池3家，大型百货商场3家，各类百货店8家，其余旅馆、当铺、钱庄、烟馆、赌局、药铺、理发店更是不计其数。在白色恐怖的年代，中共满洲省委正是利用这里特有的地理环境，掩护革命工作，领导东北人民进行英勇的战斗。

纪念馆东侧四个房间是1927年10月至1929年7月间，中共满洲省委机关所在地，也是当时省委书记陈为人的办公室和居住地。当时的使用情况是，首间是厨房、餐室，次间是秘书处工作人员张光奇的办公室，第三间为客厅（会议室），第四间是陈为人与其爱人韩慧芝（后改名韩慧英）的卧室。

第一届至第三届中共满洲省委书记陈为人

早在中共满洲省委成立之初，陈为人就在1927年12月22日的《关于中共满洲省委临委工作给中央的报告》中，把领导民众反日斗争定为中共满洲省委的主要任务，并不断对日本的侵略本质予以猛烈的抨击和揭露。1928年12月，中共满洲省委在大东边门外黄土坑附近党员牛思玉家里开省委扩大会议，不慎被警察发现，省委书记陈为人、组织部部长吴丽石等被捕。这次中共满洲省委遭到破坏的后果极为严重，使东北地区党的工作几乎陷入停顿。

中共满洲省委自1927年成立后，作为东北地区党的最高领导机关，在领导和组织民众进行的斗争中，发挥了重要和积极的作用，为后来东北地区各级党组织领导东北民众开展长达十四年的抗日武装斗争，奠定了重要组织基础。中共满洲省委屡遭敌人破坏，但福安里4号却始终没有被敌人发现。由于形势发生急剧变化，中共满洲省委机关于1932年年初迁往哈尔滨，但老北市福安里4号仍作为党的秘密交通站……

传奇『老梯子』

1933年中华书局出版的《新中华》杂志上连续三期刊载了长篇纪实通讯《血战归来——关东义勇军抗日纪实》（简称《血战归来》），近些年，这篇通讯颇受辽沈史学界研究者关注，被视为“研究义勇军初期抗日的重要文献”。

文章的作者叫王立川。在新民，一些抗日义勇军故人都叫他“王军师”。因为他是东北第一支民众组织的抗日义勇军的“军师”，他写的也是这支队伍的抗日事迹和首举义旗的“老梯子”高鹏振。王立川是他的化名，其本名是张永兴。由于革命工作，他还有张新生、张惠民、张裕国等名字，每一个名字都很容易让人想到“家国”。

| 张永兴 |

遥想前尘，往事渐渐“鲜活”起来。

我们先写张永兴，既有他本身经历的缘故，也因他本身是那段历史的一部分和“最鲜活”的记录者——他描述的义勇军和“老梯子”是“最鲜活”的，一篇《血战归来》也成为田汉所接触的众多创作素材中最激情的一笔。

1931年9月18日，九一八事变爆发。张永兴正在沈阳大西关一个朋友家。两天后，他与朋友化装成难民入关，来到北平。9月27日，他参加了由东北籍爱国志士组织的东北民众抗日救国会（简称“救国会”），成为救国会第一个派出关外组建义勇军的人。他于9月底潜回沈阳，“投奔一个朋友，托他介绍一个土匪的首领，去在劳苦的群众中建立我理想的民族势力”。“老梯子”和他的“镇北军”，就是他寻找的“理想的民族势力”。

在《血战归来》，张永兴这样写道：

金同志说：“我给介绍是可以的。但土匪的生活是很苦的！你的身体那样弱，我恐怕你不惯于这种生活！”

我对他说：“观察目前的情形，日本对于东北已具长期占领的决心。政府方面既无收复东北的准备，人民方面再不誓死抵抗，则东北将永远亡于日本。际此时机，除组织民众，武装抵抗，实别无活路。微躯多恙，亦所深知，惟国破家亡，已无暇虑此。”

金同志感余所言，慨允介绍：“我给你介绍的这个人，名字叫高鹏振……他在群匪中，常为他们做排难解纷的领袖。他又能善体民意，对于地方的居民概不扰害。地方的

高鹏振

人民都爱护他。官兵一来，百姓都争着给他去送信息。所以官兵没有法子缉捕他。日久天长，官兵也被软化了，都愿和他做朋友。他基本人数并不很多，至多不过五六十人。可是有事时，他可以号召起三千五千是很容易的。他的朋友很多，就是他一个人可以在辽西十几县通行无阻，因为他到处都有朋友。做土匪已成了他的专门职业。但他为匪十余年，不曾杀过一个人，放过一次火和奸污过谁家的妇女……他绑人的时候，多半是老百姓给他透信——应该绑谁？如何绑法？他绑出钱来，除了按规矩分配给同伙的兄弟们以外，把自己应得的提出一部分，分给那些穷困的百姓。靠他吃饭的亲戚朋友很多。他个人的生活并不奢华。找好了机会，每年做过两三次事，便够一年的花费。”

我听了金同志这一番话，便接着说：“如此，这人也不能算为土匪，这简直是一个民间的英雄……”

“九一八”之夜，“老梯子”高鹏振也在沈阳，正在小河沿盛京施医院养伤。

他目睹东北军的不抵抗，在日军占领沈阳后回到辽西。1931年9月27日，也就是张永兴在北平参加救国会成立大会的那一天，高鹏振邀集各路绿林首领，在新民县白旗堡沙岭岗子（今属新民市姚堡乡红岭村）成立“镇北军”，举旗抗日。10月2日早8点，张永兴从皇姑屯上火车，在新民境内白旗堡车站下车，于次日在姚家窝堡见到“老梯子”高鹏振。寒暄过后，他们才发现早前在沈阳见过了，不过，当时不知彼此是谁。

张永兴给“镇北军”带来了新的变化。

在张永兴的建议下，高鹏振取消“绺子”“蓝把”的名号，改称“东北国民救国军”（简称“救国军”）。10月10日，高鹏振在沙岭岗子再次召开军事会议，宣誓就任救国军总司令。张永兴以《满江红》曲调，将高鹏振写的誓词改成军歌。后来据当年参加救国军的义勇军幸存者回忆，歌词大意是：“起来！起来吧，不愿做亡国奴的人们，山河碎，家园毁，父母成炮灰，留着我们的头颅有何用？拿起刀枪向前冲！杀！杀！杀！”关于歌词还有其他的流传版本，包括在沈阳开客栈的孙铭武，九一八事变后他回到老家抚顺清原组建了“辽东血盟抗日救国军”，也有自己的军歌。这些歌词，都是号召“不愿做亡国奴的人们”奋起抗战。但我最喜欢的还是第一个版本：“山河碎，家园毁，父母成炮灰，留着我们的头颅有何用？”面对如此的绝境，除了抵抗还能干什么！

这样决绝的抵抗，毫无退路、也不留退路。

由于救国军成员绝大多数是农民，没有经过军事训练，出现过因误会被友军袭击的情况，不战而逃者也大有人在。为此，张永兴向高鹏振建议到锦州政府“要求其通令所属辽西各机关相机援助合作，勿加摧残”，他自己也回沈阳，找到东北陆军讲武堂第七期毕业生莫子超，由他请来 20 多位军事人才，到军中传授军事知识，对队伍进行整训。这些措施，使救国军的面貌为之一新、战斗力为之强化。张永兴也被视为救国军的“王军师”。

为什么初来乍到的张永兴会受到高鹏振如此重用和信任？

这与高鹏振的人生阅历与爱国志向密不可分。高鹏振 1897 年在辽宁省黑山县英城子乡朝北营子出生。其父高品仲当过庄头，有良田三四百亩、房屋 30 余间和商号两处。他还有一兄一弟，兄高鹏举，其子高永昌任高鹏振所部义勇军团长，被日军杀害；弟高鹏起，曾任彰武铁路警察，也被日军杀害。高鹏振本人少年习武，在新民文会中学（今新民高中）毕业，后考入奉天文会书院（现沈阳还有一段路叫文会街，便是因书院得名）。在文会书院读至二年级，他被父亲多次写信催回家中守业。

能文善武的高鹏振被乡民推选为首领，拥有百余人，护一方安宁。他兼做保镖，往来于奉天、热河、开鲁、通辽、郑家屯、四平等地。有一次，高鹏振从开鲁运私归来。东北军第二混成旅一营长抢镖，将高鹏振一行 13 人

| 图中前排右二为高鹏振，中为高鹏振胞兄高鹏举，右一为高鹏振胞弟高鹏起 |

扣押。后高鹏振索要无果，发生冲突，当场将官兵击毙9人，营长负伤。那营长也因此将高家抄家。后来又遭遇官兵劫马，官逼民反，他才走上绿林道。他绿林报号“老梯子”，广结豪杰，待人宽厚，深得人心，被辽西、热河一带“绺子”（土匪）推任总瓢把（总头领）。

经历过富家子弟、学生、基督教徒、镖师、义军首领，心许家国、矢志抗日，高鹏振本身就是一个传奇。物以类聚，人以群分。这样的高鹏振，自然欣赏跟他有着经历共鸣的搭档、军师张永兴。九一八事变前，他是爱国学生、基督教徒、反帝组织者、国民党党员。九一八事变时，张永兴在家乡安东（今丹东）因反帝爱国上了日本人黑名单被通缉，幸在沈阳而躲过抓捕。于是，这样的两个人在义勇救国的起点“会师”了。

2017年8月，我们曾经三赴新民深挖高鹏振的“义勇往事”。

我们在红岭找到了高鹏振举旗之地：老房已没有了，由村民在旧址建了新房，院子里还养着几头牛。红岭村村民唐恩乙老人说，他的爷爷唐百年当时是财主，很有威望，人称“唐爷”。他指着这处院落说：“我家原来就在这儿，‘老梯子’就是在唐家大院举旗的。”我们在新民调查时，无论走到哪里，当地人都能说上几句“老梯子”的故事。甚至，新民本地一些文化学者、作家以“老梯抗日”为创作源泉写了一些小说，如李连俊的《悍匪》、祝爱光的《潢南旧事》、刘铁忠的《虎头子》。

在许多新民人心里，无论过去多少年，“老梯子”都是一个很真实的存在与荣耀。老百姓能记住他、世代讲他的故事，关键还是他做了什么、带来了什么。《悍匪》的作者、新民市文化馆老馆长李连俊曾访问过高鹏振后人、义勇军故人和健在的知情者。他告诉我们：“那时候，老百姓还管老梯子叫‘瘸老梯’。老梯子举的义旗是三角旗，是那种火焰红的。那时候，中国的农民比较软弱，干什么都要有领头的。像老梯子这样的绿林英雄有这样的勇气，也有本事和日本人比画，所以他一带头，就有很多农民纷纷响应。所以一提老梯子抗日，当地老百姓都知道，并对此津津乐道。”

新民人记住“老梯子”，因为他抗日了。完成队伍整训后，高鹏振、张永兴带领救国军打了几场胜仗，其中以五台子大捷和梁山烧锅巷战最具代表性。

1932年1月11日，有人急报：金家五台子来了一个百余人的日本马队，把村子包围了。高鹏振遂率领精锐三百骑，分三路围剿日军。战斗时间极短，仅两个小时。救国军缴获机关枪4挺、迫击炮2门、大小枪76支、子弹2车、洋马64匹（其中31匹已死）、钢盔76个等战利品。毙敌73人，内有大尉1名、中尉1名、医官1名。救国军营长刘大用牺牲，他是高鹏振外甥；连长张大海受伤。经此役，日军将新立屯、彰武县一带与救国军易发生冲突的军队撤走。此战被称为“五台子大捷”。战后，张永兴总结“救国军与日军作战获得相当经验，故对日作战之胆量益壮，自信力益强”，救国军在民间声望也达到一个高点。

五台子大捷，使高鹏振和张永兴领导的救国军成为日军眼中钉。日军欲寻衅复仇却又不敢轻举妄动。张永兴是这样描述日军面对救国军时的尴尬处境："虽奉令尾追，每于距我军二三十里外，即以重炮示威，期吓走而已。如我军不走，彼也不进，复以飞机投弹，以之扰乱……在相持之一月期间，不可避免之冲突，亦不下十余次，其结果，日方之损失，均较我方为甚。"在日军"尾追"下，救国军移防梁山烧锅村。

1932 年 2 月初，日军来袭，高鹏振选 20 人在前诱敌，其他埋伏在一些民户院内。日军以为救国军大部已撤，便整队入村。刚进村，救国军由各院内大喊杀声奔出，敌军大乱，仓皇奔走，弃迫击炮 1 门、机关枪 2 挺、辎重车 1 辆，死伤 26 人。

此战是继五台子大捷后救国军又一次重要胜利。

两场仗过后，张永兴受救国会调派离开救国军，回到北平，并于当年撰写了《血战归来》。同年 12 月，他加入中国共产党（隶属河北省委），并恢复了张永兴的名字。1934 年 4 月，他受由佐尔格（有"二战谍王"之称）组建的共产国际上海情报站派遣，潜伏齐齐哈尔，组建地下军事情报站，成为直插敌人心脏的一把利剑。1937 年 1 月 5 日被日寇杀害。那时，他用的名字是张惠民。

张永兴离开后，高鹏振及所部至死都没离开他们的家乡——新民、黑山、彰武、阜新一带。在日军倾力"围剿"下，很多义勇军队伍被迫解散，但他们却在更为复杂、险恶的环境下坚持抗战。1937 年 5 月 3 日，高鹏振率部下 10 余人到黑山、彰武、阜新联络抗日。行至彰武、阜新交界处，被日伪讨伐队包围，高鹏振右臂负伤。突围后，他来到彰武县太平山村（今属阜新市彰武县平安乡）好友刘永安家，相随的有拜把子兄弟双胜。对于高鹏振来说，双胜是可信任之人。举旗时，双胜便是自己的左膀右臂，随他出生入死。然

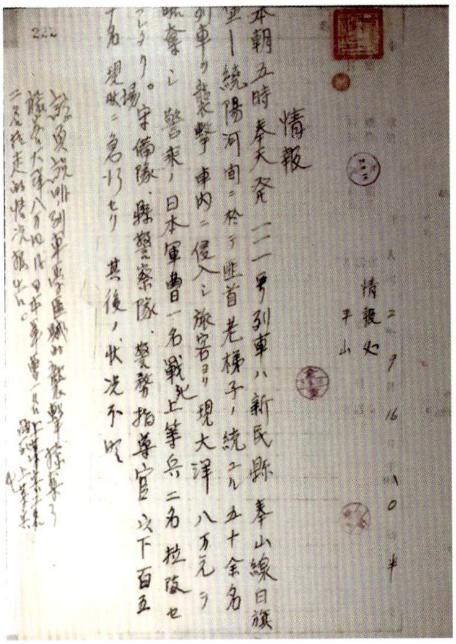
情報

本朝五時奉天発一一一号列車ハ新民縣奉山線白旗堡ー繞陽河間ニ於テ匪首老梯子ノ統ユル五十余名列車ヲ襲撃車内ニ侵入シ旅客ヨリ現大洋八万元ヲ略奪シ警乗ノ日本軍曹一名戦死上等兵二名拉致セラレタリ。守備隊、縣警察隊、警務指導官以下百五十名現場ニ急行セリ　其後ノ状況不明

満铁档案中关于老梯子率部袭击奉山线列车的记录

而，在一个叫十里堡的地方，双胜背后开枪，击中了高鹏振的后心。因为他已经被日伪收买，叛变了。

“老梯子”高鹏振遇害的时间是 1937 年 6 月 27 日。

在六年内，他与日伪作战百余次，威震敌胆，是日伪军不可回避的“恐惧”。

查阅《“满洲国”警察史》会发现：日伪当局将“老梯子”高鹏振同抗日民族英雄杨靖宇、赵尚志相提并论，同列为重点“肃整”消灭对象。这六年，从九一八事变到国共再次合作、全民族抗战开始，是东北地区局部抗日的一个缩影。2015 年 8 月 24 日，高鹏振被列入经党中央、国务院批准，民政部公布的第二批 600 名著名抗日英烈和英雄群体名录，标记为“高鹏振（1897—1937），东北国民救国军司令”。

鲁迅先生于 1934 年 9 月 24 日发表文章《中国人失掉自信力了吗》，写道：“我们从古以来，就有埋头苦干的人，有拼命硬干的人，有为民请命的人，有舍身求法的人……这就是中国的脊梁。这一类的人们，就是现在也何尝少呢？他们有确信，不自欺；他们在前仆后继地战斗，不过一面总在被摧残、被抹杀，消灭于黑暗中，不能为大家所知道罢了。”他不吝笔墨，大力颂扬了以高鹏振、张永兴为代表的东北抗日义勇军。

如今，在红岭村高鹏振首举义旗的旧址，已经建立一座小型纪念馆。

唤醒者

自九一八事变开始，无数不甘心当亡国奴的东北子弟流亡关内。

先介绍两所中学，一所犹存，一所已消失。

东北中山中学，是那所“犹存”的中学，现位于沈阳市和平区南昌街13号。1934年3月26日，它在北平创办，是当时第一所“国立中学”。从1931年九一八事变爆发到1934年初，流亡平津一带的东北青少年已有数万。东北中山中学的创办使命便是“解决东北流亡学生就学与生活问题，保护和培植东北的爱国力量”。1935年12月，该校1000余名学生和部分教师有组织参加了“一二·九”运动。经此洗礼，不少东北中山中学的少年“爱国犯”加入了“中华民族解放先锋队”（中国共产党外围组织），而郭峰、李涛、吕东、于克等一批学生运动领导者后来成长为新中国的建设者。1936午11月，东北中山中学师生撤离北平，辗转南下，流亡苏、湘、桂、黔、川数省，历重庆轰炸之灾难、经失亲丧友之痛楚、持读书救国之信念，终至四川威远静宁寺，度过了相对安定的七年半读书生活。抗战胜利后，师生们从1946年10月开始返乡，于年底抵达沈阳。从创校至返沈，整整用了12年多。

东北中学，便是那所“已消失”的中学。

1931 年 10 月 27 日，私立东北学院在北平成立。后大学部迁出，东北学院于 1932 年初改为私立东北中学（西安事变后被改为“国立中学”）。由于被视为“抗日团体”，1935 年 7 月，东北中学被迫南迁至河南信阳鸡公山。1938 年 7 月迁到湖南邵阳县桃花坪，经邵阳、烟溪、溆浦、辰溪、芷江、晃县入黔，又长途跋涉贵阳、息烽、遵义、娄山关、桐梓、重庆诸地，于 1939 年 7 月到达四川威远静宁寺。1941 年暑期，东北中学被解散，初中部学生并入东北中山中学，抗战胜利后北归沈阳。该校共培养出 1500 余名学生。

这两所最终合二为一的中学，便是本文铺开的一个基点。

当年的流亡学生、新中国成立后任辽宁省委第一书记的郭峰在北平时，曾以自己被捕经历为背景在报纸发表了文章《磨炼》：“没有阳光，没有温暖，每个角落里尽都是阴沉沉的暗湿。若是从哪一个破墙缝中透出一丝阳光，那我的心立刻就获得了财宝一样的喜悦，因为阳光对我们比什么都珍贵啊……我知道我还有机会再向人间跳；那么让我用最大的勇气活下去，为了明天，我必须坚忍着奋斗在黑夜……”

东北中山中学、东北中学，两所流亡中学同在四川威远静宁寺办学

1946年，东北中山中学从四川威远静宁寺北归沈阳（校址位于沈阳市和平区南昌街13号）。图为校舍老照片

“用最大的勇气活下去，为了明天。”这句话道出了多数东北流亡学生的心声。

在抗战初期，这些东北流亡青年是东北抗战甚至中国抗战最有力量的行动派，无时无刻不经历着“牺牲已到最后关头”。他们的流亡抗战为中国抗战作了先锋性的实践。在这股先锋力量的串联下，中国抗日民族统一战线有了最早的雏形。

从时间上说，战争开始即爆发难民潮，而难民中，东北流亡青年群体则是极具抗战精神的力量。1936年10月中旬，东北流亡学生、中共地下党员张兆麟在《西京民报》创刊号首版发表的《我们的信约》中指出：“我们是（九一八）事变后首遭牺牲的人，今天本报出版，我们是哭？是笑？是苦恼还是兴奋？真是苦辣酸咸一齐入口，不知是何滋味。”继而高呼：“我们无以欢笑，但哭有何益？我们要复土，我们要回家；我们渴望四万万五千万黄炎遗胄早得雄飞海内；我们渴望东北四千万同胞早见故国旌旗。那么，我们今后，惟有振起精神，就其才力所及，以最大最善之努力唤起国人，冀以完成民族复兴、雪耻复土的艰巨工作。”

“（九一八）事变后首遭牺牲的人”说到了时间点上。

一位东北中学的老校友回忆说，抗战期间，每月 18 日，全体师生举行国耻纪念会，让从前方回来的将士和从沦陷区逃出来的人，讲述抗日事迹和同胞在沦陷区被日寇残害的情况。随后，全体师生向抗战烈士及死难的同胞默哀，在默哀中鸣钟18次。“在就寝前，有时你会听到伴有哭泣的歌声。他（她）们的父母、姐妹、兄弟有的被杀，有的被活埋，有的失踪了……各种各样的遭遇都有，他们怎么能不悲伤，怎么能不愤怒呢？”东北流亡青年是亡家亡省、流离失所的最早受害者，这样的切肤之痛、椎心之辱使之成为中国民众中最早觉醒并付诸行动的群体之一。在东北流亡民众中，抗战要求强烈、抗战意志坚决和抗战行动彻底的便是这个群体。无论是有组织的还是自发的，他们“求同存异”，放弃个人政见分歧，以抗日救亡、收复故土为共同目标，对于一些人来说，救亡甚至是成为其行动唯一目标。所以，从时间概念上说，东北流亡青年群体是中国青年学生抗战的代表。

从实践上说，无论战时之战还是未来之战，东北流亡青年群体都是中国抗战的重要构成与重要表现。就战时之战而言，成千上万的东北流亡青年或奔赴抗战前线杀敌，或从事适应抗战需要的工作，只要是抗战的地方就有他们的身影。其中，大批东北流亡青年在爱国力量或者爱国团体的支持下潜回家乡，组织救国义勇军，像宋黎、苗可秀等就是这样的代表；在中国抗战前六年，东北流亡青年群体是代表中国武力抗日不可或缺的力量。

而未来之战的战略意义更为重大、深远。日本人武力侵略、经济侵略，实现的是现实利益和短期利益，而文化侵略，则是要实现让中国灭族亡种的终极目的。侵华日军蓄意摧毁中国的教育。他们每到一处，便投弹轰炸，再加炮击，骑兵步兵齐上阵，摧毁未尽，继而纵火、侵占校舍。“日人之蓄意破坏，殆即以其为教育机关而毁坏之，且毁坏之使其不能复兴，此外皆属遁辞耳。”这是蔡元培等 102 位中国教育文化界名人用英文发表的联合声明，向国际社会揭露日本破坏中国教育机关的罪行，称此实为“世界文明史上之最大污点”，呼吁世界开明人士，一致谴责制止这种毁坏威胁文明的野蛮暴行。1932 年“九一八”一周年时，傅斯年指出：“九一八是我们有生以来最严重的国难……假如中国人不是猪狗一流的品质，这时候真该表示一下子国民的人格，假如世界史不是开倒车的，倭人早晚总会得到他的惩罚。所以，今天若把事情浅看出来，我们正是无限的悲观，至于绝望；若深看出来，不特（“不仅”的意思）用不着悲观，且中国民族之复兴正系于此。”他还说：“我们若以民族的希望为宗教的信仰，以自身之勤勉工作各尽其职为这信仰之行事，则大难当前，尽可处之泰然，民族再造，将贡一份助力。”傅斯年所说“中国民族之复兴正系于此”的，其实就是文化抗战。

朱光潜明确提出了文化抗战的主张。他指出，抗战以来中国最堪忧虑的不是国土的丢失和军事上的失利，而是文化所受的重创。关于抗战，他更看重的是百折不挠、坚持到底的“我们的抗战的精神”。他说：“有的人以为这次便是最后的战争了，实则并不是这样。我们还是要作长久的计划，激励培养中国文化之生命与元气。只要文明生命尚在，我们中国还不会遽然而亡的……救国之道，不只是在注意物质方面，就可以了事的，还要特别注意精神方面的修养。在战争中交战两国所抗衡的不仅是枪炮，尤其是民族文化与民族精神。”培养中国文化的生命与元气，便是中国抗战的未来之战。

从影响上来说，东北流亡青年群体对中国抗战作了充分的动员、具有说服力的参与，为整个中华民族万众一心、众志成城、同赴国难、抵御外敌做了基础性准备与发动。1935 年 5 月 24 日，电影《风云儿女》在上海金城大戏院上映，田汉、夏衍、许幸之为编剧和导演。这是一部反映抗日救亡的电影，表达了当时国人不甘做亡国奴、坚决反抗日本侵略者的决心。该片在中国各地热映，其主题歌《义勇军进行曲》成为当时的战歌。“把我们的血肉筑成我们新的长城”成为当时最有力量的抗战“吼声”。实际上，这部电影

东北流亡学生参加的东北民众救国请愿团在南京街头

的两个主角就是两名流亡到上海的东北青年，一个叫梁质夫，在抗战前线阵亡；另外一个叫辛白华，是诗人，在得知好友梁质夫为国捐躯后，最终抛弃了以前那种享乐的生活，走上抗战的最前线。这说明什么？说明东北流亡青年群体在当时已是抗战文化的一个标签并获得了广泛的认同。东北流亡青年与义勇军一样，都是中国全民族抗战的主要标签之一。

对长达十四年的中国抗战来说，东北流亡青年既是受害者，更是抗战情感与舆论的呐喊者，在全国抗战酝酿与准备上表现出至关重要作用的文化力；作为流亡抗战、教育救国、读书报国先行者，东北流亡青年要比后来的全国性教育西迁运动要早六年，以东北流亡青年为早期代表的中国知识界整体迁移，薪火相传，为中华民族的复兴留下文化火种。他们，在中国共产党人的领导下，或指导下，或影响下，连起民心、共赴国难。他们跨过了那个地理上的山海关，犹如一股铁流，播撒了抗日的火种，激发了全民族抗日救亡的热情，传播了先进的救国文化，树起了抗战的一面旗帜，铸就了一座移动的

“山海关”，成为发动全民族抗战的一股唤醒力量。抗战胜利后，他们又纷纷回到故土，成为重要的解放力量，继而成为新中国的建设者。

这些，都印证了鲁迅在“一二·九”运动后说的那句名言：“石在，火种是不会绝的。”东北流亡青年及几年后全国范围内的教育西迁，让日本人使中国灭族亡种的企图彻底破产。在抗战中幸存下来的东北流亡青年返乡复土，成为国家建设的主力军，在新中国各条战线、各个领域全面开花。

当前，关于东北流亡青年群体的历史、文化和精神价值，仅仅被挖掘了冰山一角。

不过，也有个好消息：东北中学快复校了。在沈阳市政协委员与新闻媒体的共同呼吁下，抗战时期仅“存活”十年的东北中学开启“复校”进行时，已在规划中，地点就在浑南区科技城，离东北大学浑南校区很近。

故宫啼血

沈阳故宫，是闻名全国的文化景观。

今天，我们在沈阳故宫参观旅游时，可能会跟一些宫斗剧联系起来，却想不到这里曾经流下抗日志士张凤岐的鲜血。此事跟 1932 年的一起“抗日大案”有关。义勇军的兴起与黄显声有着莫大的关系，而张凤岐又深受黄显声的影响。1929 年春，在黄显声的举荐下，张凤岐任洮南县公安局局长。一年后，黄就任辽宁省警务处处长，即调张为沈阳县公安局局长兼公安大队长。

| 张凤岐 |

“九一八”之夜，黄显声、张凤岐率领爱国警察与日寇巷战。后黄显声被迫西撤至锦州，张凤岐则率部撤至城北新城子一带。1931 年 9 月 22 日夜，张凤岐赶到锦州。黄显声给他下达一个更为重要的任务：潜回沈阳，秘密组织爱国警察、公安队、乡下民团、警备力量，

统一行动。

1931 年 9 月 25 日，张凤岐带领 60 余名部属秘密回沈。他们在蒲河警察分所开会，参会的有沈阳县警务局督察长杨春元、司法科长耿光汉、庶务科长程云桥、公安大队长秦国禄等。张凤岐传达了黄显声的指示，对骨干人员做了分工。此时，日本人在沈阳县已派一位李姓伪县长，急需有一名警务局局长帮其维持治安。经运作，张凤岐被保举为县警务局局长。张接受伪职后，在沈阳四乡组织民团、大会，表面上是为防匪保城，实为组建抗日义勇军。他扩充骑警队，安排自己二弟任中队长，将军警实权掌握在自己人手中。从 1931 年冬至 1932 年 4 月间，黄显声多次派人与张凤岐联络，并送来数万元大洋当活动经费。张凤岐也多次派人面见黄显声，汇报沈阳地区军警宪特组织机构、兵力部署和重要人物情况，这些对抗日义勇军发展壮大起了重要作用。

1932 年 5 月初，黄显声向张凤岐传达东北民众抗日救国会（简称“救国会”）将于 8 月组织义勇军进攻沈阳城的指示。张凤岐召集部下密商暗杀关东军司令本庄繁、伪奉天省长臧式毅计划。当时，张凤岐可调动总兵力约 8000 余人。准备大干一场的张凤岐向两个弟弟交代后事：“国难当头之时，我和二弟一起打日本鬼子，三弟在家好好照料母亲，也许我将在这次攻城战斗中为国捐躯，但死而无憾，这是每个中国人应尽的天职！”在此期间，日本人命张凤岐去东部山区“进剿”义勇军，他也借此机会补充不少武器弹药。

然而，张凤岐的部署还是被日伪当局察觉到了。

1932 年 5 月中旬，日宪兵队怀疑沈阳县警务局便衣队胡毓钟是东北义勇军密探，将他秘密抓捕。在严刑拷打下，他供出县警务局督察长杨春元同义勇军有联系。杨在家被捕。杨在审讯中拒供，又无证据，只能先被视为嫌疑犯。但在杨被捕当晚，张凤岐的警卫员孟献臣（绰号“孟小胡子”）喝酒闹事被沈阳城内皇宫宪兵分遣队拘捕。日本人打了他几个耳光后，孟说：“你们日本人等着吧，局长说了你们长不了了……”短短几句话引起了日本特务的重视。5 月 16 日，孟醒酒后，日宪兵队对他严刑拷打，孟受刑不过，供出张凤岐准备 8 月策应义勇军攻打沈阳的计划。日宪兵队马上将这一情况报给“新京”（今长春）宪兵总队和关东军司令部，“新京”急电沈阳日伪当局，令其迅速逮捕全部参与者。

张凤岐、耿光汉、程云桥、陈范等被捕。

张凤岐在沈阳故宫大政殿后的草地上被残忍地焚杀。

对于张凤岐后人来说，有一件事还是有遗憾的，即无法确定张凤岐牺牲的准确时间。张凤岐的外孙刘杰说：“因为日本人刻意隐瞒，我们至今都无法知道姥爷遇害的准确日期。每次从这些报纸上看到姥爷的事，我心里就像堵了块石头……”1956 年，这个谜团从曾在马路湾日本宪兵团充当“宪兵补”的胡江供述中被不完整地揭开，也仅仅是“7 月下旬”。

胡江供述说：

张凤岐的身份特殊，刚开始时没有动刑，吃住都不错，日本宪兵容许警局和家人给他送饭、送烟等，目的是让他在报纸上发表声明，招抚义勇军及其部队投降，条件是仍任原职或到警校去当教务长。“我是一个中国人，是不会当汉奸的，死了这条心吧！”

1932 年 5 月末，张凤岐被押送到马路湾日本宪兵团（日本宪兵团特高课驻地）。日本宪兵对张凤岐施加酷刑。

有一次，我去刑讯室给行动科长山野武夫送热水，正赶上他们在审问张凤岐。这时，张凤岐已是伤痕累累、满脸血污，他艰难但很有力地说：“我张某人身为警察局长一天，就有责任保护百姓的安全，你们日本鬼子占我们沈阳，我组织警察打你们，这是我的职责。投降这个词在我身上不存在。”山野问：“你们计划暗杀本庄繁司令吗？”张笑说：“那是自然，只是我没找到机会……”这是我亲耳听到的话、亲眼见到的场面。

1932年6月间，张凤岐刑伤太重，昏迷不醒，已无法接受审讯。

日本宪兵团特高课课长山口派军医为张治伤。山口对军医说："暂时不能叫他去死，新京（长春）宪兵总部很重视这起案件。"军医简单治疗后，说："犯人刑伤太重，如果再动刑，恐怕很快就会死的。"日本看守也反映："刑伤使他彻夜难眠……"

鉴于此，日本宪兵将张凤岐等六名要犯头罩黑布押上火车，于6月末送伪新京宪兵本部继续审讯，7月上旬又将张凤岐押回沈阳，关在城内皇宫宪兵分遣队拘留所，其他五名抗日志士未能回来。张凤岐押回不久，小川接到宪兵团命令，秘密处决张凤岐。

1932年7月下旬的一天黄昏，日本宪兵将张凤岐押到故宫大政殿后的草地上，用铁丝将他绑到石柱上，从头到脚全涂上大漆，用火点着，将其活活烧死。熊熊的烈火瞬间吞噬了这位年仅45岁的义勇救国者。

杨春元是在被割舌后血尽而死，耿光汉、程云桥、洪德彰、陈范在大石桥被敌活埋。"抗日六志士"英勇牺牲后，义勇军处决了叛徒，于1932年8月28日、9月1日攻打沈阳，火烧飞机场，袭击兵工厂，破坏电台，给了日军极大打击……

请记住"抗日六志士"：

张凤岐，45岁，沈阳县警务局局长，家住大西关大什字街；

杨春元，31岁，沈阳县警务局督察，家住沈阳县第九区界沙子沟黄村；

耿光汉，36岁，沈阳县警务局司法科科长，家住警务局内；

程云桥，46岁，沈阳县警务局庶务科科长，家住大西关小什字街南胡同；

陈范，30岁，沈阳县警务局庶务科科员，家住沈阳县第一区南胡同；

洪德彰，29岁，沈阳县警务局督察员，家住警务局内；

这次抗日行动虽然失败了，却引发了广泛的关注。

瀋陽縣警務局長
張鳳岐謀叛始末
襲擊省城未遂事件

陰謀人犯

發覺經過

事件概況

1932 年 7 月 31 日《盛京时报》报道的消息

1932 年 7 月 30 日、31 日，关里关外有 30 多家报纸对事件进行了报道，如受日伪当局控制的《盛京时报》报道的《沈阳县警务局长张凤岐谋叛始末——袭击省城未遂事件》、关内的北平《晨报》报道的《沈公安局长等谋反推翻伪国，不幸事泄被日军逮捕》等。就当时情况分析，这样的报道完全是现象级、爆炸性的，这一报道产生的影响，对全民族抗战的呼唤和酝酿起到了不可估量的作用。

张凤岐的儿子——杭州笕桥航校十二期学员、曾在美国陆军第六高级军官航校深造并获中尉三级军衔的张大飞，在 1945 年 5 月 18 日驾机御敌的战斗中为掩护友机而壮烈牺牲。张大飞曾写信说明从军的理由：“日本人把我们逼成这样，我也没有心情念书或等待一个没把握的未来。我家有三个哥哥和弟弟，我如今如愿考进了空军官校，可以真正报效国家，为我父亲复仇。”不只是他，后来他的弟弟张大翔也考入航校，成为空军飞行员。张凤岐泉下有知也当瞑目，两个儿子继承了他的抗日遗志。张大飞牺牲后半年，远在美国学习飞行的张大翔才收到噩耗。他满眼含泪，抬头仰望东方的天空。父亲死了，哥哥也死了，苦学飞行术，回到祖国时，抗日战争却已胜利。国共内战很快爆发，张大翔不愿意将枪口对准自己的同胞，从部队退役，新中国成立后，长期在航校从事教学。

在南京紫金山北麓的抗日航空烈士纪念馆，张大飞的名字被刻在英烈碑上。

英烈碑共刻有 3306 名抗日战争中牺牲的航空烈士名字。2015 年 7 月，

张凤岐与妻子王锡珍、7个儿女的全家福，1929年摄于“奉天义成照相馆”。二排右二为张凤岐烈士，二排右一为其四子、抗日航空烈士张大飞，二排左一为五子张大翔

我们来到南京抗日航空烈士纪念馆，寻找“张大飞”。沿一条小路来到烈士公墓区，绕过青松翠绿，走上一级级的台阶，我们看见了抗日航空烈士纪念碑，它像是胜利的“V”字，又像是战斗机机翼直冲云霄。在刻着“张大飞”名字的英烈碑前，一瞬间，我们似乎看到了那个在沈阳故宫被残害的父亲，看到了那个在河南信阳上空壮烈殉国的儿子。我们想起了齐邦媛于1999年5月在这块英烈碑前说的那段话：“一个立志‘但使龙城飞将在，不教胡马度阴山’的男子，以血肉之身殉国，27岁的生命就浓缩到碑上这一行字里了。是不是这一块碑、这一行字，能成为一种灵魂的皈依？”在这里，陪伴张大飞的还有他的两位东北中山中学校友：巴清正、武振华。殉国时他们同样风华正茂，前者才22岁，后者30岁。

我们在不同区域的英烈碑上找到了他们的英名。

我们将鲜花一一摆在张大飞、巴清正、武振华的英烈碑前。

以命为笔

还是那个奉天基督教青年会，沈阳市沈河区朝阳街 151–1 号，那个任国桢、吴晓天播下革命火种、建立沈阳地区第一个党支部的地方。一批爱国志士、活跃人士在这里经常聚会学习、热议时局，用现在的话说，叫“头脑风暴”。

在他们当中，9 个沈阳人志同道合，自发形成一个“友谊小组”。

小组中有沈阳地区早期共产党员、有着志诚银行经理身份的巩天民，来自奉天医科专科学校的教授刘仲明、毕天民、于光元、张查理、李宝实，在沈阳创办同仁医院的刘仲宜，“一生所愿广建贫校”的教育家张韵泠，以及跟巩天民一样来自金融界的邵信普。

刘仲明、张韵泠回忆说：“九一八事变以前，青年会一些朋友们常常因事接近，来往碰头，久而久之，逐渐形成了一个友谊小组，以刘仲明为召集人。九一八事变以后，骨干联络人阎宝航离开东北，由巩天民、刘仲宜协助联系。面对山河破碎，小组同仁对于东北命运时切殷忧，每次聚会，必各饮一杯苦水，以示卧薪尝胆。同时，小组对于各团体所进行的地下工作，也代为设法掩护，给予各种方便。某次，巩天民因事入关，小组决定上书张学良，催促他痛下决心，联合真正抗日力量，早日打回老家。信写好后，小组全体签名，托巩天民面交请愿。据巩天民回沈报称：“张学良阅书后，极为感动，郑重表示，决意联合各方面抗日力量，收复失地。”

巩天民北平一行带回了一个重要消息：国联调查团要来华。

小组在刘仲明家里召开紧急聚会，做出一个决定：用日军侵华原始证据在国联上说话，向全世界揭露日本的罪行。大家觉得这是一个“错过就不再有”的机会。“有些老友已去关内，奔走抗日，当此紧要关头，这个揭穿日本侵略及制造伪国罪行的抗日活动，只能由我们来承担。”刘仲明说。因此，“友谊小组”也变成将要做一件爱国壮举的“爱国小组”。

刘仲明家是“爱国小组”经常开会的地方

这个时间，大概是 1932 年年初。“爱国小组”确定了搜集证据的方向，主要针对日本的三大欺世谎言：日本发动九一八事变纯属“自卫”；日军占领东北各城是由于中国不能维持秩序，驻兵系为维持秩序；建立“满洲国”完全是东北人民自愿。“爱国小组”强调实证，要借助日本的报纸或敌伪“官方文件”，使日本没有反驳的余地。

他们搜集这些资料的过程是相当危险的，甚至是惊心动魄的。

“爱国小组”分头对日伪在东北设置的军事设施进行拍摄，其中包括日本在东北成立伪满洲国的横幅及日本成立伪满洲国的文件、公告等。最惊险的是拍摄军事设施和日军直接给伪政府的命令。军事要地每日都有日军站岗，想拍摄是极其危险和困难的。如何拿到日军直接给伪省政府的命令是困扰“爱国小组”成员很久的难题。最后，小组分析了管卷人的思想，认为管卷人有一定的爱国心，便决定与之谈话。所幸，此人得知此事后慷慨应允。一天深夜，管卷人想办法支走监视的日本人，“爱国小组”成员偷偷打开保险柜拿到文件，连夜拍照后又将其放回原处。

还有一份证据，是伪沈阳市政府函请商会派人参加庆祝“建国游行”并送赏金千元的原函，由巩天民利用沈阳商会负责人身份冒险进入商会取出。证明“日军把持财政”的布告是贴在财政厅门前，每日有日军站岗，很难拿到手。一个大晴天上午，在1925年沈阳“六十”学生运动当过总指挥的毕天民，从僻静处爬到日军司令部对面一家商号房顶，为等光线充足时拍到清晰的照片，毕天民趴在房上一动不动。时间太长，腿麻了，一伸腿儿就蹬掉一块瓦片，瓦片掉入院内。有人大喊：“房上有小偷！”呼啦啦过来好几个人。毕天民隐蔽不动。不见动静，人才散去。等光线充足，正好又有一辆汽车驶来，毕天民在汽车鸣笛中按下快门，最终拍下了布告。

有些日军张贴的告示，都是小组成员在白天寻到，记住地点，深夜怀揣着水瓶子将告示湿润后撕下来的。也有一些布告残损不全，小组成员都加以修补并原文呈现，目的就是要有真凭实据，使日军无法抵赖。各方面搜集来的材料均交刘仲明加以归纳整理，斟酌取舍，进行编写。搜集、整理和编写工作用了约40天，打印用了8天，都在夜间进行。刘仲明、毕天民和张查理同住一院，整理编写工作还算顺利。所有证据都被粘贴到一个大相簿中，进行编号索引。谙熟英语的刘仲明等还编写了英文说明。

证据汇编完成后，张查理的妻子制作了一个蓝缎子布包，用红色丝线绣上英文“TRUTH”。《TRUTH》已成，只待国联调查团来到沈阳后递交。不过，需要考虑的是如何递交。直接递交估计是不行的，日本人肯定会横加阻挠。

刘仲明同盛京施医院院长雍维林进行了接触。雍维林很愿意帮这个忙，但他提出：要交这个材料必须有一封用真实姓名签名的信，并且亲自交到调查团团长李顿手上。若只有材料没有实名信，等于告密，按照国际惯例，是不被采用的。同时，他引荐法库传教士倪斐德博士为递交人。倪斐德儿媳的教母是李顿的夫人。于是，刘仲明写了一封信，大意是：“我谨代表沈阳‘爱国小组’，计有大学教授刘仲明、张查理、毕天民、李宝实、于光元，社会教育家张韵泠，银行家巩天民、邵信普，医学家刘仲宜，共九人……希望通过这些材料，对贵团了解中国东北实际情况有所助益。”信末写下“刘仲明敬具”。

存放于联合国日内瓦办事处图书馆的《TRUTH》史料

实名“上书投诉”，意味着他们不但押上了自己的性命，还可能搭上他们的家人。这也是倪斐德来刘家取材料时深受感动的原因。倪斐德接过《TRUTH》那一刻，这样说道：“If I die，I die for a great cause（如果我死了，我是为了一个伟大的事业而死的）。”

1932 年 4 月 21 日，调查团来到沈阳。

姗姗来迟的国联调查团在沈阳受到了日本人几乎密不透风的“保护”。

|《TRUTH》史料的英文说明|

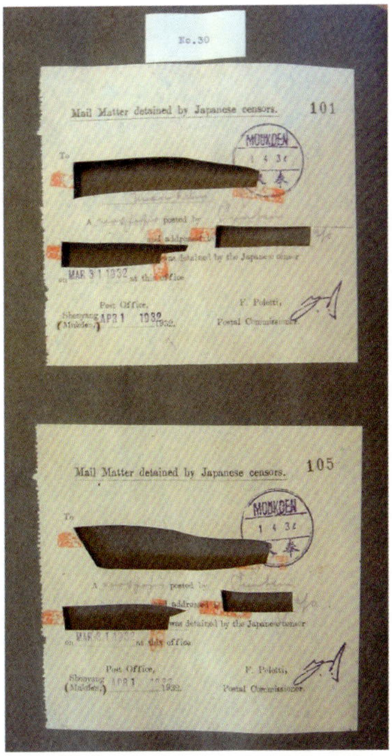

九一八事变后，凡有日本人存在的地方，所有中国人的信件都要受到日本军事当局的审查。图上有“日本宪兵队审查”印章

调查团团长英国人李顿在给妻子的信中这样写道：“我们在这里第一个星期是一个噩梦。日本人非常多疑，我们被迫接受保护，实际上被看作囚徒。”身为调查团团长，甚至后来国联调查团也被称为“李顿调查团”，他看似风光无限地出行却变得尴尬无比。他和调查团成员实际上都失去了自由。这种情形在“爱国小组”的《TRUTH》英文说明中得到了另外一种反映：“在日本人存在的情况下，事件的真相是不能从当地的中国官方得到的。他们只能说日本人允许说的话，否则他们和他们的家属都将面临严重危险。”调查团的“囚徒生活”也反证了《TRUTH》的价值。

当倪斐德告诉李顿，有人想实名“上书”，且这些人“皆是当地人，皆

| 大和旅馆（今辽宁宾馆）是李顿和调查团成员“囚居”沈阳的地方 |

是为群众所尊重的人，有卓越的识见、有独立见地”时，李顿像在沙漠中看到了一抹绿色，说：“这正是我想见到的人！”实际上，国联调查团曾收到“1550 份书信及证据”，但多是情绪化控诉而缺少实证性。

1932 年 4 月 25 日，倪斐德邀请李顿来到沈阳大西边门外牧师谭文纶家吃晚餐。几个“保护”的日本人也跟来，但由于房间狭小，不好坐下，又无可疑者，便退到室外等候。参加晚餐的有谭文纶夫妇、倪斐德、雍维林和李顿及其秘书赫士。他们有了一次私密谈话的机会。倪斐德提及《TRUTH》时说：“该文件相当大，不便携带，我把它放在沈阳英国领事馆铁柜内。”26 日下午，李顿带领调查团来到英国领事馆取走《TRUTH》。27 日，《盛京时报》报道：“调查团成员离开领事馆时，俱面带笑容，似深感满意的样子。”

《TRUTH》的结语这样写道：“人们或许记得，满洲的人口中 95% 以上是中国人，中国人自然要当中国人，并将永远当中国人。世界可能被蒙骗一时，中国人可能处于当前不利条件，但是，任何用武力和欺诈解决的，迟早要有祸患伴后。因此，为了世界和平与秩序，为了公正和正义，我们诚挚恳请您们关注和大公无私地研究处理当前的中日争端。”

这份英文书写的日军侵华原始证据汇编，确实对国联调查团“了解中国东北实际情况有所助益”。这套证据汇编“以子之矛，攻子之盾”，一一揭穿了侵华日军的欺世谬论。其原始性、实证性、系统性、法理性独一无二，符合国联调查团的“证据标准”，被作为重要依据纳入《国联调查团报告书》。1933 年 2 月，国联大会审议《国联调查团报告书》，投票结果是 42∶1。除日本外，42 个国家投了赞成票，国联裁决日本发动九一八事变、建立伪满洲国的行为是破坏国联宪章的错误行为。日本也退出了国联。在当时国民政府面对侵略“不抵抗”而寄望于国际调停的背景下，中国罕见地在外交上赢得了一定的胜利。

“大失颜面”的日伪当局对中国爱国人士展开报复，大肆抓捕国联调查团接触过的东北人士。这场抓捕并没有在《国联调查团报告书》发表后马上进行，而是拖到两年之后。这应是故意为之，以此模糊抓捕事件与国联调查的必然联系。日本当时要“破案”并不难。尽管《国联调查团报告书》未对外出示“爱国小组”签名，但其最后类似“鸣谢”地说“在奉天接触到一些银行家、教育家、医师等人士”，日本人只要稍加排查便能锁定范围。1935 年秋，日伪进行大逮捕，除张韵泠之外的“爱国小组”成员均被捕入狱。“爱国小组”成员在狱中被施以酷刑，但都铁骨铮铮，未供实情。由于查无实据，这些人在业界颇有名望，加上各界营救，日军最后只得无奈将“爱国小组”被捕成员陆续释放。

《TRUTH》史料一直被存放在联合国日内瓦办事处图书馆，直到巩天民后人巩捷于 2008 年 6 月 26 日将其找到并复制了这份档案。同年 8 月，巩家后人将《TRUTH》复印件、光盘送回国内。

曾记否『老火车』牙粉

牙粉是什么？对于今天的人们来讲，牙粉早成陌生之物。

倒回百年，用牙粉刷牙还是一件奢侈的事，甚至是有一定身份人的“专利”。

曾记否“老火车”牌牙粉？说起“吃嘛嘛香”的“蓝天六必治”，如今多数人还是有些印象。对，它跟“老火车”牌牙粉有血脉联系，它们都是百年老字号“同昌行”不同年代的产品。100年前，“老火车”牌牙粉是家喻户晓的名牌产品，几乎占领了整个东北市场，直到20世纪五六十年代，许多家庭仍然在使用它。在相当长的时间里，“老火车”牌牙粉在民间多被叫作“老火车头”牌牙粉。

同昌行的创始人叫刘凯平，也是“老火车”牌牙粉的研制者。

刘凯平1890年出生在辽宁义县北砖城子一个普通家庭，读过四年私塾，在家乡一家杂货铺当学徒。23岁时进沈阳，在西华门外租了两间土房，以卖咸菜为生。他爱读书看报又善于思考。有一天，他在书里读到了牙粉制造方法，很感兴趣。他试着用书上介绍的方法反复实验，终于制出牙粉。刘凯平意识到，这是比开咸菜铺更能赚钱的生意。于是，他向舅舅借200元奉票，开了一间牙粉生产小工厂。1915年，工厂开张不久，日本强迫袁世凯签订丧权辱国的“二十一条”。日本人在政治鲸吞的同时开始经济掠夺。就沈阳地区的牙粉生产来讲，刘凯平生意虽兴隆，但产量有限，而每年却有10万打日本牙粉销往辽宁各地。当时全国到处都在抵制日货。刘凯平意识到生意兴衰与国家命运息息相关。

| 刘凯平 |

1921年2月，工厂迁到城内中街东升染房胡同，租六间厂房，厂名定为“同昌行”，并增加了新产品——“老火车”牌牙粉。火车头象征前进，有日新月异之意。他在外包装上印上四个鲜红的大字“提倡国货”。

产品一上市就非常畅销，因此日本牙粉受到严重威胁。

日本人生产的“苦林”“狮子”“司毛卡”等品牌牙粉，在和“老火车”牌牙粉的竞争中均告失败。这样，日本商人与刘凯平产生了尖锐的矛盾。日本关东军的经理科、日本满铁株式会社、日本东拓株式会社、藤泽友吉商店等有关人员，都来同昌行百般刁难，还妄想出高价收买“老火车”牌子……这些均被刘凯平严词拒绝。

有一组20世纪20年代数据很说明问题：日本铁盒牙粉在辽沈地区售价每盒0.5元，袋装牙粉每袋0.25元；同样包装的“老火车”牌牙粉，售价分别为0.25元、0.10元。“老火车”牌牙粉凭借质量和价格优势，很快占领全省市场。为了表示爱国反日决心，刘凯平还给自己起了一个别名，“鲠如”，把日寇侵略东北喻为“骨在喉，吞吐维艰”。这一时期，他又相继结识著名爱国人士阎宝航、车向忱、杜重远，在他们的影响下开始投身抗日活动，参加反日演讲，散发传单，还将工厂利润拿出来资助贫苦学生读书，资助中共地工人员活动。刘凯平的大量捐款如今有据可查的就有：1930年省立第一工科学校失火，他亲自带领职工去救火并当场捐助2000元；1931年辽西水灾，他捐助140万袋牙粉（折合7000元）。

“提倡国货、抵制日货”的爱国行动，遍地开花。特别是1927年后，日本肆无忌惮地侵略满蒙。在东北强占民田，制造惨案，工业品大量向中国市场倾销。反日团体均以“提倡国货、抵制日货”作为抗日手段。还有人刊行国货日报，专门介绍国货名称、商标、品种、规格、性能、价格，以使家喻户晓。城内钟楼南有国货公司，专门贩卖国货；后来又在小河沿成立国货售品所，主要品种如肇新窑业公司的陶瓷、春如墨水、纯益缫织公司的凤绸、广生行的双妹香水、双弟雪花膏、饮和汽水、八王寺汽水、大同酱园的酱油以及瑞光肥皂、真光肥皂……物美价廉，人人争购。同昌行所制造的“老火车”牌牙粉，也陈列在国货公司和国货售品所的货柜里，与上列国货同受国人欢迎。

“老火车”牌牙粉销售日益看好。1930年刘凯平在中街贾记胡同，购地2000平方米，兴建二层楼厂房，准备扩大生产。不料工程还未完工，就爆发了九一八事变。当时沈阳城内一片恐慌，工商界一些人都带着金银细软四散避难。不少亲朋好友都劝刘凯平躲起来，他却选择了相反的一条路——参加抗日义勇军。1931年12月的一天，在报

|“老火车”牌牙粉商标|

馆任职的吴醒州来到同昌行，找到刘凯平本家兄弟刘秩章说：“有位朋友刘海秋，是搞地下工作的，要回北边去没有路费，希望刘凯平接济。”吴醒州是义县同乡，刘凯平慨然应允，由柜上拿去大洋七十元。吴醒州、刘海秋都是搞地下抗日工作的，他们介绍刘凯平加入抗日义勇军，并请他担任高等顾问。刘凯平积极发动学生抗日，策划支援各路义勇军攻打沈阳城等秘密工作。

吴醒州、刘海秋在西下洼子有宿舍，不料被日伪特务侦知。特务先在悦来客栈将刘海秋逮捕，后到西下洼子搜查。吴醒州已避走，特务在炕席下搜出信封一个，上有刘凯平、刘秩章名字。1932 年 2 月 21 日，刘凯平、刘秩章先后被捕。刘凯平提倡国货、抵制日货，“老火车”牌牙粉又充满东北市场，日本人恨之甚深。被捕以后，他先在小北关西下洼子马号被扣留一天，当晚即被押送到城内日本宪兵队。

刘凯平在日本宪兵队，经司令大古青堂、审判官大久保、翻译张国臣多次审讯，被吊、打、灌、烤，受尽折磨，遍体鳞伤。据一位当年曾在日本宪兵队当过“宪补”（中国人）的人介绍，刘凯平被捕后受到多次严刑拷打，日本人向他提的条件是，把“老火车”牌牙粉外包装上的“提倡国货”四个字连同火车头图案拿掉，就将他无罪释放，刘凯平至死也不肯妥协。1932 年 6 月 6 日，日本宪兵队以“反满抗日国事犯”的罪名判处刘凯平死刑。遇害时，他年仅 42 岁。

刘凯平牺牲后，同昌行几经风雨。沈阳公司由其二弟刘兴治经营，其长弟刘自新在天津、成都等地开办分公司。其中，沈阳、天津两地的公司坚持到了新中国成立后公私合营。天津的同昌行是生产“蓝天六必治”的蓝天集团股份有限公司的前身。“天下同昌，志在蓝天”，是同昌行造福民族的企业精神。

1987 年 6 月，刘凯平被国家民政部门追认为革命烈士。

肇新一帜

在沈阳市沈河区惠工广场西南端的不远处，矗立着一座楼面呈灰色、中西合璧式的三层小楼，被沈阳市文物保护部门列为不可移动建筑文物，现为沈阳台商商会办公处。这座小楼的始建者和主人，是创办肇新窑业公司的杜重远。

此楼始建于 1923 年，是当时肇新窑业的办公楼。

肇新窑业办公楼（摄于 20 世纪 30 年代）

1923 年冬，从日本留学回来的杜重远创办一家公司，定名“肇新窑业”。他在日本学的是陶瓷制造，回国后又发现东北瓷器市场几乎被日本垄断，深感中国实业落后、关税不能自主，才决心创办这家陶瓷企业。为筹集资金，他四处寻访亲友，虽经波折，但在当时奉天储蓄会长张志良的帮助下，募得股金 10 万多元。关于张志良，沈阳人更熟悉“张惠霖”这个名字，他生产的“惠临火柴”也是 20 世纪 20 年代盛行东北的国货。

| 杜重远 |

肇新窑业成立时只有一座烧青砖的窑，每年生产青砖 7 万多块，小青瓦 5 万多块，销路还算通畅。经过三年辛苦经营，肇新窑业生产砖瓦共获利 7 万多元，分配给股东。股东们很满意，决定追加投资。在此基础上，杜重远也将肇新窑业建成东北第一座机制窑厂，打破日本人独占本地新式砖瓦的局面。

杜重远说：“砖瓦虽小道，但我要替国家争回权利，至此略觉自慰。”

1927 年 3 月，杜重远开始扩建瓷厂。在此期间，杜重远的声望也达到一定高度。但他扩建瓷厂的现洋 48 万元招股计划却不太顺利。1928 年春，厂房基本建设完成。与手工业不同，机制瓷器要有几百名技术工人。中国瓷业工人以江西为多，但那里的工人只是手工作业，不会使用机器。杜重远三下大连请来日本技术人员安田乙吉。他们曾是同学。安田乙吉来厂后设立小型试验场，又通过关系在日资企业大连大华瓷厂选择技术工人 28 名。公司又招募徒工 80 余名加以训练。于是，机器设备和工人也准备就绪。但各股东交款却迟缓，资金被建厂占用，又有战事屡起、时局多变，工厂面临停

| 杜重远和夫人侯御之 |

工危险。杜重远面见张学良叙述其建设瓷厂缺少资金的状况。1929 年 8 月，张学良到北大营校阅，顺便到瓷厂参观。他看见建筑工程停止，表示予以援助。不久，张学良从边业银行拨付现洋 12 万元作为他个人的股本。

肇新窑业开工之初，大华瓷厂的中国工人纷纷辞职要来肇新，工厂几近停工。为此，日本人以肇新窑业挖其墙角为由，起诉到经济法庭。庭审中，杜重远严词答辩："中国工人愿意到中国人开办的工厂工作，乃是上关主权、下关人权之所为，无可非议之举。"在奉天民族工商业者声援下，日方以败诉告终。而杜重远又亲自动手，细心研究，反复试验，在 1929 年 8 月 16 日研制成功一款新产品。它色泽优美，花纹新颖，足可与日瓷产品一较高低，刚一上市便赢得赞誉。杜重远经营手法也十分灵活，曾拿出大量实用瓷器，挨家挨户免费送给市民使用。甚至还雇佣一群扭秧歌的艺人，每到一处就演一场。演出完毕，就给每位观看者发一个碗，说："这个碗是咱们沈阳自己产的，记住以后不要再买日本人的瓷器，买我们沈阳人自己制作的碗。"1929 年肇新窑业共生产 300 余万件瓷器，1930 年生产 600 余万件，1931 年生产 1000 万件。肇新瓷器迅速占领东北市场，致使大华瓷厂销量锐减。

至此，东北日用瓷器生产唯"肇新一帜"。

1931 年 9 月 18 日夜，日寇炮轰沈阳。肇新窑业与北大营相邻，不时有流弹落在厂内。日本人对杜重远恨之入骨，多次派人到厂里搜捕，他因在事变前去了日本而幸免于难。杜重远惦念企业及500名员工，曾冒险回沈，遇到中国银行总经理张公权。张告知关东军正在到处抓捕他，杜重远旋即着便装到达天津，后转北平。日本人虽然没有放弃占有肇新窑业的野心，用尽了办法，但都没能成功。

1931年9月27日，东北民众抗日救国会在北平成立，杜重远被推选为常务委员兼政治部副部长。此后，杜重远与高崇民、阎宝航、车向忱、王化一、卢广绩、王卓然一起被誉为东北“救亡七杰”，奔走在争取民族独立的路上。

从1931年冬至1932年春，杜重远以记者身份，在湘、鄂、川、赣、沪、宁等地进行抗日救亡宣传工作，演讲60余场次。每到一地，他都把见闻写成通讯寄给《生活周刊》主编邹韬奋，发表在《生活周刊》上。他曾向邹韬奋说：“望兄紧握着你的秃笔，弟愿喊破了我的喉咙，来向这个冥顽不灵的社会猛攻！”为及时反映对重大时事问题的意见，他支持邹韬奋创办了一份日报。1932年春，以邹韬奋为主，杜重远、李公朴、胡愈之等共同发起筹备《生活日报》。但由于国民政府设置的重重障碍，未能如愿。邹韬奋愤然出国，杜重远创办了《新生周刊》，自任总编辑、发行人。在发刊词上，他明确宣布：“站在反帝的立场，为求民族生存而斗争。”

1935年5月4日，《新生周刊》刊载一篇《闲话皇帝》的文章，里面写道：“目下的日本……舍不得丢弃‘天皇’这一个古董，是企图用天皇来缓和一切内部各阶层的冲突，和掩饰了一部分人的罪恶。”又说：“在现今的皇帝中，最可怜的，恐怕还要数伪满洲国的伪皇帝溥仪了……”此文发表后，日本驻沪总领事以“侮辱天皇，妨害邦交”为口实，向国民政府提出严重抗议，无理要求封闭新生周刊社，惩办编者和作者。国民党当局居然真的以“妨害邦交”为由，判处杜重远一年零两个月徒刑，公开宣布抗日非法，救国有罪。

杜重远在法庭上愤激喊出：“我不相信这是中国的法律！”在《新生周刊》最后一期，他撰写《告别读者诸君》一文中号召民众“鼓起斗争勇气，担当历史的使命”，还满怀信心地指出：“最后胜利不是属于帝国主义者，到底是属于被压迫人民啊！”

杜重远被监禁在漕河泾监狱，身陷囹圄，仍关心抗日民主运动。各界爱国人士特别是东北军官兵络绎不绝地到监狱探望。杜重远趁此把囚室当成进行抗日救国的活动据点。他与高崇民等分析研究时局，并联名致函张学良，劝其停止内战，实行国共合作、一致对外。10月下旬他托高崇民带着他的亲笔信去西安。此后，杜重远利用张学良去南京开会结束后的时机与之秘密会见，讨论联共抗日问题。他的“不联共抗日，就是空谈抗日”的主张打动了张学良。张学良在沪还秘密会晤了老部下、抗日义勇军将领李杜。李杜的意见与杜重远完全一致：“联共抗日！”张学良知道李杜虽不是中共党员，但与之有联系。他便托李杜与中共联系，以期与中共领导人商谈联合抗日之事。

1936年10月初，出狱后的杜重远亲赴西安，对推动西安事变进展及逼蒋抗日、和平解决起了重要的作用。1937年七七事变，全民族抗战爆发。10月，杜重远活动于上海、武汉及西北各地，积极宣传抗日民族统一战线政策，为国共两党重新合作、形成全国一致抗日的局面而高兴。为坚持持久抗战，杜重远于1937年9月底受国民政府委托，赴新疆商洽沟通西北交通问题。当时，新疆处在盛世才统治之下，盛在取得新疆政权之初，为巩固其统治地位，一度采取联苏、联共政策，对内地去新疆的工作人士持欢迎态度。杜重远与盛世才系同乡同学关系，到新疆颇受款待。数日后，杜重远从新疆返回内地，把沿途见闻写成《盛世才与新疆》一书，对新疆形势“作了扼要饶有趣味的论述”。从1937年至1938年，杜重远曾三次去新疆，并在第三次返回内地后，撰写《三度天山》一书。由于对中国共产党的主张与做法很欣赏，他被尚未露出真实面目、表面上联苏联共的盛世才所蒙蔽，甚至一度认为新疆是“延安第二”，这也为后来的悲剧埋下了伏笔。

1939年1月2日，杜重远应盛世才再次邀请，抱着“为祖国奠立最后抗战基地”的愿望，来到新疆。他特意带了三卡车书，其中有不少张仲实、艾思奇、沈志远等人书籍，还有一些宣传抗日的小册子，他称之为“文化列车”。同年冬，杜重远在乌鲁木齐就任新疆学院院长，并动员著名学者茅盾等人到新疆学院任教。他还经常在《反帝战线》上发表文章，创办了宣传新思想的《新芒》刊物。杜重远的所作所为，终被盛世才所忌恨、忌惮。盛给他妄加许多罪名，将其逮捕入狱并虐杀。

在杜重远诞辰90周年时，邓颖超曾为《杜重远文集》作序，并给他题词“革命左派先驱，爱国拥党英烈”。

新中国成立后，肇新窑业中生产工业用瓷的厂区改为沈阳陶瓷厂，专门生产民用产品的厂区叫沈阳肇新（20世纪60年代改为沈阳日用陶瓷厂），专注民用品、艺术品等产品制作开发。沈阳陶瓷厂细瓷车间每年出口中东地区的瓷器多达70多万件，为伊朗、伊拉克等国解了燃眉之急，同时产品也销往苏联、朝鲜等，沈阳陶瓷一度还被国家用作“拿瓷器换石油”的代表。

| 肇新窑业生产车间遗址遗存 |

一剑长啸

很多时候，一个名字再怎么显赫也只是个名字。

只有你走进这个名字的故事，一个鲜活的人才慢慢在你面前出现，你的血液才开始因他波澜起伏的一生而燃烧。金剑啸便是这样的名字，一个让人血液燃烧的名字。从陌生到了解，直至心生敬仰，在我的心里，这位先辈留下的精神力量越来越强大。他跟杨靖宇、赵尚志、赵一曼有过交集，更与萧军、萧红、罗烽、白朗等东北作家群成员在烽火硝烟中结下了深厚友谊。

金剑啸，是画家、诗人、小说家、剧作家、导演、木刻家。最初，他跟鲁迅先生一样，也是学医的。这位沈阳人，更是潜伏在敌人心脏的革命者，生命却定格在 26 岁。刚动笔写金剑啸时，我突然冒出个想法：什么时候写一写“辽宁人或者沈阳人在黑龙江”，那大概是别开生面、很有意思的现象。这个人数应是相当可观的，比如前面说到的辽宁人张永兴，他和金剑啸一样，也是在齐齐哈尔牺牲的。

对于中国抗战十四年尤其是前六年来说，整个东北均属沦陷区，各地抗战行动也是你中有我、我中有你。就拿东北抗日联军来说，多是在深山老林、偏僻地区游击作战。这段时间还在辽宁呢，过一段时间可能就出现在吉林或者黑龙江了，足迹遍布在白山黑水之间。这本身便是完整的“东北抗战往事”，难分彼此。所以，我们不妨立足区域抗战的特点，形成区域性文化共识，共讲“东北抗战往事”。如此，也是向历史的致敬、对先辈精神的传承。否则，我们再讲沈阳人在齐齐哈尔、哈尔滨人在沈阳，再写金剑啸、张永兴这样的先烈时，心中便难免惴惴了。抗日战争，中华民族展示了空前团结和不怕流血、决不低头的精神。金剑啸和他的战友们，以才华和性命，为我们共同留下了今天的“东北抗战往事”。

| 金剑啸 |

金剑啸，满族，原名金承载。

1910年12月，他出生于沈阳一个刻字工人家庭。三岁时，举家迁至哈尔滨，住在道外十六道街，后搬到桃花巷39号。其父开办了一个店名为“文业堂”的石印社。1928年，东北人民掀起声势浩大的“反五路”斗争。哈尔滨市大、中学校学生参加了这一爱国运动。他们在中共哈尔滨县委领导下，于11月9日组织3000多人上街游行示威。当时在医专读书的金剑啸也参加了。当局下令警察开枪，打伤300多名学生，制造了“一一·九”哈埠惨案。受伤者中，就有金剑啸。

他这个激情如火的青年，再也无法稳坐在沉闷的教室，再也无心钻研理性很强的医学书籍。他认为，用文艺作品去唤醒人们的灵魂，比医治好人们肉体上的病痛更为重要。1929年秋，他中途退学，进入晨光报社任“江边”副刊编辑。1930年夏，在朋友的资助下，金剑啸辗转到上海，考入上海新华艺术大学（后改名新华艺专），学习绘画。这时的上海学生运动很活跃，金剑啸积极参加。同年冬，他加入了“少共”组织（即中国共产主义青年团）。次年春，转入上海艺术大学艺术教育系，不久加入中国共产党，参加了上海左翼戏剧家联盟和美术家联盟的一些革命活动。1931 年 8 月，上海艺术大学被国民党当局查封后，金剑啸受党组织派遣回到哈尔滨。

1932 年初，中共满洲省委机关由沈阳迁到哈尔滨，金剑啸接受时任哈尔滨市委书记杨靖宇领导，担负起文艺界“反日会”工作。这年秋，哈尔滨遭受特大水灾，全城一片汪洋。水退后，杨靖宇与金剑啸见面，让他与罗烽团结左翼文化界人士开展革命活动。1932 年 11 月，金剑啸、萧军、萧红等筹办“维纳斯助赈画展”。辽宁台安人方未艾也因这次画展初识金剑啸。那时，方未艾入党才一个月，在《国际协报》“国际公园”副刊任主编。据方未艾后来回忆，一天上午，一个身着蓝色西装的青年来国际协报社找他。他留着垂肩的背发，鼻梁上还架着一副很大的近视镜。他说自己叫金剑啸，是三郎（萧军笔名）介绍他来的。他与朋友办的赈灾画展近两天要展出，想请方未艾写一篇简介。画展地点是道里同发隆百货商店（现哈尔滨市人民政府大楼）后面的二楼上，离国际协报社不远。第二天，方未艾便去看看，金剑啸、萧军不在，而当时笔名为悄吟的萧红在那里守着。在画展展出的 150 多幅作品中，画作最多的是金剑啸，其次是白涛、于浣非、吴寄萍、王关石、冯咏秋和萧红。画展虽然没卖出多少钱，但对日伪统治下的哈尔滨产生了一定的影响，开创了新的画风。

1933 年 5 月，中共满洲省委宣传部创办省委机关报《满洲红旗》。为揭露日伪罪行，需要配以插图。金剑啸承担了这个任务。他每次都把画好的插图按照接头地点和暗号转交给上线姜椿芳。有一次，方未艾到商市街 25 号的“二萧”住处。萧军出去了，萧红正伏在床边刻画钢板。她画的是一个日本兵手拿一束火把烧百姓房子，另一个日本兵将一个老人正往火堆里推。方未艾见萧红在为党做秘密宣传工作，激动地说：“你还会画这些画呢？”萧红说：“学着做嘛！剑啸忙不过来，让我帮他做。”他小声问：“你知道刻画这些，被日本人发现要杀头的吗？”“怎么不知道？没看到我在窗台上放一面镜子，正对着大门口，谁来了我一眼就能看到。”

同年7月，金剑啸与罗烽、白朗、萧军、萧红、舒群、白涛等组织“星星剧团”，自任导演兼舞台设计。“星星剧团”排练了辛克莱的《居住二楼的人》、白薇的《娘姨》和张洙元的《一代不如一代》等独幕剧。哈尔滨十六道街有一处房子，房主是青年画家、参与组织赈灾画展的冯咏秋。他家三间房，两头间隔成两小间，中间是大客厅。在大客厅的窗外，种了很多牵牛花，开起来很好看，大家就把这间客厅叫作“牵牛房”。这里是“星星剧团”经常聚会的地方。罗烽回忆说：“有的人是无意中在聚会上认识的，有的人是有意要了解谁，约到牵牛房认识的。”这里兴起鲁迅热，将鲁迅对牛的赞美作为座右铭。冯咏秋自命绰号“傻牛”，还给常来的朋友起带“牛”的绰号。牵牛坊每来一位新朋友，大家就调侃：“又来了一头牛。”萧红在《牵牛房（坊）》一文中写道：“因为没有去处，以后常到那地方去闲坐，第四次到他家去闲坐正是新年的前夜，主人约我们到他家过年，其余新识的那一群也都欢迎我们在一起玩玩。有的说‘牵牛房又牵来两条牛（指萧红和萧军）’。”

日伪当局不允许私人出版文艺刊物。在组织剧团的同时，金剑啸和姜椿芳、罗烽等商定利用敌人的报刊来发表作品。他们通过长春伪满洲国政府机关报《大同报》副刊编辑陈华（与萧军相识），于1933年8月13日在该报副刊创办“夜哨”周刊。“夜哨”刊头是金剑啸亲自设计的，画着漆黑的夜空和铁丝网的图案，暗示这个周刊是“黑暗世界里的斗争前哨”。金剑啸是周刊的主力，连载短篇小说《星期日》，发表剧本《穷教员》《艺术家与洋车夫》等。“夜哨”出到12月末，共23期，因揭露日军乡下侮辱妇女被勒令停刊。随后，党组织又通过《国际协报》副刊编辑白朗的关系，于1934年1月在该报办了“文艺”周刊。金剑啸在上面发表了许多作品，大多使用曲折暗示笔法，反映苦难、号召反抗。

金剑啸还与朋友在西十五道街开办了“天马广告社”，承揽各种绘画、广告业务，以此掩护革命活动，又在生活上帮助一些进步文艺青年。萧红、侯小古便给金剑啸当过广告助手，萧红后来写的短篇小说《广告员的梦想》反映了这段生活。“天马广告社”成为党领导的左翼文化运动的联络点和活动阵地。1934 年 4 月，地下党组织遭到破坏，形势紧张，为保存革命力量，金剑啸建议部分文艺工作者转移到关内。6 月 11 日晚，金剑啸在“天马广告社”为萧军、萧红饯行，罗烽、白朗、侯小古等作陪。他们喝了很多酒，畅谈理想，依依话别。席间，金剑啸为萧军、萧红各画一幅油画像。1934 年秋，由于敌人的政治压迫，“天马广告社”被迫关闭。

金剑啸在东三省商报馆担任短时间记者后，到大北新报画刊社任编辑长。由于画刊是日本人办的《大北新报》附属刊物，内容不受警特机关审查，金剑啸便利用这个阵地继续战斗。1934 年末，《国际协报》“文艺”周刊

“天马广告社”所在的那座小楼，如今已是哈尔滨党史纪念馆。二楼的一处独立展区专门介绍金剑啸

因日伪当局高压被迫停刊，金剑啸非常气愤，撰写文章《结束吧“文艺”周刊》，于1935年1月15日发表在《大北新报画刊》上。他说：“‘文艺’周刊早就应当结束的，虽然这话残忍得使人痛哭。但是眼泪不值钱，人在患难的时候，亲爱的孩子是可以杀的！”他接着说：“我们两年来没有做什么轰轰烈烈的英雄事业，仅是无声无息地支持了两个周刊：一个是《大同报》的‘夜哨’，一个是《国际协报》的‘文艺’……一个‘夜哨’，一个‘文艺’算了什么。难道说，我们就再不会冒出个什么‘艺文’吗？”最后，他说：“伤心是无聊，要的是力量。”

金剑啸因自己的犀利攻击被大北新报画刊社辞退。

1935年6月，由罗烽和白朗介绍，金剑啸来到齐齐哈尔《黑龙江民报》任副刊编辑。他很快把副刊办起来，取了个非常有意义的名字——芜田。还亲自设计了一个非常形象的刊头，一幅木刻画，画着一个雄伟健壮、朴实勇敢的农民，右肩上扛着镐头，倔强地奔向远山去开荒种地。他给这座偏僻的城市带来了春天的气息。

他在“芜田”副刊办了“艺文”周刊，这个原本只存在于其文章中的“艺文”，果然实现了。这段时间，他最重要的作品是发表在“芜田”上的叙事长诗《兴安岭的风雪》，歌颂了东北抗日联军的英勇斗争。他在诗中写道：“耐过冬天的寒冷，不就是温暖的春天。穿过黑夜的暗网，不就是黎明的曙光。只要有春天，只要有曙光，伙伴们：斗争下去吧！这就是我们共同的方向。”“我们爬过了死亡。前进，待到光明的来临！我们是铁铸的，又用铜汁灌在一起……只有前进。前进是我们唯一的生存。”署名是“巴来”。他对高尔基的散文诗《海燕之歌》非常喜爱。散文诗的结语是“让暴风雨来得更猛烈些吧！”所以，他选取“暴”“来”两个字的谐音作自己的笔名“巴来”。

1936年，金剑啸返回哈尔滨，接办本已停刊的《大北新报画刊》。

在画刊上，金剑啸把红军比作出山的猛虎，登载“高尔基突然病危”的

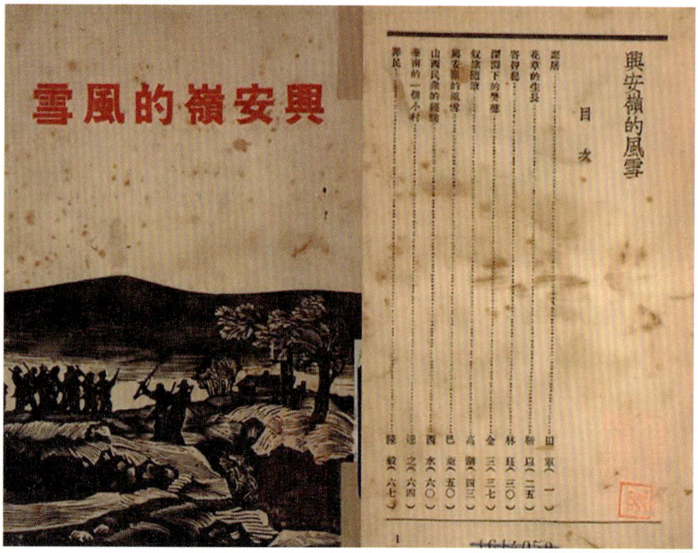

后来出版的《兴安岭的风雪》

消息，受到读者的关注，也引起了日伪的注意。1936 年 6 月 13 日下午，日本驻哈总领事馆便衣特务逮捕了金剑啸。由于金剑啸在齐齐哈尔《黑龙江民报》工作过，敌人认为他是共产党重要人物，在哈尔滨关押一周后，把他押送到齐齐哈尔接受审讯。狱中，敌人用尽酷刑，他坚贞不屈，承担了全部责任，没有暴露党的关系。

同年 8 月 15 日，金剑啸在枪声中仰天大笑，英勇就义。

1937 年 8 月，萧红、萧军、姜椿芳、舒群、罗烽、白朗等 10 位东北左翼作家，在金剑啸牺牲一年后，集体捐资出版了纪念金剑啸文集。萧红为金剑啸写了一首诗《一粒土泥》，诗云：“将来全世界的土地开满了花的时候，那时候，我们全要记起，亡友剑啸，就是这开花的一粒土泥。”

城门下多少义勇脚印

对于十四年抗战来说，沈阳占据重要的地位。

作为战争肇始之地，沈阳始终是东北地区义勇救国这场抵抗风暴的中心城市，因为即便是有长春这个名义上的“新京”，也掩不住沈阳作为日伪统治的政治、经济、文化中心的事实。自然，它也是辽宁各路义勇军的“众矢之的”。抗战时期，各路义勇军武装攻击沈阳城达 17 次之多，相比于东北地区大小城市，次数是最多的。梳理散落的史料，我们发现，这座城市在 1931 年至 1945 年这十四年的时间里，义勇军的脚印遍布全城，尤其是那些带着古气的城门，是他们的必经之地、必战之地。大南门，小北门，大北门，小东门，大东门……这些都是载入义勇军围攻沈阳城史册的城门名字。

有一张在抗战历史研究领域被广泛使用的“欢迎救国义勇军”照片，拍摄地点便是小东门。这是 1932 年 3 月 10 日各路义勇军围攻沈阳的一个场景。抗日义勇军赵亚洲率队由小东门入城时，城内群众夹道欢迎，还在城门前拉起“欢迎救国义勇军”横幅标语，气氛热烈。有些驻守警队官兵看到热情高涨的民众和士气大振的义军，颇受影响，当即投诚。

这次攻城，跟伪满洲国成立与溥仪“登基”有直接关系。

1932年3月10日清晨，群众在小东门欢迎义勇军

九一八事变后，一位叫赵殿生的铁路乘警约了同乡杨景良、杨振东二人，弃职回乡，在抚顺、铁岭交界处的三岔子、四冲、五冲、富尔哈等偏僻山区组织民众，建立起武装，举旗抗日，报号“亚洲”。他，就是后来著名的抗日义勇军将领赵亚洲。这支队伍初期称“抗日总队”，所有官兵一律佩戴红袖标，象征着义勇军必胜。袖标中间写有“宁做战死鬼，不当亡国奴”十个字，表明誓与日本侵略者血战到底的决心，吸引四乡爱国山民、热血青年及

东北军旧部来投奔。不到两个月时间队伍就发展到2000余人，有枪2000多支。“抗日总队”制定了“不杀，不抢，不威胁百姓，不强奸妇女，不翻箱倒柜，不强要饮食，违者枪毙”的严格纪律。在1931年底、1932年初，赵亚洲带领“抗日总队”攻打铁岭、克复抚顺城、火烧柴河堡，沉重打击了日军，军威大振。不久“抗日总队”接受东北民众抗日救国会的领导，统编为辽宁抗日义勇军第三十九路军，赵亚洲任司令，“金山好”为副司令。

1932年2月16日，在日本关东军操纵下，“东北政务委员会”成立并筹备成立伪满洲国，扶持溥仪“登基”。为打击敌人的嚣张气焰，救国会密令辽宁抗日义勇军届期向沈阳发动进攻。潜伏在沈阳城的张凤岐等“抗日六志士”因密谋策应而遇害。

赵亚洲多次召开军事会议，研究和部署攻打沈阳城事宜，并派参谋王立中、王子安潜入沈阳，得知驻沈日军大部兵力调往黑龙江与马占山作战，防备空虚。而3月9日又是溥仪就任伪满“执政”之日。机不可失，赵亚洲决定3月10日拂晓进攻沈阳城。3月9日晚，义勇军3000多人悄然抵达百官屯一带。“金山好”率千余人驻辉山，“长江好”带600多人驻望宾屯，赵亚洲率大部驻彭楼子。当晚，赵亚洲在彭楼子召开军事会议，对攻城任务进行部署，目标是占领兵工厂和捣毁日本关东军司令部。

3月10日拂晓，“金山好”率两百余骑，乔装成伪靖安军，混进城外警戒线，迅速包围了沈海车站，将睡梦中的日伪军、路警缴械。“金山好”部乘胜前进，由举义反正过来的翻译带队，吹起伪靖安军进城号。守城日军毫无戒意，打开城门，义勇军迅速缴了守城岗哨的枪，随后占领日伪第十一警察分局，击毙试图反抗的伪分局长，缴获枪械150多支。“金山好”面对被俘伪警陈词：“有愿一道抗日者，我们深表欢迎。”“金山好”部入城后，在大街小巷张贴了许多揭露日军罪行和警告汉奸的布告、标语和漫画。

赵亚洲率队由小东门入城时，天色已大亮，受到群众夹道欢迎，也留下了那张经典的“欢迎救国义勇军”照片。

当赵亚洲按计划率部向兵工厂挺进时，遭到伪奉天暂编陆军第一旅阻击，日军调动7架飞机空袭支援，义勇军伤亡严重。赵亚洲下令撤离沈城，退到铁岭二岔子，“金山好”也退至柴河沿。攻城虽然未能达到预定目的，但枪声已令敌人胆战心惊。

在1932年，还有一次规模、影响都比较大的围攻沈阳城的战斗。

这次围城战也选择了一个重要时间节点——九一八事变爆发一周年前夕。主要领导者也姓赵，叫赵殿良，曾是东北军一名军人。1929年在北大营教导队肄业，九一八事变后留在沈阳联络抗战。1932年初，赵殿良在沈南召集林子升、沈宝林、吴殿祥、崔洪武、魏五洲、徐黑虎等11支民众武装力量，在庙儿沟玉皇庙内集会，共商抗日救国大事。他们在会上盟誓：“为国报仇，卖国求荣者，必死于炸弹之下；卖友丧心良者，天神共诛之。”东北民众抗日义勇军第二十一路军正式成立，赵殿良任司令，白广恩任参谋长，下设四个支队，第一支队司令吴殿祥、第二支队司令沈宝林、第三支队司令林子升、第四支队司令徐黑虎。

1932年6月，救国会和辽吉黑热抗日义勇军民众后援会派遣“后援会”骨干王兰田来沈。他找到赵殿良，商定在九一八事变一周年前夕联合攻城。赵殿良接受任务后，一方面联系李兆麟的二十四路军及辽东、沈北的义勇军，另一方面联系沈阳城内伪靖安军游击队杨作修、王鼎元等以作内应。

1932年8月28日下午4时许，第二十一路军齐集浑河堡村口三义庙前。

赵殿良主持誓师，作战斗动员。他情绪激奋地说：“弟兄们，我们是抗日的队伍，日本鬼子一天不出东北，我们的父老兄弟姐妹便没有喘气的一天。今天攻打沈城，就是救国救民出水火之中，中华男儿自当效命疆场，死而无憾！”全体官兵亦高声宣誓：“愿效命疆场，死而无憾！”此时，阴云密布的天空也下起了小雨。当晚，在赵殿良指挥下，兵分三路，冒雨出发：一路

| 这是抗日战争以前的沈阳老城门照片。战争期间，它便成了“必攻之地” |

由小南门进攻，直插城里；一路向飞机场挺进，再攻兵工厂；一路从大南边门攻入，向东、西两个方向推进。赵殿良和王兰田则带领一部埋伏在大南门外，作增援梯队。

当夜 11 时，义勇军从东、南、北方向同时进攻。

半小时后，第一支队首先从东南方向攻进东塔机场，用汽油烧毁了飞机库，共烧毁 7 架飞机。从南路进攻的义勇军，很快就占领了药王庙，攻到大南门附近，将守城的伪警察队 30 余人全部缴械。这时，伪奉天警察厅厅长齐恩铭带领城里的日伪军向义勇军反击，义勇军与之在大南门外展开激战，齐恩铭所乘汽车的司机被打死，齐恩铭狼狈逃命。从北路进攻的义勇军，占领大北边门外的大部分地区，击毙日伪军多人。面对 5000 余名的守城日伪军，义勇军英勇奋战。后来，在敌人坦克、大炮攻击下，没有重武器的义勇军于天明前撤退。

之后，义勇军又于8月29日夜、9月1日凌晨两次攻打沈阳城。

赵殿良后来写过一篇笔记《九一八事变后之经历》，对8月29日攻打沈阳情况有具体描述：“（8月29日）王兰田致函良说：‘……今日夜内各路军马准能到齐，前来攻城，并有黄虎臣率领士兵5000余人已到马三家子听调进攻，并有城南天地龙率领士兵千余人拟攻冯庸大学、日本站等处。请贵军仍攻大、小南边门及飞机场等处。并在贵军挑选敢死队100名，每人各支薪金50元，队长一名，支100元。’良当即挑足其数，另外又组织搜查队50名，并决定孙国长率部进攻大南门外敌人，冲锋敢死队队长李景奇随后而至；沈宝林、魏五周、吴殿祥率部向飞机场一带进攻。不料，日军早已预先防备，再加配合进攻的各路军‘均未前来’，激战两小时，义军退回娘娘庙一带。是役，队长吴殿祥率20余人进攻飞机场全行俱役，孙国长所部在大南门之役伤亡约10余人，李景奇阵亡……”

时隔两日，9月1日凌晨1时许，沈宝林、崔洪武、徐黑虎等部又一次发起对沈阳城的攻击。对这次攻城，伪奉天警备司令部档案有较为详细记载：“袭击大南边门之匪贼约有百名，由本城南面沙岗子方面窜来，由该处勒石胡同第三区警察哨放枪两响威吓，而该匪等全然不睬，吹号前进，继续攻城，警备队极力抵抗，始将匪等击退。但该匪转变方向往小南边门进行，中途为我侧在两方埋伏之警察队齐起堵击，战约两小时许，匪力不支被我警队击退。袭击大东边门外之匪约六百人，亦吹号前进，行到德化街警察防御线处，被兵工厂之野炮击退。”

三次攻城失败后，第二十一路军也逐渐走向解体。

东塔机场是东北地区的第一座机场。九一八事变后，日军占领了东塔机场，100多架东北军的飞机落入日本人手中，成为侵华日军的空军基地。东塔机场遭到义军袭击，一时间轰动国内外。我们在沈阳市档案馆找到相关文献记载。

日伪报纸《盛京时报》8 月 30 日报道："兵匪遽然挺袭奉天城，三路并逼三面受敌……在飞机场一隅押收飞机之仓库发火，结果内中押收飞机，竟尔烧失。"

救国会创办的《救国旬刊》报道："（8 月）28 日午后 11 时 15 分，义军首袭兵工厂南方，与满洲国公安队、靖安游击队接触。义军一方在东北飞行场放火，电灯尽灭，兵工厂一带，顿成黑暗世界。午前 1 时半，东北飞行场焚烧一部，其他义军于大东门、小东边门与日宪兵队开始交战……飞机库一隅起火，将储之飞机全部烧毁。"

《申报》30 日国内要电："警察做内应，义勇军攻入沈阳市，占领飞机场，数十架飞机成灰烬。"

《大公报》沈阳 29 日专电："日军飞行队格纳库（应指飞机库）中炮起火。据现在所判明之情形，伪靖安游击队中尉以及兵工厂警备特务长均已阵亡。"

东京 29 日路透电："陆军省官电，报告沈阳情形，义勇军于天明前已退，飞机库火毁，结果有以前东北军飞机数架被焚。"秦皇岛在同一天也发（路透）专电："义勇军攻沈一役，日军死伤百余名，飞机被毁 27 架。"

袭击东塔机场的战果，中外各媒体表述不一，但对于动员全国抗战起到了重要作用，极大鼓舞了抗日的士气、提振了抗日的信心。综合伪《盛京时报》的报道，九一八事变后的一年中，关东军战死将校 99 名、准士官以下 1750 名；负伤将校 243 名、准士官以下 4819 名，总计死伤 6911 名。另据日本陆军省 1936 年 3 月 18 日公布的数字：从九一八事变到 1935 年底，关东军战殁者 4200 人，伤病者 171300 人，加上关东军参谋部统计的 1936 年至 1937 年 9 月的伤亡数字，九一八事变后的六年中，关东军在东北战死、伤病者共达 178200 人。这个数字相当于九一八事变时在东北日本关东军总数的 8 倍。东北军民在消灭敌人有生力量的同时，更牵制了大批日军，延缓了日本帝国主义侵略中国的进程。

南塔下『铁血誓言』

在沈阳，有一支以流亡学生为主体的抗日队伍，他们投笔从戎，九一八事变后流亡北平又返回沈阳参加抗日。他们组织“中华青年抗日铁血团”，

左起：宋黎、张希尧、车向忱、张金辉、黄宇宙。图为 1932 年他们出关联络、组织义勇军前，在北平合影

在沈阳大南边门外的南塔下共吃猪心，饮下苦酒，效仿古时“桃园三结义”的样子，发出盟誓——

“洒热血，抛头颅，为光复东北不惜牺牲一切！”

张金辉（又名张雅轩，张希尧之弟）是东北大学法学院边政系日文班学生，流亡北平期间加入东北民众抗日救国会。1932 年 2 月，受救国会派遣，张金辉回东北组织抗日义勇军，争取、策反伪军，搜集日本在东北的侵略罪行。张金辉到沈阳后，找到同学郭明德、江涛、戴昊等人，并从西丰老家联络了一批志同道合的青年。1932 年 3 月，张金辉在郭明德处见到了同样受救国会派遣出关的宋黎。随后，他们一起在沈阳、铁岭、开原等地发动学生、工人、农民、职员、医生、商人等各界群众写揭发控告信，通过英国驻沈阳领事馆、英国教会学校和教会医院转给来沈的国联调查团。

1932 年 7 月，张金辉和宋黎、江涛、戴昊、郭明德等人商议成立“东北青年抗日铁血团”，其宗旨是组织东北青年，用“铁”和“血”同日本帝国主义斗争，收复东北失地。张金辉被公推为主席，宋黎为军事部部长，江涛为政治部部长，戴昊为宣传部部长，郭明德为经济部部长。组织的主要任务是：发展抗日义勇军，争取瓦解伪军，开展抗日救亡宣传，对日寇进行破坏暗杀，发动东北青年参加抗日等。这个组织后来逐渐扩大，不仅有东北青年，还有其他省青年参加。为了扩大影响，他们将组织改名为“中华青年抗日铁血团”。在日伪统治下的沈阳，日本帝国主义除了滥用残酷的法西斯手段外，还实施“纵毒祸华”政策，用毒品腐蚀、摧残人们的身心健康，大烟馆遍布全城，不少年轻人也去“喷云吐雾”。为给毒害中国人民的日本侵略者以惩罚，“铁血团”决定去炸大烟馆。1932 年冬，宋黎回到北平，参加了张希尧、阎宝航、宁匡烈等举办的“西山训练班”，学习了一些游击战术和爆破技术，也就成为“铁血团”实施这个爆破行动的主力。

在宋黎的《忆九一八事变前后战斗岁月片段》一文中，对“铁血团”在沈阳的活动有记录："在沈阳我们去炸大烟馆，有张金辉和我，还有另外两三个人，携带好自制的土炸弹，都扮作抽大烟的，陆续到了大西门里的一家烟馆。我们各自找好位置，躺下慢腾腾地装作烧烟泡，趁人不注意时把'暖水瓶'（土制炸弹）盖上的引线点燃放在床下，结了账，大模大样地离开险地。时间不长，只听'轰'的一声，我们放的定时炸弹爆炸了。虽然只是炸毁烟馆一些家具，但在社会上引起了巨大反响。消息不胫而走，人们奔走相告，越传越神奇。说什么：'义勇军真了不得，他们进城把大烟馆给炸飞了！'日伪当局气势汹汹地吼叫'立案追查'，还举行所谓的记者招待会'说明情况'。"

之后，"铁血团"又决定炸南满火车站（今沈阳站）。车站在当年的客货流量相当可观，旅客中虽然有日本人，但主要的还是中国老百姓。为了不致伤害骨肉同胞，他们颇费脑筋，多次去南满站观察地形，经过反复讨论，才确定了安放炸弹的位置。爆炸南满站的成功，使沈阳老百姓无不暗自高兴，悄悄地私下议论："准是抗日义勇军炸的，干得真漂亮！"随着南行北往的列车，这个新闻也被带到了四面八方。炸完火车站，他们又决定干一起对敌

| 20 世纪 30 年代拍摄的"南满火车站" |

人震动更大的事件，让全世界的人们都知道中国人正在战斗。这次，他们要爆炸沈阳城里的各国驻“满洲国”使馆，主要目标是日本领事馆，在其他外国使馆也安放了土炸弹。由于缺乏配制炸药的药物，这次配制的炸药是杀伤力较小的黑色炸药，结果爆炸的也是少数，仅仅崩坏了一些房屋的边角。

“铁血团”的活动引起了日寇恐慌。

1934 年初，日寇开始大搜捕。郭明德与江涛因为在沈阳有固定的职业和家庭住址，目标明显，相继被捕。伪《盛京时报》大肆宣传破获了“反满抗日案”。郭明德在日本宪兵队受到严刑拷打，他双手被吊起，被皮鞭蘸水抽打，昏死过好几次。后来，敌人给他灌辣椒水、坐电椅，甚至用电流“通脑子”。他都坚贞不屈，只要醒过来，就大骂日寇。被捕第三天，他在酷刑下壮烈牺牲，年仅 24 岁。

江涛在日本宪兵队受到刑具折磨后，因为没有被查到“罪证”，被转到伪奉天法院涉外庭，收押在监狱里。宋黎假扮成他的内弟，与其妻去探监。看到宋黎时，江涛虽两眼深陷、脸色蜡黄，但精神尚好。他趁着看守不备，将事先写好的小纸卷塞给宋黎。这是一个香烟盒，上面写着：“我虽然被捕受刑，但能忍受住，你们不要挂念，要全心抗日，要以骆驼走在沙漠里那样坚韧不拔的毅力抗日到底。”五天后，江涛也牺牲了。

1934 年 4 月后，宋黎、张金辉和戴昊相继回到北平，宋黎和张金辉在东北大学复学，戴昊任东北大学军训员。他们都参加了后来的“一二·九”学生运动。“铁血团”在沈阳活动告一段落，但在沈阳燃起的“铁血精神”的火种并未就此熄灭。

苗可秀，同是东北大学的流亡学子。他将“铁血精神”带到了辽东三角地，即岫岩、凤城、庄河三县相连地带。

苗可秀，原名苗克秀。他曾著有论述荀子的文章 20 余万字，深得师友好评。若没有战争，他也许会是一位研究先秦文化的学者。然而，战争让他失去了当一名学者的空间。跟张金辉、宋黎等一样，苗可秀也被救国会派遣回东北组织抗日义勇军。在车向忱的推荐下，1932 年 3 月，他来到凤城西部山区邓铁梅部。经短时间观察，他返回北平向救国会汇报，并于同年 6 月参加已在北平复校的东北大学毕业考试。此后，他只身潜回辽东三角地，被邓铁梅委任为总参议，协助总司令参赞军务。1932 年至 1934 年间，苗可秀参加大小多次战斗，初显军事指挥才能并酝酿成立“少年铁血军”。他说：“积一年义勇军抗日工作之经验，深知欲达到此目的，必须联合纯洁热烈之青年，努力作救国家之奋斗，救人类之奋斗。其斗争之精神，应纯为大众而不为个人，为良心而不为功名，于是才可以达到抗日之目的。”这是苗可秀另行组织抗日队伍，创建“少年铁血军”的动机。

1934 年 2 月 1 日，苗可秀邀集白君实、刘壮飞、王越等 18 人，在岫岩三道虎岭召开会议，决议成立新的抗日团体：政治组织叫“少年铁血团”，军事组织叫“少年铁血军”。其宗旨是：“用黑铁赤血之精神，采全民革命之手段，收复东北，振兴中国。”苗可秀被公选为“少年铁血军（团）”总裁。初创阶段，“少年铁血军（团）”对外仍称邓铁梅部学生大队，协同邓部游击作战。

1934 年 5 月 31 日，邓铁梅被日寇捕去。苗可秀选派精干队员四处侦察、伺机营救，无奈日本人已将邓铁梅押解至沈阳。同年 9 月 28 日，邓铁梅遇害。自此，苗可秀对外公开了“少年铁血军”番号。苗部以岫岩三区哨子河、三道虎岭一带为依托，运用游击战术，在辽东三角地丛山密林同日伪军作战，神出鬼没。1935 年 6 月 13 日，苗可秀负伤。1935 年 6 月 21 日，落入日军魔掌。

1935 年 7 月 25 日，苗可秀被日军杀害。

苗可秀入狱后，写过两封信，均由钦佩他的日本翻译前山代为其邮寄。

一封写给他的老师王卓然及救国会的阎宝航、卢广绩、车向忱等人。信中请他们代为照顾遗孤，并给六岁的儿子命名为苗抗生。他在信中说：“自入狱以来，心地坦然之至，此境殊不易做到，生不知由何修养得来也。古语谓：‘慷慨就死易，从容赴义难。’生观之两者皆易耳，予视其真知义与否。”

另一封信是写给张金辉、宋忱的。

他致语好友说：“伏床自思，尚堪安慰，慰者死得其所耳……可在西山购一卧牛之地，为余营一衣冠冢，竖一短碣，正面刻苗可秀之墓，背面略述余之行事。墓旁植梨树四五株，小亭一间，每有休假日，弟等千万要到此一游。每到此处，要三呼老苗，我之孤魂其可以不寂寞也。山吟水啸，鸟语虫声，皆视为余歌余泣余诉（泣系为国事而泣，非为私人泣也）。凡国有可庆之事，当为文告我。有极可痛可耻之事，亦当为文告我……弟等思想要正确，精神要伟大，不要忘了我们要做新中国的主人，要做重整河山的圣手。”

我们今天读此信，仍不免泪目。

2017年9月19日，张希尧烈士的女儿张力炜女士向“九·一八”历史博物馆捐赠了《苗可秀给张德园的秘（密）写信抄件》影印件。这封苗可秀在1935年5月27日（彼时距离他被捕还有25天）写的密信，信息含量极大，他将辽东三角地抗日义勇军情形向阎宝航、王化一、卢广绩、李梦醒、杨明辉、张希尧、车向忱等救国会同仁作了相对完整的汇报：一是他汇报了抗日英雄邓铁梅被捕的原因和经过，对研究邓铁梅有很大的价值；二是汇报了“少年铁血军（团）”发展情况及其影响，对研究这段义勇救国史以及东北流亡学生“铁血精神”价值极大。密信的收信人是张德园，张德园是张希尧的化名。苗可秀将信寄给北平协和医院薛仲三转交给张希尧。他在信封背面还注明“如薛君不在该院”，就请送至“哈德门里同仁医院范大夫处”，转交给“颜玉衡”。这个“颜玉衡”是阎宝航化名。密信，从正面看是普通的家书，背面才是密信的正文（经过特殊处理）。

信写完后，苗可秀又补充一些内容：“赵伟（‘少年铁血团’成员）在沿海一带酝酿，成绩甚佳。予拟得机会赴平一行。如有军用品物，准备运来

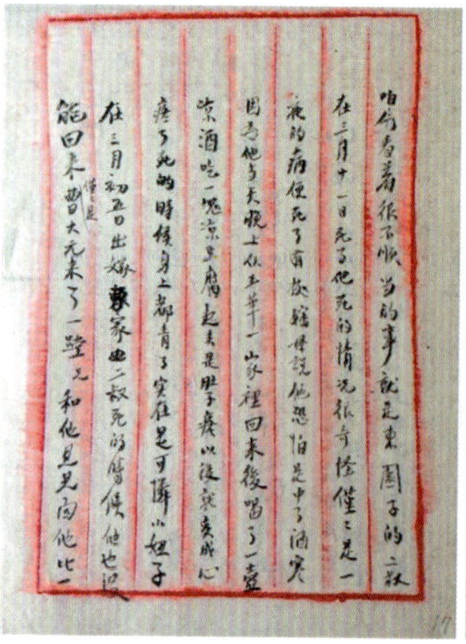

| 密信“正文”部分 |

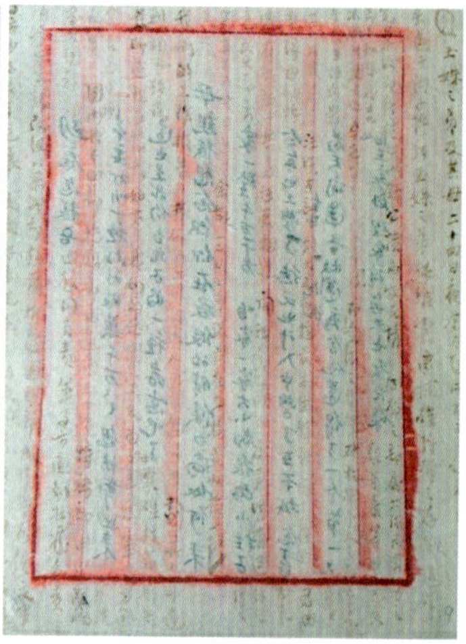

| 密信“家书”部分 |

应用也。我们在此订有满洲报及北京时报两分（份），但对于所得之消息，总觉得不甚确实，希望回信把国内外及本会的详细情形作一详细陈述为盼。此事希望希尧负责为荷，切切。写信时，虱子咬的（得）很厉害，一面捉虱子，一面写字，大概信内错误之处一定不少，原谅。”

这段补叙，让我这个读信人再次落泪了。

铁窗里的坚忍意志

小历史是大历史的见证。珍重小历史，才能读懂大历史。

我们这些年做的或正做的，多是还原和解读“小历史”。历史是最好的

| 奉天第一监狱旧址还残留的一面墙 |

教材，走进历史，一种敬意油然而生。而是否有这样的敬意，取决于“走进”的时候你是否带着诚意。毕竟时过境迁，第一落点已然逝去。若再没有诚意，最终结果只是“人云亦云”，便不是一个接近真相的历史述说。

比如说沈阳义勇军。我们的理解是，义勇军不应是一个狭义的概念，而是广义的，它涵括了来自广大民众的、进行“义勇救国”实践的爱国者。这也是最初无论叫救国军还是叫自卫军，无论是自发抗日的山林队还是有军警背景的抗日队，后来都被统称为“东北抗日义勇军”的原因。今天，我们研读义勇军历史，本就应有更开阔的视野，要循迹于中国人“义勇救国”的大概念；否则，难免有“遗珠”。

先说两所监狱，一个是奉天第一监狱，另一个是奉天陆军监狱。

这两所监狱多数人听着陌生，但它们的旧址均在我们的身边。

奉天第一监狱

奉天第一监狱旧址，位于沈河区南顺城路16号，后来是辽宁精密仪器厂厂址，如今只剩下了一段28米长围墙。发现这段围墙的，是两位文保志愿者，他们于2015年请史学专家认定了这段墙的“身份”。

奉天第一监狱，在不同历史阶段有不同的称呼。

1917年，由奉天模范监狱、奉天省城罪犯传艺所两所监狱合并成一所监狱，即奉天第一监狱。1928年冬，奉天第一监狱改为辽宁第一监狱；1932年

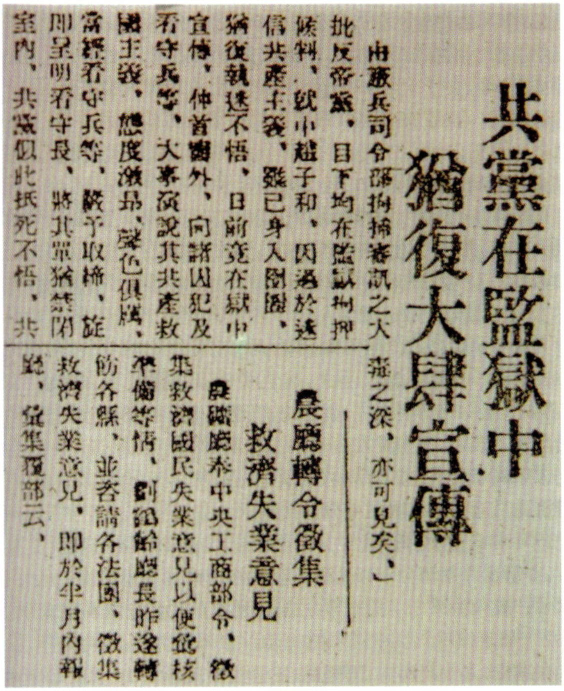

共黨在監獄中猶復大肆宣傳

由憲兵司令部拘捕審訊之大批反帝黨，目下均在監獄拘押候判，就中趙子和，因過於迷信共產主義，雖已身入囹圄，猶復執迷不悟，日前竟在獄中宣傳，伸首欄外，向諸囚犯及看守兵等，大事演說共產救國主義，態度激昂，聲色俱厲，高呼看守兵等，謂予收締，旋即呈明看守長，將其單獨禁閉室內，共黨似此抵死不悟，共毒之深，亦可見矣。

農廳轉令徵集救濟失業意見

農礦廳奉中央工商部令，徵集救濟國民失業意見以便彙核準備等情，劉鶴齡廳長昨逐轉飭各縣，並咨請各法團，徵集救濟失業意見，即於半月內報廳，彙集覆部云、

1930 年 6 月 27 日《盛京时报》有关赵尚志（赵子和）狱中进行革命宣传的报道

伪满洲国成立后，又改叫奉天第一监狱；1958 年，成为辽宁精密仪器厂厂址。1927 年 7 月 21 日，南站日租界日本警署将在奉天制麻株式会社发动罢工的中共奉天特支书记任国桢、组织委员杨志云押送到奉天第一监狱“北未决”监号“仁”字监。这是奉天第一监狱关押政治犯的开始。此前，奉天第一监狱只关押过参与郭松龄反奉的一些军官。从 1928 年到九一八事变爆发，这里还关押过一些赫赫有名的中国共产党人，如陈为人、吴丽石、孟坚、常宝玉、杨靖宇、李子芬、赵尚志、林仲丹（原名林育英）……

奉天陆军监狱旧址，就是今天的沈阳市救助站所在地，同样位于沈河区，离张学良旧居不远。奉天陆军监狱，修建的时间比奉天第一监狱晚约八年。

1925 年末，沈阳大南门外草料场（今沈阳市沈河区大南街二段发展里 9 号）被迁至大北门外，在草料场原址建起约 10 万平方米的“军人监狱”（东北军“军纪犯”集中关押之处），便是后来的奉天陆军监狱。日伪时期，日本人又修建一条与墙外接见室相连的地下通道，重要的政治犯都是通过这条暗道押解入院的。1934 年 5 月 6 日，日本宪兵团逮捕清原县共青团特支书

记张映辉等 5 人，当天即送往陆军监狱关押；同年 5 月中旬，哈尔滨党组织约有 25 人被押至该监狱；同年 6 月 3 日至 9 月 28 日，义勇军著名将领邓铁梅及十几名部属被关押在此；1936 年 11 月，安东（今丹东）发生“安东教师救国会惨案”，除被日本宪兵折磨致死的外，其余“涉案人员”全部关押在奉天陆军监狱，一年时间里先后被杀害者达 160 人之多……

两所监狱，在日伪时期均是“杀人魔窟”，也见证了最坚忍的抵抗意志。

目前，奉天陆军监狱留存资料比较少。之所以少，一个重要原因就是日本人将相关档案销毁或者转移到其国内。他们这样做，是要掩盖那些见不得人的事情。我们在梳理两所监狱历史时，心情还算平静，但到了要细说这里到底发生过什么时，却不忍多写了。这里的残忍超乎人类的承受与想象。在奉天陆军监狱，日本侵略者残杀中国人，不仅用砍头、枪决、绞刑、活埋等残忍手法，竟然还有“创新之举”——机械化杀人……1988 年一位赵姓老者接受党史部门的访问。他曾在奉天陆军监狱赶大车，当时只有 20 岁。据他回忆说，每绞完一个人，日本宪兵就抬出来一个铁箱子，然后送到大北边门外的“狼狗圈”。

在沈阳地区义勇军故地寻访时，我们多次听老人们提到“狼狗圈”。

一些“传说”并非空穴来风。这个“狼狗圈”跟奉天陆军监狱是“关系单位”。所谓“狼狗圈”是 1933 年 4 月日本关东军密令奉天省铁路警护军在大北边门外建立的铁路警护队第一警备犬训练所，有狗舍 500 余间，驯养狼狗 200 余条。“狼狗圈”训练狼狗用的“靶子”是政治犯，由奉天陆军监狱提供。日本人将政治犯直接扔到狼狗圈中，让狼狗任意撕咬。有一个幸存者叫王佩武，是兵工厂（中共地下党员重点工运场所）的学徒工。1935 年秋的一天，王佩武因操作事故伤了日本监工，被送到日本宪兵队。赶上“狼狗圈”向奉天陆军监狱要“靶子”，却只有 9 名政治犯，就将王佩武押来凑数。10 个人被扔进“狼狗圈”后，9 名政治犯先后被狼狗咬死，只剩下了王佩武。他被日本人推进圈里就被吓晕了，而狼狗可能是吃饱了，竟然没再吃他。日本兵把他当成死尸，扔到了大沙坑里。他才幸免于难。

到底奉天陆军监狱为“狼狗圈”提供了多少“活靶”？已无从统计。据保守估计，14 年间，奉天陆军监狱关押的政治犯约 3000 人，有近千人被秘密杀害。日本人善用狼狗打仗或追捕。可令人椎心的是，这些狼狗的食物与训练靶子竟然是中国最坚强的勇士。

还有一个地方跟奉天陆军监狱有关。

它就是日本人办的“满洲医科大学”（今沈阳市和平区北二马路 92 号中国医科大学所在地）。当年，“满洲医科大学”还与那个恶名远扬的侵华日军“七三一部队”关系密切：它不仅为日本侵略战争培养了大批医务人员，还进行了以活人为“实验材料”的细菌实验和活体解剖实验……“满洲医科大学”微生物系教授、日本细菌战犯北野政次，曾在日本军方配合下，用 13 名健康的中国人进行活体细菌实验，还写成了学术研究报告。曾在该校解剖学教室当过实验勤杂工的张丕卿证言：“从 1942 年秋到 1943 年春，日本人先后进行五次活体解剖。”

在“满洲医科大学”，一些“实验材料”便来自奉天陆军监狱。

我们觉得当年抗联战士是在挑战人类极限的环境中打仗，而今天，我们的认知再次被刷新：在日伪监狱里，抗日者所遭受的肉体与精神摧残真的“超乎人类的承受与想象”。那一位位历经酷刑、直面死亡，而未曾变节的反满抗日英雄，一定是这个世界上信念最坚定的人。应该算是这个世界上信念最坚定的人。在那个充满硝烟的年代，曾经有四任沈阳市委书记被关进奉天第一监狱。九一八事变后，沈阳斗争形势日益恶化，又先后有三任中共奉天市委（特委）书记被捕入狱。1931 年 11 月 23 日，时任中共满洲省委宣传部部长兼中共奉天市委书记的赵毅敏意外被捕，先被日本宪兵羁押在宪兵分遣队的地下室，于 1933 年冬改判三年徒刑，被押往奉天第一监狱服劳役。

1933年4月，中共满洲省委决定调时任中共哈尔滨市委书记杨一辰到奉天任特委书记。同年6月，杨一辰等30余名党团员被捕。1934年5月，伪奉天高等法院判处杨一辰十二年徒刑，将其送至奉天第一监狱服劳役。1933年7月下旬，张有才受中共满洲省委委派任中共奉天特委书记，同年10月9日被捕。伪奉天高等法院强行以“国事犯”罪名判张有才十二年徒刑，将其关押在奉天第一监狱。

支撑这些共产党人的，是狱中党组织的有力领导和为民族解放的信念。他们在狱中斗争，书写了一部铁窗丹心的历史。这些在沈阳战斗过的中国共产党人，用他们的坚忍和牺牲搭起了通往民族解放的桥。正如1920年陈独秀在《欢迎湖南人底（的）精神》一文中关于生命的探讨：“你见过蝗虫，他们怎样渡河吗？第一个走下水边，被水冲去了，于是第二个又来，于是第三个，于是第四个；到后来，他们的死骸堆积起来，成了一座桥，其余的便过去了。那过去底（的）人不是我们的真生命，那座桥才是我们的真生命，永远的生命！”

『静远』传音，千古铿锵

大东区善邻路与黎明四街交会处西北角的黎明四街 2 号，过去，此地叫三家子。静远学馆校址就在这里。如今，在其旧址还遗存一栋日式二层小楼和几间平房，这是沈阳最早的工人夜校。静远学馆及其延伸影响，对沈阳早期革命活动与抗日斗争有很重要的意义。

创建者叫杨一辰，而静远学馆则取自他的另一名字——杨静远。

他是山东金乡人，在济南时积极参加中共一大代表王尽美和邓恩铭组织的革命活动，并于 1927 年由邓恩铭、丁君羊介绍入党。1929 年 1 月，杨一辰因叛徒出卖被捕，同年 4 月越狱后来到沈阳开展工人运动。由于杨一辰拥有丰富的地下斗争经验，他被派到东三省兵工厂开展工人工作。当时兵工厂拥有工人 37000 多人，是当时中国最大的兵工厂。11 月，杨一辰在兵工厂北面三家子（现黎明机械公司 204 宿舍区附近）工人居住区租用了两间民房，办起一所“私塾学馆”。他白天教工人子弟读书，晚上为工人上课，在兵工厂重新建立了党支部。1930 年 1 月，他受中共满洲省委指派到北宁路关外各站发动和领导铁路工人“花红”斗争，静远学馆由郝俊夫接替。

在东三省兵工厂的铆工梁永盛，是静远学馆的常客。有时，他还带着

| 杨一辰 |

| 梁永盛 |

10岁的儿子梁贵玺参加学习。1930年8月，梁永盛加入中国共产党，成为兵工厂党支部核心骨干和杨一辰当时开展工作的得力助手。在杨一辰离开后，梁永盛依旧坚持地下斗争。九一八事变后，他发展了吴国发、孙熙凤、郭庆生、乔兰亭、马同业、杨书田、张明入党，恢复了遭到破坏的兵工厂地下党支部，并担任支部书记。按《五三工厂志》记载：1932年，后来的抗联将领李兆麟（时任奉天团特委青年干事）也曾到兵工厂发展党团员，增加了一批新生力量，在兵工厂厂南的庞家伙房建立了地下党组织活动点。而其胞妹李兆宾化名张筱兰，在兵工厂从事地下工作。当时李兆麟是东北抗日义勇军第二十四路军的实际领导者。

1932年，先有梁永盛、后有李兆麟，在他们直接领导下，一个反满抗日中心点在已被日伪改名为奉天兵工厂的东三省兵工厂形成，与城外的抗日义勇军形成了很好的呼应。

梁永盛向上级党组织建议从兵工厂弄些枪支支援抗日义勇军并获得批准。

1932年3月的一个夜晚，梁永盛披着条破麻袋，腋下夹着铁锤，来到小东门附近，发现一个日本兵，便从背后摸过去，抡起铁锤，对准其脑袋砸下去。日本兵倒地，他夺得短枪一支。实际上，他还有一个更大胆的想法："把兵工厂的大批枪支弹药装上十辆汽车，连人带枪运到抚顺和长白山，参加抗日游击战争。"当时抗日义勇军最缺的就是枪支弹药，该想法若能实现，无疑将大大壮大抗日武装力量。为了实现抢夺兵器库的计划，他用两个月时间精心安排和准备，把兵器库的管理员发展成自己人，从工人中训练了30多名夺枪的骨干力量，秘密商定夺枪方案。遗憾的是，这一行动最终夭折。后来，当过中共满洲省委组织部部长的何湘谈到此事时说："1932年4月22日，我曾与兵工厂几名工人谈话询问过此次抢枪斗争的准备情况。工人们说，当时有300多人急切要求夺取武器，武装起来抗日。兵工厂的工人知道枪支弹药的详细数目，放在什么地方以及如何夺取。如果当时党组织敢于去领导，抢枪斗争是能够实现的。但是，当时奉天特委负责人没有大胆去领导这次夺取武器的斗争，结果把机会错过了。"夭折的原因，是这个行动计划未获得上级党组织的批准。

梁永盛的计划，也不能说一点都没实现。后来，当时的地下党组织了30多名技术好的工人直接参加了义勇军，帮队伍修理枪械；还派党员韩日升、郝希英、刘广臣远赴江西兴国官田兵工厂，参加了当时中央苏区红军兵工厂的建设。

当时，浓浓的反满抗日情绪使兵工厂形成了一股抵抗的暗流。

这与日本人的残暴压制有关系。工厂里像掉手指、伤胳膊、砸断腿这样的事故，更是时常发生。如此高压气氛和恶劣环境，完全是日本人积攒仇恨与引发反抗的节奏。工人们破坏、怠工行动常常有，在一段时间内兵工厂所属枪弹厂的总废品率高达40%，便是由工人暗中反抗所致。在兵工厂，中共党团员从事地下工作有着很深的群众基础。

抢粮事件，就在兵工厂发生了两次。第一次是在1931年9月20日，也就是九一八事变后的第三天，上千名工人到兵工厂粮栈抢粮。第二次是在1932年3月底、4月初，梁永盛组织领导了这次抢粮斗争。这次抢粮规模很大，有上万名工人参与。当时，日军为扩大侵略到处搜刮劫掠粮食。由于奉天兵工厂粮栈被封，上万名失业工人既无处领粮、也无钱买粮，生活无法维持。

而这个粮栈是利用工人年终的“花红钱”办起来的。根据上级指示，梁永盛等秘密串联，在一天上午召集成千上万名工人涌至粮栈。原本想派 5 名工人代表跟日本人谈判，但还没等谈判开始，工人们便一拥而上，砸开粮仓。人群越聚越多，甚至连过路的行人也纷纷加入到抢粮的大军中来。日军调来大批军警，但面对如此规模的抢粮人群也不敢开枪，束手无策。抢粮行动持续至当晚 6 点，整个粮栈 30 多个粮仓被一抢而光。抢粮事件震动整个沈阳城，产生了巨大的影响。不久后，奉天火柴厂的工人也组织起来，砸了本厂粮仓，抢光了粮食，还有上千名工人闯入南满站，把日本从大连运来的军粮给抢了。这些行动给侵华日军以重重一击。

梁永盛是在 1932 年 5 月一次庙会被日伪当局逮捕的。

说起沈阳庙会，在早年间规模最大、最热闹的要数天齐庙会。天齐庙（又叫东岳庙）如今已经没有了，原址在大东区小东路。每年农历三月二十五日到四月初一，是天齐庙会，沈阳城内男女老少纷纷云集于此，附近农民也从四面八方赶来。甚至，一些来还愿的人从小东门起就一步一磕头，磕到天齐庙。1932 年的五一国际劳动节前夕，奉天特委印制《告奉天工农劳苦群众书》等传单，要各基层党支部散发。梁永盛决定利用天齐庙会这个大场面，通知 10 多名党员及兵工厂工人“逛庙会”。5 月 3 日，他带着大儿子梁贵玺“逛庙会”。在小东门稻香村，他让儿子买两盒点心，将传单放进点心盒里。他们到达了预定地点。梁永盛将传单分发给参加行动者并给每人一小包白灰，让他们在被人发现时就撒白灰。大家分头行动起来，一张张传单在人们手里传阅，这引起了日伪警特的注意。梁永盛发传单时被“便衣”逮捕，押至大东关伪警察二分局。同样在庙会散发传单的魏国荣、乔兰亭、马同业见梁永盛被捕，赶紧到梁家报信，可日伪警特已包围梁家。魏、乔、马和梁永盛的妻子、大儿子梁贵玺以及才两岁的小儿子，均被捕。

在日伪监狱里，梁永盛一次次地承受着敌人的皮鞭、铁镣以及种种酷刑。

“你的同伙是谁？”

“全中国的工人阶级都是我的同伙！”

不管敌人如何拷问，梁永盛的回答只有这样一句。

据由梁永盛发展的党员吴国发后来回忆：“梁永盛被捕后，我到狱中去看他两次。第一次见到他，面容憔悴，脸色蜡黄，得知敌人对梁永盛采用灌辣椒水、灌火油（煤油）等酷刑。我第二次去看他，得知敌人对他用了更加残酷的刑罚——用刀剐肋条。梁永盛身上的肉都翻出来了，两肋上下，血肉模糊惨不忍睹，我忍不住痛哭失声。梁永盛两手用力把住铁栏杆，支撑着身体，对我说：‘四哥，你放心吧，打死我、剐死我，也不出卖你们。’”

今天，我们已没法想象他所面对的肉体与精神的双重摧残，只是知道他在家与国之间做了一个最艰难的选择。他未满两岁的小儿子入狱不久，由于妈妈上火没有奶水，加之狱中阴湿，不幸在狱中夭折。

硬的不行，就来软的。日伪警特封官许愿，企图软化他，把梁永盛妻子和儿子放出去，还允许梁永盛的妻子探监。梁永盛对妻子说：“不要哭，把孩子抚养大，告诉孩子，记住这个仇恨；告诉同志们，加紧工作，早日打倒日本帝国主义。”梁永盛知道自己随时可能被敌人杀害，便对同牢房的魏国荣、乔兰亭、马同业说：“你们要注意掩护自己，咱们不能都死在这里。我宁死在敌人的屠刀下，也不讲出任何人，从我嘴里敌人什么也别想得到。你们出去后，要好好地为党工作，把革命进行到底。这样，我死了也含笑九泉了。”

梁永盛的坚持是有价值的，魏国荣、乔兰亭、马同业后来因“证据不足”被释放了。

1932 年 7 月的一天，梁永盛牺牲在奉天警察署刑讯室，时年 31 岁。

静远学馆创建者、梁永盛入党的启蒙者杨一辰，在梁牺牲后回到了沈阳。

1933 年年初，中共满洲省委（已迁至哈尔滨）派熟悉情况的杨一辰回到奉天，恢复遭到破坏的特委。当时，受奉天市特委领导的地区南至大连，西至山海关，东至安东（今丹东）。已是日关东军野战兵器厂的奉天兵工厂，依然是杨一辰主要的工运阵地。此前，义勇军围攻沈阳城，均将兵工厂列为重点攻击对象，试图摧毁日寇的这个“军火基地”，未获成功。梁永盛的牺牲，使兵工厂地下党组织活动受到很大的影响。杨一辰回归后，进步工人们又有了主心骨。1933 年 4 月至 6 月，他是以魏国荣家为奉天特委主要办公地点，而魏国荣的父亲则以卖鸡蛋来掩护。杨一辰到奉天后不久，将奉天、本溪、清原等地党团组织恢复，特别是奉天城的党团活动很活跃。

在 1933 年 6 月一次日伪大搜捕中，中共奉天党团组织再遭破坏。刚刚发展的党员李芳五叛变了，杨一辰与他接头时被捕，关押在伪满奉天警察厅地下室押犯所。日本人想扩大战果，让他带路抓捕“漏网”的抗日反满人员。杨“答应”了，引着他们在城里转来转去。当日本人的摩托车队按杨的指引行驶至大西门附近时，杨一辰突然站起来，大声疾呼：“我是共产党，李芳五叛变啦！”敌人一顿暴打，怕他再喊，草草收场。敌人又让他去指认共产党人，这次他的手指被钉在车板上。可一到闹市，杨一辰便高喊口号，日本人给他戴上“嚼子”押回去……

1933 年 10 月 22 日《奉天每日新闻》报道了有关奉天特委遭破坏的消息。在题为“党的魁首”、副题为“大胆的杨一辰”的报道中写道：“满洲国方面所逮捕的党特委书记杨一辰（刘孟平）是当地共产党的最高干部，即使死也不泄露党的机密。他说，如果出卖了党的内容，就会使党遭到根本的破坏，过去的努力就会付之东流。因为，为了主义，就是被判死刑也心甘情愿。他对于机要事项，守口如瓶，实在是胆大包天。”

1934 年 5 月，伪奉天高等法院判处杨一辰有期徒刑十二年。这次铁窗生活，他一过就是七年。在奉天第一监狱服劳役期间，杨一辰被分到最脏、最累的翻砂（即铸造）车间。他也与监狱铁工厂当铸造技师的王宏久成为朋

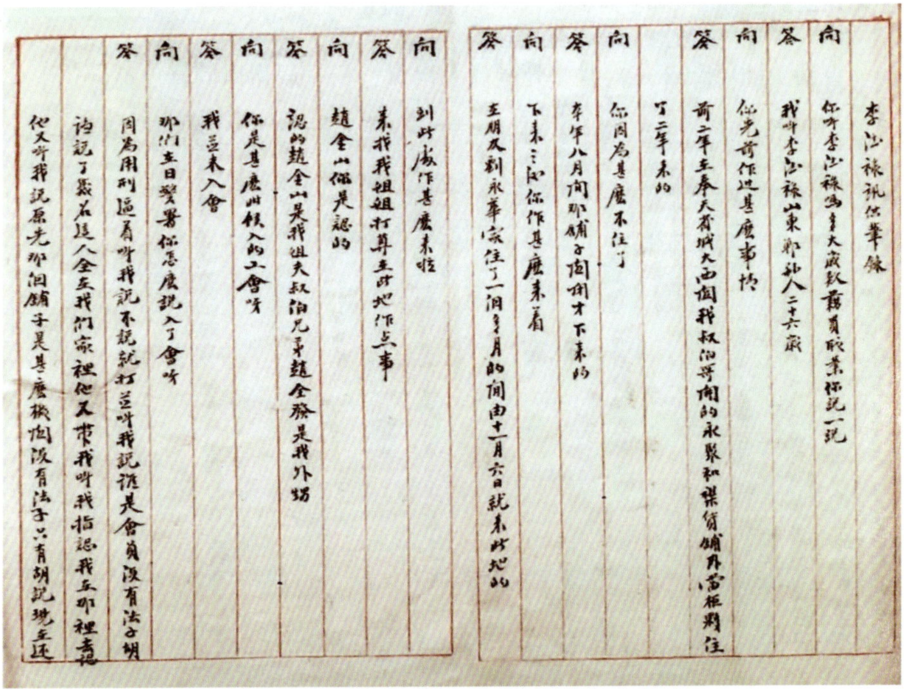

李德祿訊供筆錄

問 你叫李德祿多大歲數籍貫職業你說一說

答 我叫李德祿山東那邊人二十六歲

問 你先前作過甚麼事情

答 前二年在奉天省城大西關我叔伯哥開的永聚和雜貨舖當櫃頭住了二年來的

問 你因為甚麼不住了

答 本年八月間那舖子倒閉才下來的

問 下來之後你作甚麼來着

答 在朋友劉永華家住了一個多月的間由十一月六日就來此地的

問 到此處作甚麼來啦

答 來找我姐姐打算在此地作点事

問 趙金山你是認的

答 認的趙金山是我姐夫叔伯兄弟趙全發是我外甥

問 你是甚麼時候入的工會呀

答 我並未入會

問 那們在日警署你怎麼說入了會呀

答 因為用刑逼着叫我說不說就打並叫我說誰是會員沒有法子胡說了幾名這人全在我們家裡他又帶我叫我指認我在那裡去認他又叫我說原先那個舖子是甚麼擬倒沒有法子只有胡說現在還

| 杨一辰（化名李德禄）接受审讯的笔录（节选）|

友。杨一辰接过狱中党支部的工作，在大家中有很高的威望。也正因为如此，日本人更不会放过他。1936 年春夏之交，日本宪兵队为“追查余党”，又把杨一辰押到宪兵队刑讯。一连七天七夜，所有刑罚全用上了——灌辣椒水、钉扦子、上大挂、坐老虎凳、硫酸水烧、烙铁烙，将杨一辰摧残得遍体鳞伤，但仍一无所获，只好又把他送回监狱。杨回到翻砂车间后，立即请王宏久送出一张字条，上面写道：“我在狱中患传染病，请勿探望，病愈之后，定可回家。”这是杨一辰在主动同监外党组织割断联系。要想保护同志，很明显这还不够。他想到了自残。他和王宏久暗中商量，弄了点废硫酸，倒在自己脸上，脸和眼睛被强烈灼伤，使敌人无法再让他出去对证、认人、抓人。在王宏久和狱医“斡旋”“配合”下，杨一辰还得上了“丹毒症”，随时“有

生命危险”……

直到 1940 年 12 月，经一爱国商人出保，杨一辰得以假释出狱。

“死不畏死，生不偷生。男儿大节，光与日争。道之苟直，不惮鼎烹。渺然一身，万里长城。”在那段峥嵘岁月，胜利始终伴随着危险，失败却不意味着绝望。静远学馆留下的足音，始终铿锵有力，犹可闻之。

沈南，依稀见烽火

我们登上三块石山山顶。

三块石，位于苏家屯区大沟街道东北方向，由南北相对的两座险峰构成。北峰下高耸着三块5米高的圆柱形天然巨石，故名三块石山。两峰中间原有一座古庙（地藏寺，还曾叫娘娘庙）。1932年5月23日，抗日义勇军利用娘娘庙群众云集之机，散发传单1000多张，宣传共产党的主张，号召民众奋起抗日。此处视野极好，放眼望去，远处的灯塔市清晰可见，大洼、小堡等义勇军故地尽收眼底。苏家屯区委党史办的同志对我们说，当时的娘娘庙会，十里八乡的老百姓都会来参加，共产党人就是利用这样的机会宣传抗日主张，他们印制的传单内容是“穷人分粮，工人要工钱，士兵要饷，打倒土劣满洲政府、日本帝国主义”等，落款是“中国共产党北平东北支部”（事实上无此支部，是为扩大党的影响、又不暴露党组织而虚设的）。这些传单在群众中引起极大的震动，让人们觉得共产党就在身边。

大沟街道所处区域距离沈阳、辽阳、本溪城区各约30公里，在当时属“三不管”地带。此处为何有共产党出现？这就要提到一个大洼村人张一吼。1929年，张一吼到北平中国大学中文系读书，这使他有机会接触到进步书刊和进步人士并开始接受共产主义思想。每当假日回乡，他便向亲朋好友宣传革命思想，对家乡人民影响很大。抗日英雄李兆麟就是在他的影响下走上革命道路的。与二人相熟的东北地区早期革命家夏尚志曾说："张一吼是李兆麟的启蒙人、引路人。"九一八事变后，张一吼放弃学业，参加了东北民众抗日救国会，并投书故乡，招来小荣官屯村的李兆麟（两人是姨表兄弟），同谋抗日救国之计。李兆麟在张一吼的介绍下，参加了北平反帝大同盟和东北民众抗日救国会，结识了在该会工作的中共地下党员冯基平（又名冯乃革，新中国成立后曾任中共北京市委书记）和夏尚志等，向他们介绍了自己家乡的抗日形势，表示愿返回家乡组织抗日队伍。冯基平、夏尚志对此表示赞许，并向中共河北省委作了汇报。

1932 年 2 月初，中共河北省委指示由冯基平与李兆麟、杨受天等到李兆麟的家乡组织义勇军。不久，中共河北省委和北平市委又陆续派出夏尚志、孙志远、王守贤、丁济阳、林郁青、魏名胜（关有维，又名魏拯民）、孙已泰、侯薪、张一吼等党团员来到李兆麟家乡，协助冯基平等开展抗日救亡活动。

小堡村虽在辽阳地界，但离沈阳地界的大洼村只有 1 公里路，共产党人的活动以小堡为中心，活动范围覆盖苏家屯的许多地区，如大堡、大洼、蛤蚂塘、杨城寨、英守屯等。他们在大洼、小堡、小荣官屯等村先后建立起"反帝大同盟""农民大同盟""穷人会""妇女会""少年先锋队"等群众组织，开展"抗租抗息""分粮吃大户"和"罢锄斗争"。

1988 年 2 月 2 日，苏家屯党史部门在杨城寨村董志扬家召开老人座谈会。有老人回忆说："九一八事变后，有人到村里搞宣传，是否是李兆麟记不清了。大家认为他说得对，于是村里就搞起了分粮斗争。起先，断粮户找大户都兆富买粮，但他谁也不卖。大伙一合计，就借，强借，打开仓子给各户分粮。领头的人还有夏连贵，不仅借仓里粮，还把都兆富家地里的青苞米也掰下来，给断粮户吃。"

李兆麟利用庙会在双龙寺、柳河子、三块石、十里河、铧子沟等地散发传单。由于冯基平、李兆麟等党团员积极工作，小堡附近几个村落的农民们经常集会，听关于抗日救国的讲演，高唱《救亡之歌》《工农兵之歌》《告我青年之歌》等革命歌曲，觉悟有了明显提高。中共满洲省委就沈辽边界地区群众抗日救亡斗争形势向中央报告的文件记载："至（1932 年）7 月 25 日，在辽沈中间，小堡建立农民大同盟支部四个，大洼支部一个，小荣官屯支部一个，每支部五人，小堡、大堡二村少先队五组，每组五名，朝官寺少先队四组，每组五人，军队支部一个，五人（沈三区沈宝林）。"

李兆麟早期的军事实践，也是在家乡开始的。李兆麟和其他党团员联络沈宝林领导的"燕子"队及"长江""天地容""平日"等民众抗日义勇军队伍。李兆麟还做辽阳二区区长苏景阳的工作，动员他参加抗日。苏景阳应允参加抗日，但又不敢出面。为了扩大抗日影响，李兆麟等便利用苏景阳的号召力，在上报东北民众抗日救国会请求组建正规的抗日义勇军队伍时，将苏景阳推举为司令。1932 年 3 月，在三家子村（今辽阳市灯塔市柳河子乡）陈楚英院内，各武装首领召开了联席会。会议由李兆麟主持，宣布成立东北民众抗日义勇军第二十四路军，全军共 3500 余人。司令苏景阳怕受牵连，始终不出面。

队伍实际上掌握在李兆麟和从北平来的党团员手中。

二十四路军成立后，以小堡为中心，在沈阳和辽阳、本溪之间的广大地区开展了轰轰烈烈的抗日救国斗争。1932 年 3 月，以李秉权为首的地主武装投降了日寇，报号"洪盛团"，成为日本人鹰犬。为了打击敌人的嚣张气焰，共产党员冯基平等建议义勇军主动出击，消灭"洪盛团"。李兆麟调动二十四路军"燕子""长江""平日"等各部，对"洪盛团"发起突然袭击，一举把"洪盛团"消灭在辽阳县境内的韭菜台一带。义勇军大获全胜，缴获各种枪支 150 多支，子弹若干。这是二十四路军组建以来的第一次战斗。

首战告捷，极大地鼓舞了义勇军的士气，增强了信心。

1932年3月底，二十四路军攻打了铧子矿日伪警察队，活捉了当时正在该矿的伪昭和制铁所采矿课课长久留岛秀三郎，击溃了勾结日军的地主武装“南大会乡团”千余人，歼灭了从辽阳窜到贵子山的日军守备队数十人。二十四路军对敌斗争的一连串胜利，极大鼓舞了当地民众的抗日救国热情。许多百姓纷纷加入义勇军，队伍进一步壮大。到1932年六七月间，队伍已经发展到6000多人。李兆麟在斗争中得到了锻炼，1932年5月加入中国共产主义共青团，不久转为中共党员。根据东北民众抗日救国会关于东北义勇军于日本关东军新任司令官武藤信义上任之时联合攻打沈阳城的指示，李兆麟联络沈南各路义勇军、山林队于8月底，与赵殿良的第二十一路军等抗日队伍，围攻沈阳城。

义勇军的斗争有力地打击了日伪的统治势力，引起日伪的极大恐慌。

1932年9月至10月，日本关东军抽调大批正规军，先对辽东一带义勇军进行大规模“讨伐”，又对沈阳以南各义勇军进行大规模围攻。由于小堡一带交通便利，在敌人的重兵打击下，二十四路军遭到重创，各支队伍大都散失。在本地区仅存驻李英守屯、号称“沈团”的燕子队，也于同年11月解体了。李兆麟受党组织派遣，前往本溪煤矿继续抗日斗争，建立了本溪历史上第一个党支部。李兆麟后因病回沈阳，在沈阳造兵所开展工运工作。1933年6月22日，中共奉天特委遭到敌人破坏，李兆麟暴露。他不得不转移到哈尔滨，继续从事抗日工作，并成为著名抗联将领。

如今，在苏家屯区杨城寨村（由杨城寨和大洼两个自然村合并而成）有一处红色地标。杨城寨生态旅游区是国家AAA级景区，拥有沈阳地区最大、最负盛名的草莓采摘基地，且有“中国玫瑰香葡萄第一乡”的美誉。游客们来此旅游，必打卡的景点便是沈南第一个党支部纪念馆。

2011年7月1日，沈南第一个党支部纪念馆在杨城寨村落成。

| 沈南第一个党支部纪念馆 |

这个沈南第一个党支部便是中共沈南大洼支部。它的创建同李兆麟和他领导的二十四路军有着千丝万缕的联系。张俊庸、张寒是大洼村人，与张一吼、李兆麟有亲属关系，也深受他们的影响。他们频繁与中共河北省委和北平市委派来的共产党员、共青团员进行广泛、深入接触。1932 年 7 月，经中共奉天特委王一青介绍，张俊庸、张寒加入中国共产党。同年 8 月，苏家屯区历史上第一个党支部，也是沈阳南部地区第一个党支部，受中共奉天特委领导，张俊庸为支部书记。义勇军攻打沈阳城后，日本侵略者加强对沈辽边界的控制，形势极端严峻。同年 10 月初，张俊庸、张寒到沈阳城内小西关马泡沿胡同民乐铁工厂参加中共奉天特委会议。由于叛徒告密，两人不幸被捕。他们在狱中经受各种严刑考验，始终没有暴露身份。

『潜伏』的烈士

2017 年走访沈阳地区义勇军故地，我们特意到康平县城做过调查。

康平是辽北蒙边抗日救国军根据地。九一八事变后，康平县民众抗日热情始终高涨。1932 年春，康平沦陷。1934 年，康平伪县公署成立，由日本人任参事官，进行殖民统治。从警署到中、小学校，都有日本人控制，他们宣扬“日满协和”“王道乐土”。警察、“协和会”对县城内各种抗日运动进行镇压，血洗县西敖力营子，杀死 30 多人，烧民房 200 余间；西太平庄村民三人以“抗日”罪名被扔进“狼狗圈”……

压迫之下，必有抗争。康平民众对日本的反抗斗争从未停息。

这里地处辽蒙边界，地理位置非常重要。特别是在高荫周、魏国昌等抗日志士建起东北抗日救国义勇军第五军区后，康平便成为辽北蒙边地区抗日中心。很多人都知道东北抗日救国义勇军第五军区司令是高文彬。不过，康平人都习惯称呼他为高荫周。高荫周，字文彬（又名文斌），1893 年生人，康平县高家窝堡人。高荫周是保定军校第五期毕业生，1930 年 2 月任东北边防军司令长官公署第五处（即步兵训练处）少将处长。九一八事变后，日军对康平采取“以华制华”的策略，制造民族分裂。高荫周直接到北平去见张学良，力陈收复东北必先安抚内蒙古的主张。张学良便任命高荫周为辽北蒙边宣抚专员，组织成立“辽北蒙边宣抚专员行署”。他领导的辽北蒙边民众抗日义勇军第五军区（1932 年 6 月改称第五军团），最盛时所部达到四万余人，声势浩大，名震一时。

直到今天，在高荫周的家乡高家窝堡，村民还是习惯称他为“高专员”，有老人还记得“高专员”曾在 1947 年土改前后坐着轿车回过村里一趟。

对这一段过往，高荫周本人曾在《参加辽西义勇军抗日经过》一文中自述：

我深知哲里木盟各族统领中威望较高、握有兵权的，有包善一、韩色旺、李胜、刘振玉等（均为蒙古族）。李、刘关系密切，尚在观望。我的亲戚关翼青与韩色旺交往最厚；我的朋友王子印系包善一的亲戚，友人张香阁也和包相识。朋友都向我表示，愿去说服包氏反正。至于甘究夹布（有名的蒙奸），自幼是日人川岛豢养长大的，又配以清朝肃亲王的女儿金璧辉（她还有一名字，叫川岛芳子）为妻，甘心为虎作伥，当然不易转变；但把包、韩说服以后，他们势孤力单，也就没有多大作用了。因此，我即到北平向张学良献策，宣抚包、韩、李、刘四人，团结蒙、汉两族人民共同抗日。张学良很同意，令我邀李胜、刘振玉和他会见。李、刘对张表示赤诚救国，并愿联络包、韩一致行动。张学良遂决定组织“辽北蒙边宣抚专员行署”，指定我为专员，并派工作人员王云汉、李树凯、张子振、王化南、高秀芳、成长奎、赵龙涛、舒崇武、白梦梅等二十余人协助工作。又委李胜为骑兵第一路司令，刘振玉为骑兵第二路司令，归专署指挥，并通过法库、昌图、梨树、怀德、双山、辽源、彰武、通辽等县全力协助。1931 年 10 月中旬，我率行署人员到达通辽，成立宣抚专员行署办公处。

1931年末，高委派张香阁、刘文藻二人来康平，在县城窦家店开了秘密会议，商定成立两个支队，高荫堂为第八支队长，窦宝章为第九支队长。1932年农历六月，高又委派魏国昌来康平扩建义勇军，魏当时任副官处处长。自卫团指挥刘叙五（康平县刘屯人）同意接受改编，率马、步官兵800多人加入义勇军，又招募“奎”字绿林队700多人。

辽北蒙边宣抚专员行署成立引起了日军的恐慌。

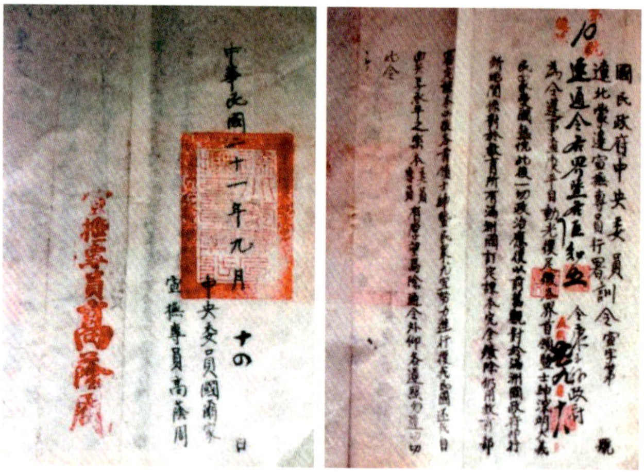

辽北蒙边宣抚专员高荫周关于康平县与伪满洲国断绝关系、废除伪满教材的训令

日军决定进攻辽北蒙边宣抚专员行署，企图扑灭这股抗日烈火。

几场异常惨烈的战役之后，双方势均力敌，互相有所退让。1932年5月下旬，高荫周根据辽吉黑民众后援会指示，决定进攻通辽。同年7月，高荫周从各部各抽调一个团，组成若干个精干骑兵小分队，直接指挥，从开鲁出发，向东南大蒿子一带扫荡日寇。十日之间，推进300余里，使日寇不敢迎战，一时间使辽北的民众抗日情绪大为高涨。高荫周到达大蒿子后，又令包善一、韩色旺两部游击于通辽等地，牵制当地日军，自率部队向康平推进，驻守在康平县城的日军未做任何抵抗即弃城而逃。义勇军在康平县周边的抗日武装“红枪会”的支持下，迅速肃清附近日伪军，收复了康平城。高荫周在康平建立行署，将警察部队改编为辽北蒙边康平县警备司令部。至此，第五军区已在康平设立三个独立支队、一个路军，共有官兵2500余人。

康平县政府奉专员令宣布与伪满洲国断绝关系，销毁伪国旗，学校废除伪课本。1932年11月，日军第十六旅团纠集彰武、法库、昌图等地伪军约六七千人，大举“围剿”康平第五军团所在地。高部节节抵抗，日伪军经过五昼夜才推进到康平县城附近。县城无险可守，高荫周决定向开鲁转移。突围中，军团总指挥部被冲散，高荫周在康平县杜家窝堡被俘。第五军团因失去统一指挥，各部遂分散活动于辽北各地，至1933年相继溃散。高荫周先被关在康平，又送到长春，后被押回沈阳。1934年11月，他在救国会、后援会通过于珍等人保释下才得以出狱。为营救高荫周，魏国昌、徐春圃等专门来到沈阳于珍公馆斡旋。

高荫周被俘后，魏国昌在从康平到热河的长城脚下坚守抗日一线。

魏国昌，1906年出生于一个医学世家，在沈阳学医时结识阎宝航等人，又通过阎宝航认识了中共地下党员苏子元，并经苏子元介绍于1929年秘密加入了共产党。他利用行医之便积极为革命工作，先后在法库、通辽等地开设医院，作为地下党组织的联络站，并将收入作为中共地下党和反帝爱国人士的活动经费。九一八事变后，魏国昌随东北军流亡到北平，参加了“救国会”，人称“魏小个子”。1931年10月，“救国会”派魏国昌为特派员，协助高荫周组建抗日武装。

| 烈士魏国昌画像 |

我们曾访问过魏国昌的遗孤魏宗久先

20世纪20年代末，魏国昌（右二）与阎宝航（左一）等爱国进步人士合影

生。“我没见过我的父亲，他为了抗日舍小家为大家。”魏宗久眼含泪光说，“1933年我出生后，我的母亲拍了一张照片给了我的父亲，后来也不知道他收到没有，因为从那以后我父亲再也没回过家。”从魏老的话语中，我们体会到了一位年过八旬的老人作为儿子心中留下的遗憾。1933年，魏国昌回到老家一次，带领义勇军炸毁了日军的军火库，震惊了全国。出事不长时间，日本兵包围了魏家大院，出于无奈，临走时将其老父亲魏秉和抓走，带到长春足足关押了三年三个月。当时魏家大院被日伪特务监控，爷爷家兄弟五个，为保命三家都改了姓。

1934年至1936年，负责情报工作的阎宝航指示魏国昌利用医生身份为掩护，为抗日部队做秘密情报工作。由于工作需要，1936年魏国昌加入苏联红军远东红旗军第四科某情报站，从事国际反法西斯情报工作，后被误杀，年仅32岁。由于魏国昌长期从事秘密情报工作，他的真实身份除了少数高层领导知道之外，其他人无从知晓。后来阎宝航的女儿阎明诗找到了魏宗久。阎宝航也多次反映魏国昌烈士的英雄事迹。1961年，国家有关部门下发文件，批准魏国昌为革命烈士，在其牺牲48年后，烈士身份才得以公开。此后，康平县有关部门根据魏国昌烈士生前战友回忆及内务部（已被撤销，现在相

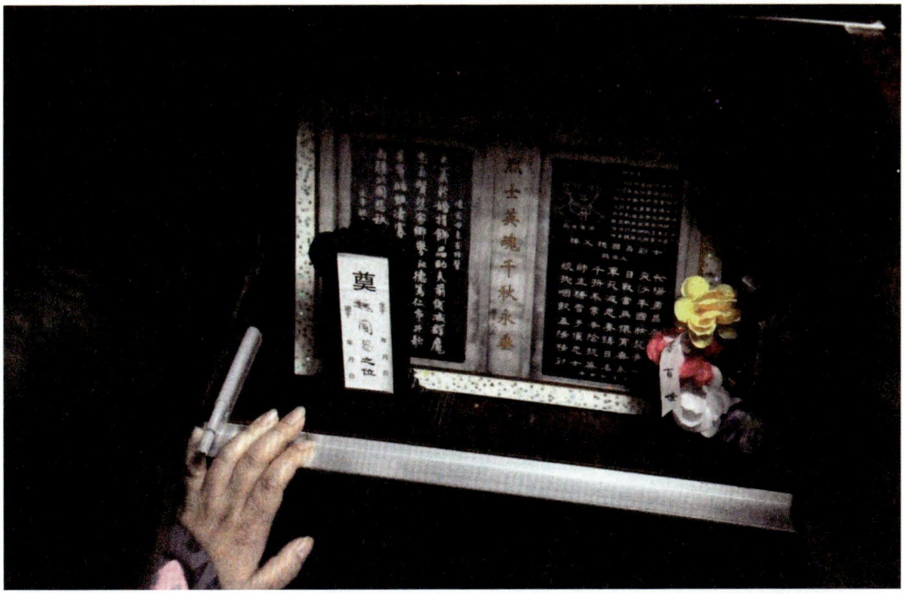

| 烈士祠里属于魏国昌烈士的格子 |

应的部门为民政部）文件，在县志中为魏国昌烈士立传。

2017 年 11 月 10 日，我们来到康平县烈士陵园，在烈士祠前找到魏国昌的名字。打开那层格子，一张影印出来的魏国昌画像出现在里面，周围还有些塑料花陪伴。我们鞠了一躬，将格子慢慢合上。事实上，魏家后人在这里祭拜也没几年。2011 年清明节，康平县政府将抗日烈士魏国昌的名字填在英雄名录上，并为他建了一个衣冠冢。

董楼子诞生『九路军』

一座孤坟隐没在蒿草中。在这张图片里，清晰的蒿草让模糊的碑更孤独。

这座坟的主人叫张景恒。他曾是东北民众抗日义勇军第九路军的参谋长，

|2017 年拍摄的张景恒墓|

代表了沈北地区义勇救国的血性。当年活动在沈北地区的九路军，虽然“存活”不到一年时间，却留下了无数可歌可泣的“抗战往事”……沈北新区马刚街道董楼子社区（原来的董楼子村），离沈阳国家森林公园不远，如今发展观光农业，很多沈阳人来此采摘。这里有一个红色遗迹。1932 年 1 月初，董楼子村张家大院（张景恒家）聚集了各路抗日志士 2000 余人，在大院四周的炮楼上高高竖起抗日义勇军大旗，东北民众抗日义勇军第九路军诞生。

九路军的创建，和于德霖有很大关系。

于德霖，字焕章，住望滨屯，离张景恒家隔了几座山。于德霖祖传中医，医术高明,给东北军军官看病治伤时结识了时任辽宁省警务处处长的黄显声。二人一见如故，结为好友。九一八事变后，于德霖决心投身抗日救国运动，1931 年 11 月初前往锦州，找到黄显声。黄让他回到当年新城子（今天的沈北地区）组建东北民众抗日义勇军第九路军，开展抗日活动，并委任于德霖为东北民众抗日义勇军第九路军司令兼沈阳、抚顺、铁岭、开原四县抗日民团总指挥。于德霖回望滨屯后，便与董楼子村张景恒联系。

在沈阳市档案馆，我们看到了张景恒女儿张大华的口述记录。

1984 年 11 月 10 日和 1987 年 6 月 9 日，新城子区党史办两次访问张大华，向她了解其父参加义勇军并牺牲的过程。张大华说：“1916 年，我父亲从北平大学商业系毕业，在沈阳商务印书馆干两年，1918 年回到董楼子村管理家业。九一八事变后，我祖父的换谱兄弟于焕章（于德霖）到我家与父亲商讨抗日救国的事。1932 年腊月一天的夜里，不少人骑着马到我家，在四个炮台上都插上抗日救国军大旗。事后得知，是抗日义勇军第九路军成立。根据黄显声的委任，于焕章为司令，我父亲为参谋长，我们家亲戚刘汉东为第一旅旅长，我大哥张丕模为第二旅旅长。很多人住在我们家，大约有十多天。天天开会，不知研究什么事，找了一些人。还来了一些大缕（绺）子住我们村。董楼子村参加的差不多有一半，我父亲的副官于二虎，我大哥的换谱兄弟郭永春、张连元、郑永亮都参加了，他们之前当过炮手。孔祥发、边某福也当过炮手。周围各村都有参加的，还有长江好、六合好、压东边、老来好的队伍，共有上千人。”

他们以董楼子村为中心，经过两个月的活动，队伍很快发展到2000余人。董楼子周围的洋什、铁营子、树林子、刘千户（今马刚）等村庄都住满了九路军的抗日队伍。

1932年3月，第九路军攻打沈阳之后，行踪暴露，在敌人“围剿”下很快溃散。他辗转进沈阳，找于德霖商量东山再起。1933年春节前夕，张景恒搬回东站附近四德里（文史资料上说是大北关榆树胡同）的老住宅。不久，由于汉奸告密，被敌人抓捕，送到虎石台日本守备队。对此，张大华有过讲述：

听说他们攻打沈阳，烧了兵工厂、药房，包围了沈海车站（今沈阳东站），缴了所有路警及第十一分局各分所警察的械，共缴获150多支枪，以后退到辽河北。我父亲和大哥都参加了。我父亲回沈住南站太和旅馆（应为大和旅馆），我和母亲、弟弟都住在市内。父亲把我找去谈话，将东北民众抗日救国军第九路军的黄绸子委任状（盖有黄显声大印）交给我收藏。过一段时间，我父亲也回家了。为避免被坏人发现，我们差不多每月搬一次家。1933年农历正月初一，我父亲被警察抓了，我还挨了一枪把子，二弟丕烈也被抓走了。我父亲和二弟先被抓到派出所，又转送警察局（五署）。接着，又被日本守备队带到了虎石台。父亲受到了严刑拷打，二弟也被踢了几脚。父亲对二弟说：“我回不去了，你妈身体也不好，靠你姐带你们过吧。”正月十五，父亲被带走了。二弟被告知：“你们全家尽没，你回不了家了，我放你走，有亲戚投亲戚吧。”我二弟回来后，母亲问：“你父亲怎么没回来？”二弟说：“过几天就能回来。”第二天，二弟见到大哥后，告诉他父亲没了。我们三人都哭了。

张景恒受尽折磨，宁死不屈。日军问他：“你为什么反满抗日？”他反问敌人：“你们为什么侵略中国？”最后他被日军带到古城子村外，当活靶子，练刺刀，身上被刺了 100 多刀。张家大院的一个家丁将张景恒的尸体运回村里。由于张景恒属于“暴死”，家族的人不同意把他埋在祖坟里，只是把他埋在了河上坎。后来由于农田变更，尸骨没有保存下来。1989 年张景恒被国家民政部门列入抗日烈士名单，家属重新把他迁回祖坟，不过只剩下了衣冠冢。

如今的竖旗地点已踪迹全无，原址盖起的是村民新住房。

村里的老支书张满秋对张家大院的历史变迁过程很熟悉。1948 年末至 1949 年初，土地改革将张家大院房产分配给了本村 6 户无房贫苦农民，1960 年被用作大队办公室和集体大食堂，1965 年被当成青年点。1983 年，

| 当年的张家大院，如今是一片民居 |

村委会建新房缺木料，把原房拆除。董楼子村从此少了一处红色遗存。现在留存下来的，只有张景恒的那座孤墓——一个衣冠冢。

走出村口，来到小山脚下，车开不进去了，我们徒步前往。

走过一段百余米的山路，离张景恒的墓只有 20 米远了，我们却被疯长的蒿草挡住路。已经看到墓了，却过不去。墓，孤零零地立在那儿。附近的沈阳国家森林公园游人如织，而这里无疑是寂寞的。从成立到消亡，九路军只存在了不到一年时间，却留下攻打沈阳城、袭击铁路运输线等抗日壮举。张家大院虽消失了,但义勇军的抗日故事却一直在村民中流传并被保留下来。在村民邢世英老人的眼里，张景恒是全村人的骄傲。其父亲邢恩厚和张景恒三子张丕原曾是同学，曾六次接待从台湾返乡祭祖的张丕原。

在十四年抗战史上，无数英雄用鲜血和生命浇铸出民族精神的丰碑。他们是民族图谱上的精神坐标，是历史长河里的不灭灯塔，是走向未来的信念主脉。

巨流河老桥上的累累弹痕

何谓巨流河?

在新民，民间传说河边多巨柳，这段辽河因谐音而被称作“巨流河”。还有一种说法是，辽河流至铁岭、新民一段，纳入清河、柴河、秀水河、柳河、饶阳河、养息牧河等支流，河面阔大，河水浩瀚，故称“巨流河”。如何得名姑且不论，但不可否认的是，巨流河已成为诸多历史痕迹中的一抹。最近20来年，说起巨流河还有淡淡的伤感。在近代史上，“巨流河”是东北地区的战略要点。一些历史事件在这里发生，比如说“大御道”上浮桥和有些久远的巨流河古城；郭松龄反奉的巨流河决战，最终兵败、身死道消；“皇姑屯事件”最早的爆炸点，日本人初选在巨流河桥，后才改在皇姑屯……

从沈阳沿304国道往新民方向前行，会经过巨流河大桥。

现在，这里有两座巨流河大桥，一座是新桥，车辆川流不息；另一座是老桥，已被废弃，与不远处的新桥相望。老桥的东侧是铁路线，西侧巨流河两岸的老碉堡、老岗楼虽已残破，但足够令人想到曾经的战火硝烟。当地人说，这些碉堡和上面的弹痕，是在解放战争期间留下的，并非我们所想的那样：因抗日留下的。

| 今天的巨流河老桥 |

巨流河又为何如此受关注？

原因既复杂又简单。复杂，是因为今天不明白过去的新民府到底有多么重要；而简单，则是因为这里那时候真的很重要。新民是东北民众抗日首举义旗之地，驻有多路义勇军队伍，活动频繁，成为义勇军与日军角力之地。一个深层次的原因就是——新民是交通重镇。新民历来是兵家必争之地，日本选择新民建领事馆，也说明了新民的战略地位。它交通便利，是东北通往中原华北的一个重要枢纽，水路畅通。在民国时期，新民属于码头，水运也非常兴盛。南满铁路最初就是修到新民为止。东北货物多从新民上船运往港口。特别是铁路，是侵华日军必须要控制住的核心战略资源。当时，满铁既是日军实施经济侵略的载体，又是实现军事侵略的重要渠道，日军运输战略物资、保障后勤甚至运兵主要靠它。据《帝国主义列强侵华铁路史实》记载：从1898年至1931年，在东北与日本有关的铁路有2360.8公里。而九一八事变前后，京奉铁路在新民境内全长只有66公里，却有7个车站，其中就有巨流河站。

| 义勇军攻击火车站、铁路线（画作翻拍）|

日军对新民的铁路自然要志在必得，各路义军也心知肚明。这便是新民义勇军队伍何其多的缘故。整理新民地区义勇军史料时我们发现，白旗堡（今大红旗镇）、巨流河，这两个有车站的地区被提到最多。各路义勇军“蛇打七寸”，在铁路沿线痛击日军。要么破坏铁路来截断敌人的生命线，要么拦车来获取物资补给，中小规模的战斗风起云涌，令日军防不胜防。

巨流河见证了各路义勇军的战斗。

宋黎，1934 年加入中国共产党，参加过“一二·九”运动，新中国成立后曾任旅大市市长、辽宁省政协主席、中共中央顾问委员会委员等职。东北沦陷后，他是流亡入关的东北籍进步学生。1931 年 9 月 27 日，东北民众抗日救国会在北平成立。中共中央即令中共北平市委积极派出尽可能多的党员和反帝大同盟盟员及在党影响下的进步青年到“救国会”开展抗日宣传工作。于是，宋黎被“救国会”派回东北组织发展抗日义勇军。这段经历被宋黎写成《怒洒一腔血 保卫我中华——组织东北抗日义勇军经过》，巨流河及沿线铁路是双方角力之地。

1932 年 5 月间，我同戴昊、江涛、那拯彬到辽西一带继续开展武装抗日活动。

经过许多艰苦工作，我们逐步把分散在辽西地区的抗日力量组织起来，成立了“东北抗日义勇军总指挥部”，队伍发展到一千人。总指挥是我，参谋长是江涛，军事负责人有戴昊、那拯彬。为了安全，我们的指挥部设立在新民县东长沟沿地方保安队骑兵分队李队长办公的地方。

为教训日本帝国主义，指挥部决定于 1932 年 10 月攻打新民。决定以后，我只身进入新民县城内了解敌情。通过可靠关系介绍，我到清真寺了解情况，有时隐蔽在阿訇那里，有时住在抗日群众家里。敌人在新民县城四周拉了电网。为避免与减少我军伤亡，我通过一个姓李的教师同新民县电业公司联系，确定到时不送电。为阻止敌寇增援，准备在打响后，用火车头将通往巨流河的大桥堵死，同时对各路进攻路线都做了周密部署，把力量较强的第四民团调来专门对付日寇铁甲车。

攻打新民，由我任总指挥，当时我方 21 岁，缺少战斗经验。

在进攻前，我们考虑到新民离沈阳很近，打响以后，敌人会很快增援，我们决定不进行占领，进攻目的主要是打击敌人的嚣张气焰，对敌人进行破坏，以壮大抗日力量。目的达到后，我们就分路撤退了……

我们除利用一切机会打击日寇与瓦解伪军外，还布置队伍发动人民群众破坏敌人铁路交通。当时，日寇在铁路沿线曾派驻大量军队，几乎天天在打炮。

住在巨流河铁路旁的铁路工人孙队长为了打击敌人，组织了二十几个铁路工人专门破坏铁路。我就以铁路工人为主体，组成了一支铁路爆破队，由我们抗日义勇军总指挥部直接指挥。在破坏敌人交通方面，大家想出很多办法。工人和老乡一起，把大车轮子卸下来，用钢瓦接头处的豁口撬铁轨铆钉，效果很好。戴昊、那拯彬、金硬同志还发动我们义勇军干部和战士们想办法，动员群众在夜深人静时把敌人未炸响的炮弹悄悄运到路轨上面，把一颗或几颗炮弹放在一起，用火烧，使炮弹爆炸，破坏铁路桥梁，经常使敌军用火车停运。

还有多路义勇军在此与日伪作战。1932 年 3 月，张国襄在新民县公安大队的基础上组织抗日军，约 500 人。张曾率部攻打新民，在巨流河与日伪军作战。耿继周部围攻新民，耿派“君子仁”率小分队炸掉巨流河大桥。无论宋黎还是张国襄、耿继周，或者其他的义勇军将领，为攻击，也为自保，他们首先想到是破坏巨流河上的那座桥和铁路。

老桥“健在”，并未因新桥而消失。这里有新民人对历史的尊重和思考。

只要有战争，便有弹痕。站在老桥上，看着相距不远的新桥上的繁忙景象，在这种新老的交替的情境中会油然而生一种岁月的沧桑感。老桥就像一位老人，古井无波地看着后辈们的生活，而他的身上、心里早已刻满弹痕。

烽火法库门

在那个战火遍地的义军时代，康平与法库互为支援、抗日救国，算得上同呼吸、共命运。在辽北蒙边宣抚专员高荫周兵败被俘后，此前在法库地区轰轰烈烈的东北抗日救国义勇军十五路军也因一次战场“恋战”而遭遇沉重打击，高荫周与刘翔阁刚刚商定的新的防御计划和运动战方略也化为泡影。不过，对于散落的各路东北民众抗日义勇军来说，在日伪严酷的“围剿”之下，兵败是常事，但每一次的兵败都是新的抵抗开始。

十五路军司令部驻地，便设在法库门。

法库门，是柳条边墙的边门之一。清朝初年在县城北修筑柳条边，定城北为西段十二边门之一，即为“法库边门”，简称“法库门”。南至京畿，北连塞外诸城的交通要道途经此门,使法库门变成辽北最重要的商品集散地。柳条边墙是个大工程，清政府为保护“龙兴圣地”而修筑的边壕，壕上栽柳，一步三棵，故而得名。又称盛京边墙。我曾看到有关柳条边墙的地图，从形状上看基本上是圆形，环绕沈阳而建，周长 1900 余里。老边有边门 16 座、新边有 4 座，是出入柳条边墙的关隘卡伦，各设哨卡，派兵驻守，实行军事化管制。我们在新民的红岭村调查时，有年长的村民提到“边外”，此“边”

便是指柳条边墙。“老梯子”高鹏振曾在白土厂门有一战。

可见，刘翔阁将司令部设在法库门，有其战略上的考虑。

| 刘翔阁 |

刘翔阁，字集云，土生土长的法库县法库镇人，高小毕业便到东北军当兵，在直奉战争后被提升为连长。九一八事变后，他所在的东北军独立二十旅移防锦州。1931 年 12 月下旬，日军分三路进犯锦州，独立二十旅遵奉南京政府命令准备撤退。六五八团二营三连连长刘翔阁欲携武器参加抗日义勇军，消息泄露，被旅部革职。刘翔阁回乡后四处招募，与贾明伦联手创立十五路军，贾明伦为司令，刘翔阁为副司令兼第一支队长。法库远离铁路，敌人增援不便，义勇军一度想在此长期立足。从 1932 年 3 月至 1933 年 2 月，大约一年的时间里，这支抗日队伍活跃在昌图、法库、康平、彰武、铁岭、开原六地之间的广大地区。

义勇军建立之初，先是东渡辽河，旗开得胜；后兵分三路，疾进金家屯，将一日军指挥官俘虏并枪决示众。一路上，各抗日武装纷纷投奔而来。1932 年 8 月 16 日，十五路军第一支队成立。军旗黑色白字，上书“讨倭平逆”四字，臂章白色，横书“抗日救国军十五路军第一支队，不扰民不投降，誓死救国”，加盖关防。还制订了不准违犯的军纪二十三条。整编后的十五路军，精神面貌焕然一新，每到一处都受到乡民欢迎。

通江口，是第十五路军计划攻打的第一站。其作战计划是先取三县重镇通江口，次取法库。昌图是铁路沿线游击区，待兵力壮大再取铁路，与友军配合，活跃于南满铁路北段，使日寇不能巩固统治。而通江口当年相当繁华，渡口处常年有伪警察把守，属军事要塞。这里是义勇军夺取法库、昌图，进而夺取铁岭、开原的咽喉要地。《昌图文史资料》对通江口有这样的表述："西南边境上的小镇——通江口，在八十多年前，乃'水陆要冲'，是当时对外贸易的繁盛之地。"

1936 年出生的刘宝林，在一次回忆中描述："通江口最多的时候有一万来口人，大买卖有 24 家，专门存粮，四周大青砖墙。我这院子过去就是'广源达'，是山西乔家的。院子里有菜地，一百三十号人呢，得吃菜呀。接来的货都存这院里，发货，往营口去……1905 年以前，没有中长铁路，货物都在水路走，码头是 1870 年建的，兴旺了二三十年。'九一八'以后，日本建了个领事馆。我见过个日本人，叫蒲源，卖毒品，就在道东住……航运到 1944 年，通江口彻底把船都卖了。我大爷是经营船只的，给关东军运小麦，和关东军打官司，那能赢吗？打八个月官司，船都卖了。（19）45 年，通江口这边就没船了，人口迅速减少，都去抚顺、本溪下煤窑了。"

对十五路军来说，通江口志在必得。

1932 年 8 月 22 日，刘翔阁派王化周佯攻昌图，其余各团均于次日拂晓进攻通江口。十五路军发起反攻，伪军大败退至通江口镇内。十五路军分两路尾追，将伪军包围在广源达大院。这个广源达大院便是刘宝林说的"广源达"。伪县长派人请求谈判。十五路军提出四条：一、通江口归收复地区；二、在通江口地区不许干涉人民抗日；三、昌图暗供弹药；四、今后双方不许发生敌对行动。在广源达炮台上，由刘翔阁与伪县长栾自新亲自谈判，双方达成协议。伪军留下一门迫击炮。十五路军撤东面包围圈，放走伪军。通江口被义勇军控制。此时，第一支队已发展成为有 500 余人的武装力量，声势浩大，声震辽北。

打下了通江口，刘翔阁亲率六个团从铁岭县桑墩子暗渡辽河，突击敌后。当时法库县有刘东升带数百名"自卫队"和乡团沿河设防。沿河伪军溃退至头台子、夏堡、泡子沿等村，刘翔阁率队追至大明碑宿营，次日拂晓分三路

| 通江口大桥。这里曾是渡口，是十五路军战斗过的地方 |

追击，俘虏伪军200余人，缴枪200余支，马80余匹。伪军残余龟缩县城里。为此，百姓编成歌谣：“绣了四对麾，刘司令进了大明碑，头台子、夏堡打一仗，又把法库围。”

司令部初设在果子园，后移至桃山村。

桃山村有著名的“桃山白”酒厂，酒厂对面的山坡便是十五路军曾经的司令部所在地。站在山坡上，我们第一感觉就是这里异常的隐蔽，有“一夫当关，万夫莫开”的阵势。桃山村中央的老道，南北两头各有个豁口，古代有兵守护，称为八虎口道。八虎口道是出入法库门的要道。让司令部守着八虎口道这条古隘要道，“坐地户”刘翔阁考虑很全面，退而可守，联络友军；进而可攻，进军奉天。

然而，十五路军风头正劲时却遭遇了灭顶之祸。

1932年10月的一战，导致队伍解散。法库县政协文史办原主任告诉我们：“彰武县方景山率领日伪军千余人带迫击炮、山炮、机关枪前来‘扫荡'，当即转移到沙金台。次日，敌军用山炮攻击，刘翔阁与高专员电话联系，商议新的防御计划，兵分三路准备拂晓进攻，给予敌方重创后再转入运动战，确定傅文会团诱敌深入，然后以两侧伏兵痛击。但傅团与敌人遭遇后，不仅未退，反与敌人力战起来，虽然毙敌 20 多人，但诱敌任务没有完成。下午 2 时，日伪军以飞机、大炮连续向傅团阵地轰炸，团长傅文会牺牲，团副庞海山胸部负重伤带 12 名战士突出重围。次日，第一支队撤至二牛锁口，当晚转移到小城子。第二天，传来高专员在康平被俘的消息。第一支队转移到七家子，以团为单位分散活动，司令部非战斗人员暂行回家隐蔽，直属部队归属国子扬率领，迫击炮交到王化周团。刘翔阁带领庞海山从法库东梁家大沟化装出来，连夜乘火车去北平。庞海山被送协和医院治疗，后因伤口破裂死去。"自此，十五路军解散。

据《法库县志》记载：1933 年 1 月，刘翔阁和贾明伦到北平，向东北民众抗日救国会汇报了战斗经过、失败原因。同年 5 月，刘翔阁去张家口参加了冯玉祥组织的察哈尔抗日同盟军，在三十军任团长。同盟军失败，刘翔阁又加入冯占海国民党暂编六十三军任参谋长。1938 年秋，刘翔阁在北平西郊参加邓华、宋时轮领导的平西八路军挺进军，历任卫生干事、参谋、管理科员等职。解放战争时，刘翔阁在华北军区野战医院任协理员。1950 年，刘翔阁随华北军医院参加抗美援朝战争。1970 年 2 月 26 日，刘翔阁病逝于北京。

第一次光复

在人们的认知里，沈阳解放日是 1948 年 11 月 2 日。其实，还有一个对沈阳同样有着节点意义的时间——1945 年 9 月 6 日，不被人熟知。

对于沈阳来说，这也是一个伟大的胜利日。

这一天，后为新中国开国少将的曾克林率领八路军冀热辽军区东北先遣纵队，成为光复沈阳的第一支中国军队。沦陷十四年的沈阳终于光复，摆脱了日伪的统治，回到中国人民的手中。

2017 年 8 月底，一位叫张相华的老人给我们写来一封信。

老人是沈阳光复的见证者，当时只有 10 岁。1945 年 9 月 6 日，他和邻居们在胡同口迎接传说中的八路军。老人在信里说了一些当年的事儿，提出了一个建议，希望我们寻找一些当年的见证者，整理第一手的口述史资料，留住“沈阳光复”的荣耀记忆。信里写得情深义重，建议提得也很有见地。就中国十四年抗战而言，从起点到终点，沈阳是中国抗战历史最具完整度的一座城市，包括最后一批侵华日军战犯，也是于 1956 年在沈阳接受审判的。这些都是沈阳这座英雄城市的一部分。熟悉沈阳的胜利日、光复故事，是对这座城市最大的敬意。所以，我们访问了张相华老人，也开展征集沈阳光复记忆的活动。他是沈阳市图书馆的一名退休职工，从小住在老沈阳城的大西路汇芳园胡同（今南市场附近）。

在这位沈阳老人的讲述中，我们似乎穿越到沈阳光复的那个原点。

我记得是9月5日八路军坐火车到沈阳站，胡同里邻居一早上就议论这件事。6日早上我们都要上街欢迎八路军（9月5日八路军入城，但入城式于9月6日举行）。当时，我傻乎乎地拿着一面青天白日满地红的旗和一面国民党党旗准备去夹道欢迎，没出大门就被邻居家大哥给拦下了，让我赶紧回屋换面旗，说这次进城的是八路军，和国民党压根儿没有任何关系。上午九十点钟，队伍过来了，沿电车路左侧成四路纵队行进，走在队伍前面的是牵着马的部队首长，跟在后面的是营连方队。前面战士肩扛轻重机枪，后面战士扛着步枪，个别人在后面扛着红缨枪。着装多是肥大俭朴粗布军装，也有缴获的军装，少数人穿着便装。穿军装的战士都佩戴着八路军的臂章，衣服不新也不脏不破，干干净净，就像是来走亲戚的。整支队伍给人第一印象就是他们都非常精神。隔壁王掌柜一边看一边说："这个部队一定是个能打仗的部队。"

张相华在日记中这样写道："这是在沈阳历史上，唯一一次没有政府组织发动、没有统一指挥，全城老百姓不约而同、扶老携幼涌向大街，尽情高声呐喊，释放内心多年积怨和苦水，扬眉吐气，尽情欢呼，万民狂欢。"

曾克林，这位1955年被授衔的少将，在灿若星河的开国将军行列中，并不被现今更多的年轻人所熟知，但在沈阳近现代史上，却绝对是重要的人物。他率领的部队是9月5日凌晨到达沈阳站的。他与苏军将领卡夫通交涉三次，才被同意下车。

当日18时30分，曾克林率领部队进入沈阳。八路军抵达沈阳的消息，

1945 年 8 月 23 日，八路军进入通往东北的咽喉要道山海关

像长了翅膀传遍全城。成群结队的工人、学生、店员、市民，潮水般涌向车站、街头。当我军以苏军两辆装甲车为前导，成四路纵队由西向东行进时，沿街两旁有三四万群众挥旗欢呼，口号声此起彼伏。卡夫通得知老百姓自发欢迎八路军的盛况，非常震惊。随即改变了此前的怀疑态度，派两名上校，乘吉普车在中途拦住我部队，恳切地说："你们不要去苏家屯了，就住在沈阳故宫东面的小河沿。"这支英雄部队迈着整齐的步伐，向小河沿行进。第二天，苏军又让军分区司令部搬进原伪满市政府大楼，政治部搬进原日本宪兵司令部。

张相华 6 日看到的场面，是部队进驻原伪满市政府大楼时的场景。

这也是在史料中所说的"入城式"。他是抱着感恩的心在回忆这段历史，认为正是沈阳的光复让他重获新生。"我心里始终都有根儿刺在扎着我，一想起来我就会痛！"回想日伪时期的求学经历，老人吐露了埋在心底的过去，"日本的奴化教育太毒了，把我们害苦了！"张相华父亲双目失明，母亲靠给人家做些手工活计，贴补家用。因为家里只有他一个孩子，母亲对他寄予希望。1941年春，张相华去了奉天市义光国民学校读书。“我上学的那一年也是太平洋战争爆发的那年。到校后的第一件事就是要背诵《国民训》，师生都扎个领结，毕恭毕敬站着，校长戴着白色的手套领着我们诵读。早上我们都要向东南方向行礼。他们不断灌输我们日本是友邦、亲邦。为了测试我们被奴化教育到了什么程度，他们还会放电影观察我们的反应。电影大致讲的是，八路军和日军对抗，挖地道在地道口扫射，演到日本兵被袭击打死的镜头。我们这些孩子边看边喊：‘哎呀，太可惜了，真心疼。’而当镜头转到了中国人牺牲的时候，我们这些孩子却还都集体起立拍手叫好。”

说到这儿，张老已哽咽，泪流满面。

“我20岁参加共产党，一辈子对党忠诚，年年先进，还是沈阳市劳模，但我觉得这辈子就是鼓掌那事儿太悔了。要是抗战胜利再晚个三四年，我们这些孩子就得被日本人送到战场去当炮灰了,去参战时我们心里还会很激动，很踊跃地去打自己的同胞，还觉得是为‘荣誉’而战的。”这是张老流泪的原因，也是他写信呼吁的原因：留住沈阳光复的“那一天”才能明白和坚守自己的初心……

1945年9月7日，东北人民自治军沈阳卫戍区司令部成立，曾克林任司令员，唐凯任政委。我军正式以合法地位接收沈阳，并在较短时间内接管了沈阳一些重要工厂、机关、学校。9月14日，曾克林和两名苏军代表飞往延安，当他乘坐的飞机在延安东关机场着陆时，他并不知道，他的延安之行有多么重要。正是曾克林所提供的重要情报，坚定了党中央作出“向北发展，向南防御”重大决策的信心和决心。

八路军接收沈阳，是中国共产党在大工业城市实践安邦治国、民主新政的一次预演，也是中国共产党从农村包围城市，最后夺取全国革命胜利道路的一个重要转变，揭开了中国革命的新篇章。

1945年10月10日，沈阳历史上第一个人民政权——沈阳市民主联合政府宣告成立，并将这座城市的名字由“奉天”改回“沈阳”。1945年11月，沈阳市民主联合政府将原来市辖17个区调整为11个区。最为特别的是“和平区”，它抛弃了原来带有侵略色彩的日本名字“大和区”，并沿用至今，代表了民主政府和沈阳人民期盼和平的美好愿望。经中共中央东北局批准，由当时在东北地区很有声望的著名病理学专家、盛京医科大学教授白希清出任沈阳市民主联合政府市长，由焦若愚担任副市长。

白希清，辽宁新民人，是曾留学英国、享有很高社会声望的病理学专家。1923年考入奉天医科专门学校（即1925年沈阳“六十”学生运动策源地）。在校读书期间，成为沈阳早期的共青团员和共产党员，后与党组织失去联系。1945年沈阳光复时，他在母校奉天医专（此时已改名为盛京医科大学）担任病理学教授。白希清担任了沈阳市民主联合政府市长。不久，经林枫、焦若愚介绍，他于1945年12月重新加入中国共产党。

焦若愚，河南叶县人，是随八路军前来接收沈阳的冀热辽解放区干部，当时只是一个差三个月满30岁的青年，但已是在战火中接受锻炼九年的老共产党员。

从1945年年末到1946年初，沈阳南郊的陈相屯镇成为中国共产党领导沈阳地区人民进行革命斗争的心脏。陈相屯地处平原与丘陵交界地带，东倚抚顺，南接本溪，西望辽阳，复杂的地形为民主政府发展和壮大提供了便利的条件。1945年11月3日至4日，沈阳市第一次人民代表会议在陈相屯召开。出席会议的有工、商、学、军、绅各界代表82人，列席的有500余人。辽宁省政府主席张学思到会讲话，市长白希清致辞并作市政府工作报告，副市长焦若愚作了今后施政的报告。

由于斗争形势的变化，1945年11月底，中共沈阳市委、沈阳市民主联合政府被迫撤离沈阳。中共中央发来电报指示：“你们在一切行动中，必须

1946 年 2 月 15 日，在沈阳南郊陈相屯镇召开的沈阳市第一届临时参议会留影

注意政策，给东北各阶层人民以好的影响。从城市退出应保持良好的纪律，除开我们所需要的物资机器可以撤走外，其他一切工厂、机器、建筑均不要破坏，这些工厂在将来若干年后，仍将归于我有，不怕暂时让给别人。”电报还要求迅速在东满、北满、西满建立巩固的基础，并在业已建立秩序的地方，发动群众控制汉奸及减租运动。这份重要电文内容，体现了中共中央在新的国内外环境下，对于东北新的战略思想。两天后，中共中央将这样的战略思想概括为八个字——“让开大路，占领两厢”。这个对东北解放有着里程碑意义的战略决策在历史紧要关头及时制定出来，使得中共中央东北局在复杂斗争形势下始终保持清醒的认识与方向。

『电影院』里的审判

在沈阳市皇姑区黑龙江街上，一座斜檐闷顶式二层小楼，建筑设计上沿袭了苏式风格，正门前廊四根红漆柱子直通房檐，房檐上铺设的彩色琉璃瓦，融合了中国古典建筑风格。这种中西合璧风格在沈阳现存老建筑中并不多见。

在过去70多年的时间里，它的身份有三个：中国科学院东北分院俱乐部，北陵电影院，如今是沈阳审判日本战犯特别军事法庭旧址陈列馆。在这三个身份中，沈阳人最熟悉的是“北陵电影院”，可其最大的意义是：这里，永存正义的回响。1956年6月9日至7月20日，中华人民共和国最高人民法院在沈阳设立特别军事法庭，并作为主审地对最后一批36名日本战犯进行了审判，地点就是在北陵电影院。选择沈阳，是因为“日本侵华战争在哪里开始，就让它在哪里受到公正的审判”。自鸦片战争以来，中国人第一次在自己领土上，完全由中国人担任审判官，不受干扰地审判外来侵略的战犯。

这，也是这里后来变成沈阳审判日本战犯特别军事法庭旧址陈列馆的意义。

在此接受审判的日本战犯，是1950年苏联向中国移交的千余名战犯中的一小部分，共计36名。6月9日至19日，日本前陆军一一七师团中将师

|1956 年特别军事法庭在沈阳审判日本战犯的场景|

团长铃木启久等 8 名军队系统主要战犯接受审判；7 月 1 日至 20 日，武部六藏（伪满洲国国务院总务长官）等 28 名伪满战犯接受审判。

辽宁省人民检察院原副检察长郭春来对当年发生的一切记忆犹新。

还不到 30 岁的郭春来全程参与了审判日本战犯的所有工作，还作为检察员在特别军事法庭上起诉日本战犯。“参与当时审判的工作人员，都是从全国各地抽调上来的业务骨干，一共有 350 多人。从案件的侦讯到审判结束，一共用了三年的时间。”郭春来说，中央决定成立侦讯日本战犯东北工作团，并按照铃木启久、武部六藏、城野宏和富永顺太郎四个案件分成四个大组。而他作为审讯员，负责对中井久二、岛村三郎等 8 名伪满系统战犯的侦讯。他用“艰巨”两个字来形容审判之前所必须进行的一系列工作。第一次跟日本战犯交锋时，这些战犯口口声声说没罪。“你把我们中国人杀了这么多还说没罪？”郭春来反问他们时，这些战犯们百般狡赖：“我们来中国不是侵略……”为了拿到确凿的证据，让这些手上沾满中国人民鲜血的战犯低头认罪，工作团开始进行艰苦的调查取证，到东北四处调取档案和文件，同时奔赴各地寻找人证物证。终于，在1954年底，如山的铁证摆在面前，伪满洲国的二号人物——古海忠之开始交代罪行，其他战犯们也开始打开浸染鲜血的记忆闸门。

“有一位姓赵的50多岁的老人出庭作证，他是从当年日军‘大扫荡’后的死人堆里爬出来的。当年日军一刀从他脖子上砍了下去，老人侥幸地活了下来。当这个人出现在法庭上时，正在接受审判的日本战犯可吓坏了，当时就跪下：‘怎么惩处我都接受！’”当时工作团共找到400多名证人，最后选择了数十名受迫害最深、提供的证据最具说服力的证人出庭作证。而这些证人几乎都是残疾人：不是没有了胳膊，就是没有腿，他们无一例外都是日本侵略者屠刀下的幸存者。

作为特别军事法庭的审判长，袁光对一次法庭事实调查印象深刻。

藤田茂，被控犯下多种罪行。如1939年4月，在他担任联队长时，命令部下包围山西安邑县的上段村，杀害和平居民一百余人。法庭传召了幸存的受害者张葡萄出庭作证。当时张葡萄和上段村许多无辜居民被日军驱赶到一口井旁，她的公公、婆婆、丈夫和年仅四岁的女儿都被杀害后投入井内，她也被打伤投入井内。她当庭哭诉了家破人亡的经过，说到亲人们的惨死时泣不成声，旁听者和法庭工作人员都为之落泪。在法庭上，藤田茂的其他罪行，也都有证人出庭作证。在他当联队长到师团长期间，经常训示部下军官要用活人作“靶”，对士兵进行“试胆教练”，下令“将俘虏在战场杀掉算入战果”。藤田茂还有强迫和平居民“踏探地雷”等残暴罪行。对于这些罪行，藤田茂供认不讳，表示：“一切都是事实，我愿接受任何严厉处罚。”可在20多年后，他最忘不了的还是控诉他的张葡萄，法庭的那一幕成为他的噩梦：“满含愤怒对我罪行控诉的张葡萄，是个满头白发的老婆婆。她的姿态是我今生到死也忘不了的。这位老婆婆的一家大小全部被日军杀光，她自己躲在井里才得以幸免。她含泪控诉时的悲伤、憎恨、痛苦，一齐在脸上表现无遗。她在愤怒到极点时，要奔过桌子这一边来抓我。这是日本侵略得到的真正回答。一想到她的遭遇，她内心的愤恨是多么深刻啊！我终于认为我是侵略者。”

当时，沈阳特别军事法庭工作人员权德源只有 24 岁。权德源是党员，又是法律专业的大学毕业生并懂日语，被选为特别军事法庭工作人员（相当于法官助理）。在他记忆中，7 月 2 日第一个受审的是伪满洲国总务厅次长古海忠之，第一个出庭作证的是溥仪。在所有证人控诉作证后，古海忠之垂头流泪说：“我为了向东北移民，夺取、占据了数达两千万公顷的土地以及房屋。农民们被夺去多年来自己血汗耕种的土地，被夺去房屋，被驱逐出家乡，流落到各地，陷入不幸处境。当我想到这些，我的胸中像针扎一样痛苦！我真诚谢罪，我承认全部是事实。”他要求迅速判决。

| 溥仪出庭作证 |

在此前我们讲述的“抗战往事”中，那些残害抗日志士的“刽子手”都在这次审判中原形毕露。武部六藏是日本帝国主义侵略政策的重要执行者。他任“总务长官”期间，策划、决定并且领导推行上述各种罪恶法令和措施，导致日伪军队、宪兵、警察和伪司法机关对东北人民进行了残酷的镇压，特别是在黑龙江、吉林和热河等地区进行了多次“治安肃正”，疯狂地抓捕、屠杀和囚禁东北人民，并在热河省地区大量驱逐和平居民，毁灭和平村镇，制造了许多无人区。

在沈阳特别军事法庭，日本战犯接受审判

一些战犯是伪满洲国宪兵中的高级或中级指挥官。他们参与策划破坏中国共产党东北地方组织和其他抗日救国组织，命令所属抓捕、严刑拷打、大肆屠杀抗日救国人员与和平居民。齐藤美夫是伪满洲国宪兵中的高级指挥官。1937 年 4 月到 10 月，在他参加的伪中央警务统制委员会的策划和领导下，日伪宪兵、警察和特务先后破坏了中共哈尔滨特委、哈尔滨市委、奉天市委等地方组织，抓捕中国共产党党员和当地居民482人，经刑讯后将341人送交伪司法机关，其中有85人被处死。堀口正雄任鸡宁日本宪兵队长期间，指挥所属宪兵抓捕了抗日救国人员和和平居民，并将王勤山、唐永金等9人送到第七三一细菌部队作细菌效能实验。还有一些战犯担任过伪满洲国各级警察机关和铁路警护军的重要职务，曾亲自或命令、指挥所属部下屠杀、抓捕、刑讯、虐待或者驱逐东北人民。其中，田井久二郎任伪三江省鹤立县兴山警察署署长期间，参与策划且领导所属单位秘密派遣特务阴谋暗害了抗联将领赵尚志……

在一个月时间里，特别军事法庭先后审判了日本前陆军第一一七师团中将师团长铃木启久等8名将校级战犯，审判了原伪满洲国国务院总务厅长官武部六藏、伪满洲国国务院总务厅次长古海忠之等28名任伪满洲国高级职务的战犯。特别军事法庭代表我国政府和人民，对36名日本主要战犯分别判处了徒刑。

当时接受审判的36名战犯没有一个不低头认罪的。

东京审判中没有一个日本战犯认罪，但在沈阳受审的战犯每一个人都心服口服、流泪忏悔。权德源说："在这个法庭上出现的场面在世界上没有的，以前没有，今后也少有。"1956年7月21日，沈阳审判后，权德源和其他三四名法庭工作人员来到抚顺战犯管理所协助工作。在送被释战犯去天津坐船回国的途中，列车刚过锦州，权德源看到有个人望着窗外默默流泪。权德源走过去问他："有什么事吗？大家都很高兴，你怎么哭啦？"他回答说："前边那个小山底下，原来有一个小村子，二十多年前，我领日本军人进村杀了不少无辜百姓。他们死去，回不来了，可是杀人的战犯还能活着回家。"

秀水河子之战

抗日战争胜利后，国共双方都将抢占东北作为首要目标。

中共中央确定“向南防御、向北发展”的战略方针，抽调十万部队、两万干部挺进大东北，组建东北民主联军。拿下东北，就可背靠苏、朝和外蒙古，南与冀热辽解放区及整个华北解放区连成一片，摆脱长期受国民党分割、包围的局面，从而取得一个稳固的战略大后方，取得战略决战的有利态势。反之，若国民党抢占东北，华北解放区与苏、朝和外蒙古的联系将被切断，华北解放区将处于南北夹击之中。

中共中央挺进东北的战略抢占了先手，当时的蒋介石也不甘落后。1945 年 11 月 15 日，杜聿明部进攻山海关，10 天后占领锦州，兵锋直指沈阳。面对敌人的迅速推进，东北民主联军无力遏止，处境堪忧。直到迎来一场胜利，东北民主联军才扭转这样的被动局面。

这场战斗就是秀水河子歼灭战。

在法库县西部八虎山和马鞍山中间是一片平坦的原野，在这片原野中流淌着一条河叫秀水河。法库县是沈阳的北大门，秀水河子位于法库县城西 40 公里，南通新民、沈阳，北接康平，东至开原，西邻彰武，四通八达，

| 秀水河子歼灭战故地 |

地居险要，为兵家必争之地。

1946 年春节后，东北民主联军总部来到秀水河子。

1946 年 2 月上旬，国民党军集中了四个美械装备师，分三路沿北宁铁路沟帮子至新民段向两侧地区发动进攻，企图驱逐东北民主联军，抢占铁路运输线，打开进占沈阳的北大门。2 月 9 日，敌八十九师二六五团一个营由彰武出发，经叶茂台到达秀水河子，二六六团全部由大虎山乘汽车北进，增援秀水河子。此时的秀水河子，俨然成为国共双方在东北争夺的焦点。

东北民主联军总部决定集中优势兵力歼灭北进的国民党军一部。

秀水河子东南地势平坦，西北地形起伏，与村落相连的北山和西山是秀水河子的制高点。东南约 3 华里处有虎皮山，正东是一条小河，河的西侧是大片坟地，有利于隐蔽，这是一个打伏击歼灭战的好地形。

2 月 11 日，国民党军第十三军第八十九师之二六六团及二六五团 1 营、师属山炮连、输送连进至秀水河子时，民主联军总部乘其突出孤立之机，令新四军三师七旅、山东军区第一师和保安第一旅之第一团等部，以 3 个团打援、4 个团攻击，实施围歼。13 日黄昏，第七旅 2 个团从东南及西南、第一师 2 个团从北及西北方向发起攻击，首先夺取虎皮山、北山等外围阵地，尔后攻入村内，展开激烈巷战，至 14 日晨结束战斗，全歼该敌。与此同时，阻援部队歼灭国民党军第五十二军第二师一部。此战共歼敌 1500 余人，缴获大批军用物资。中央军委发贺电说："在秀水河子歼灭敌五个营甚喜……"

此战也是"蒋军在东北第一次整个团被消灭的开始"。

秀水河子，成为东北解放绕不开的一个小地方，一个普通的村子变得不再普通。在秀水河子战役中我军确定并运用的"一点两面"及"三三制"战术，被西点军校奉为教学经典战例。所谓"一点"，就是说要集中优势兵力于主要的攻击点上，反对在各点上平分兵力的办法。所谓"两面"，就是兵力使用上正面力求少，把主力集中隐蔽在后侧，准备机动使用。战斗队形为"三三制"，一个班内分为三或四个小组，每组三至四个人。在战斗时各组以班长为核心，在班长指挥下，率领本小组根据敌情地形，散开距离间隔进行作战，不超过班长口令指挥范围以外，并在前进中交替掩护，保持战斗队形。由于准备充分，战术得当，集中优势兵力，穿插分割，歼灭分散孤立之敌。秀水河子战役是东北民主联军在国共双方争夺东北初期取得的第一个歼灭战胜利，有力地提振了东北民主联军的信心，也提高了中国共产党和东北民主联军的地位，正式拉开了东北解放的序幕。

参与秀水河子歼灭战的指挥员梁必业、梁兴初、彭明治、刘震、江拥辉、唐青山等，1955 年都成为我军赫赫有名的开国将军。东北民主联军第一纵队，1946 年 11 月改称"中国人民解放军第三十八军"。后来在抗美援朝第二次战役中，三十八军在梁兴初将军指挥下，激战松骨峰，歼敌 1.1 万余人，一举扭转了整个朝鲜战局，也赢得"万岁军"专属称谓。

秀水河子烈士陵园里的烈士纪念碑

在“万岁军”的军歌中，有一段歌词“钢铁的部队，钢铁的英雄，钢铁的意志，钢铁的心。秀水河子歼灭战，队伍打成钢”，可见秀水河子战斗在东北解放战争中的重要程度和在这支王牌部队中的地位。

在秀水河子战役中，我军800多名战士壮烈牺牲，他们的忠骨被掩埋在秀水河子村的北山。为了纪念在秀水河子战斗中牺牲的革命烈士，在这里修建了秀水河子烈士陵园及秀水河子歼灭战纪念馆。1997年9月，这里被沈阳市委、市政府命名为沈阳市爱国主义教育基地。

黎明前的较量

在今天看来，1948 年 11 月 2 日沈阳解放，有些“平静”。

但这份“平静”的背后却是中国共产党隐蔽战线的努力和付出，隐藏了无数惊心动魄的故事。李正风，是沈阳解放时期战斗在第二战线的领导者，后来曾任沈阳市政协主席。据李正风在东北局城工部（中共沈阳市工委）的总结报告中记载：至 1948 年 11 月 2 日沈阳解放，我党在沈阳共有各系统地下工作人员 1200 余人，其中党员 170 多人。

1945 年 9 月，李正风随东北干部团赴东北，10 月被分配到中共东北局社会部工作。八路军于 9 月 5 日接收沈阳，但驻沈苏军根据苏联政府与国民政府签订的协议，又将沈阳移交给国民党接收，八路军被迫于 11 月 25 日撤出沈阳。沈阳革命斗争再次转入地下。同年 12 月，根据中共中央东北局指示，沈阳秘密市委成立，由金人任书记，李正风任组织部部长，王从善任宣传部部长。金人原名叫张君悌，是作家、翻译家，翻译过苏联作家肖洛霍夫的小说《静静的顿河》。王从善是一位老党员，是晋绥边区的模范。1946 年初，国民党的 30 万部队占领沈阳。霎时间，一片白色恐怖笼罩着古城的大街小巷。数月内，国民党军统、中统、“铁血锄奸团”制造了多起暗杀事件，上百名青年失踪。而秘密市委的主要任务是整顿党的组织，接收我党撤出后所留下的党员关系，积聚革命力量，准备我军再度回到沈阳。

1946 年春，金人被国民党特务逮捕。李正风辗转至张家口解放区，通过军区司令部向延安报告了情况。党中央很重视这一事件，向国民党提出抗议说："国共正在和谈，你们逮捕了我们解放区著名作家，这是公开破坏和平谈判，你们必须立刻释放金人。"在党的斡旋下，金人与杜聿明内弟、国民党长春市市长赵君励交换释放。金人获释后，去往哈尔滨解放区，王从善也去了解放区。李正风与组织部门联系，于 1946 年 8 月把正在华北联大学习的张超调回沈阳。1946 年冬，中共中央东北局撤销沈阳秘密市委，任命李正风为东北局城工部特派员，驻沈阳，继续领导地下工作。他按照东北局城工部部署，在整顿基础上，积极慎重地发展党员，壮大党的力量，通过党员骨干在工人、学生、教师、新闻记者、文艺工作者和公教人员中发展党员和地下工作人员。团结各界爱国人士，不断掀起大规模反美反蒋群众运动。李正风和张超研究，在青运工作方面，主要是占领学校阵地，搞"读书会"，组织党员、地工人员和进步学生读马列主义书籍和进步书刊，团结思想进步的同学，打击和孤立敌人。

1947 年 5 月 21 日，东北大学先修班因学校改名发起大罢课，李正风和张超适时引导，东大先修班开展了 28 天的罢课斗争并编演话剧，不仅迫使国民政府教育部收回更改

沈阳解放入城暗号

校名的决定，教育了学生群众，发展了地工人员，还取得了掌握学生自治会的领导权、团结老教师一起合作等斗争经验。与此同时，张超领导地工人员在东北中山中学开展活动，发展姜涛（姜宗璐）、路地（傅云生）等学生参加地下工作，发动了规模较大的“反饥饿、反内战、反迫害”的斗争。当时，解放战争已由战略防御开始转入战略进攻，广大青年学生在党的影响领导下，掀起了轰轰烈烈的学生运动。这时候，李正风等已在十几所院校发展了地工人员 50 多人。警官学校第五分校于 1947 年 12 月突然宣布要迁往南京并对学员进行甄审，淘汰下来的要送到国民党军队当兵。张超等人研究，决定在该校开展反迁校斗争，经过一个多月的斗争，粉碎了敌人迁校和迫使学员当兵的阴谋，100 多名同学陆续投奔解放区。

还有一个特别的情报小组，犹如插进敌人心脏的尖刀，它是“方涛小组”。1948 年 2 月，中共中央东北局社会部派遣周立浩潜伏沈阳。周立浩，伪满洲国陆军军官学校第一期学员，中共优秀情报人员。周立浩在东北人脉极广，他的同窗故旧，遍布东北国民党军政各界，这是开展情报工作的稀有资源。周立浩果然不负重托，很快就建立了一个 22 人的情报小组——“方涛小组”。代号“方涛”，寓意提醒全组同志：“你们像是在惊涛骇浪中冲锋陷阵的一叶方舟，既要同舟共济，又要提高警惕。”小组成员中有东北“剿总”二处（情报处）参谋高振海、东北“剿总”四处（军需处）科长李英泽、保密局东北站情报科长胡亚南、沈阳铁路警务处督察组长陈继等。他们将全东北军事机关、作战部队、保安部队的人员编制、驻地移防等宝贵资料，不断地送到东北野战军总部。东北野战军总部几乎与沈阳卫立煌同步读到国民党军队详细报表。辽沈战役结束后，东北野战军最高指挥部高度评价：“‘方涛小组’是我们在‘剿总’司令部的两只眼睛。”中共中央东北局社会部第二部长邹大鹏说：“‘方涛小组’能抵得上几个军几个师。”

1948 年 10 月 31 日，在中共地工组织工作下，驻守东陵、东山嘴子、毛君屯一带的国民党新一军暂编五十三师，在师长许庚扬率领下正式起义，这也导致东北军旧部、东北籍官兵较多的第五十三军军部和直属分队纷纷放下武器，向解放大军投诚。国民党第五十三军第一三〇师师长王理寰透露出有意弃暗投明的想法。地下党组织立即派地下党员与其洽谈投诚事宜。王理寰表示“宁愿解甲归田，也绝不做千古罪人”，走上光明之路。国民党第五十三军大部或起义、或投诚，打开了沈阳北大门。解放军还消灭了少数负隅顽抗的国民党军残部。到 11 月 1 日，偌大的沈阳城已经少有抵抗。

李正风在短暂调离后，于 1948 年 11 月 1 日又奉命率地工先遣队回到沈阳，先控制了市政府办公大楼，并于当晚在钟楼南“中央大旅社”召集各系统地下党负责人紧急会议，传达了东北局城工部关于解放沈阳的指示。各系统纷纷组织了护厂队、纠察队、战地服务团等群众组织，保护国家财产，维

1948 年 11 月 1 日，中共沈阳市工委组织部部长李正风（后排右）、东北局社会部开原情报站负责人程光烈（前）和东北人民解放军政治部前方办事处处长方正（后排左）由开原向沈阳进发，接管伪沈阳市政府

护社会秩序。全市所有要害部位如电台、报社、通信社、重要工厂、仓库、机关、学校、公用事业设施等都被地下党和地下工作者占领或控制。会议要求，地下党组织全体人员全力以赴，保卫机关、工厂、学校、医院、铁路、仓库、通信设备、公用设施。这是针对敌人最后的疯狂的有针对性部署。

沈阳解放前夕，中共地下党侦知，蒋介石曾亲临沈阳策划拆迁重要设备，要把沈阳的一些重要设施破坏掉，“切不可资敌”。对此，沈阳地工人员早已与国民党守城之敌短兵相接。甚至国民党守城人员在撤退前制订了“毁城计划”。仅10月30日，国民党军队派出工兵携带炸药企图爆破三经路电报大楼，当即遭到我们的武装强烈抵抗，战斗中郑德勤、李文科两名地下工作者牺牲；又要派兵进驻沈阳医学院（现中国医科大学）搞破坏，地下党组织闻讯立即调动归“民众自卫队”一个连，抢先进驻保卫学校；停在皇姑屯火车站的一列车军火，敌人企图引爆，被铁路地下党组织坚决抵制终未得逞……

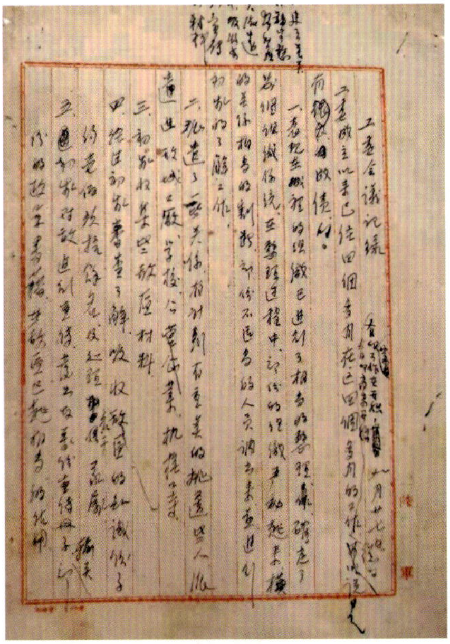
工委会议记录

| 沈阳市工委会议记录（沈阳解放前）|

为了保护这座城市，很多地工人员在沈阳解放前的几个小时牺牲了。

11月2日，沈阳特别市市长朱其文在市政府大楼向留守工作人员宣布，从现在开始，这是人民的政府了。全市人民都沉浸在无比欢乐之中，人们含着喜悦的泪水奔走相告，纷纷走向街头，载歌载舞，热烈欢迎解放军入城，高唱着“解放区的天是明朗的天”……

站在历史的长河里回望20世纪40年代，我们的心情始终无法平静。

11月2日那天

“东北人民解放军今天（二日）黄昏，解放东北国民党军最后巢穴——沈阳，守城国民党今年全部被解放军解决，现在东北全境已经宣告解放，我东北战场上的伟大解放战争，至此已经完全胜利。”1948年11月3日出版的《关东日报》以号外形式报道这样的喜讯。

關東日報號外
中華民國三十七年十一月三日
東北偉大解放戰爭完全勝利
解放軍攻克瀋陽
東北全境同慶解放軍民歡欣若狂

|1948年11月3日《关东日报》号外|

从此，11月2日成为每一个沈阳人珍藏心底的日子。沈阳是在解放战争中解放最早的大城市，也是保存最完整的大城市。沈阳从此结束了被敌伪统治达17年之久的屈辱历史，终于回到了人民的怀抱，从此展开了新的篇章。

沈阳解放时，韩明顺在东北人民解放军总司令部作战处当缮写员。

11月2日早上，沈阳市内战斗仍在进行，他正在跟随伍修权等首长接收沈阳的路上，并准备一些接收用的文件。时近中午，参谋长伍修权从市里回来，说："同志们，快干啊！咱们午后就要进城喽！沈阳的敌人已大部被解决，只剩铁西二〇七青年师还在作最后的抵抗。"听说马上要进城，大家都很激动，进一步加快了手头的工作。当日午后三点，他们乘车进城了。韩明顺说："这时，铁西仍响着枪声。我们的汽车经由二台子、大北关，很快进入市区。路上见我军战士押着一批批蒋军俘虏，向城外走，街道两旁聚集着不少含笑向我们致意的群众。我们到达大和旅馆（今辽宁宾馆）约一刻钟后，即下午4点多钟，解放沈阳的战斗即胜利结束了。"当日，沈阳特别市军事管制委员会宣告成立。军管会是当时沈阳市的最高权力机关，除下辖经济、财政、政务、铁道、后勤等部门。第一任沈阳特别市市长是朱其文，副市长是焦若愚。

沈阳解放时，刘华丰正在沈阳北陵青年中学读书。

他和同学听说解放军入城，2日早饭后，便把课桌摆到了马路边，桌子上摆上了饭碗，备好了开水。他们沿着马路边排好队，做好了慰问解放军的

1948年11月沈阳庆祝解放游行

准备。据刘华丰回忆："大约上午 9 点左右，就见远处的北陵方向人群涌动，隐约看见路中央人头闪动，渐渐显现出身着黄军装、步伐整齐的队伍由远而近，看清了雄赳赳气昂昂的姿势。他们就是驰骋在东北解放战场上的劲旅——李红光的先头部队。欢迎人群立时热烈鼓掌，口号声此起彼伏。随着解放军的前进步伐，一个上午就解放了沈阳。曾逞凶一时的国民党军投降部队，像绵羊似的，一群群聚集在市区马路上。解放军入城后，由于纪律严明，不扰民不害民，赢得了沈阳人民的拥护，全市秩序井然。"

为纪念沈阳的解放，杨宗桂大哥干脆改名叫"解放"了。

解放前，他被国民党抓去当兵，后逃回家，有人来查户口，他便藏在大木柜里，是见不得光的"黑人"。而沈阳解放，他得以重新做人。杨宗桂说，解放那天，他们兄弟姐妹随着欢呼的人群，东奔西跑地忙了一天，可晚上回

位于沈阳站前的马路湾书店回到人民手中。图为群众正在购买读物

到家却迎来了“惊魂”的一刻：“突然有人敲门，并喊：‘老乡，开门查户口！’妈忙叫大哥躲进西屋大木柜里。几位解放军拿着枪走进来，问了一些家里的情况。他们又指着西屋问：‘那屋有人吗？’妈说：‘没人，是空的。’这时，突然听到西屋有声音（大哥很害怕，碰了柜盖），几位解放军直奔西屋，举枪喊道：‘什么人？快出来！’在昏暗中，我见到大哥举着双手跨出了柜子……”当晚，他们都被带到了附近的临时办事处。解放军了解了情况，并找来几位邻居作证。一位解放军战士抓住杨宗桂大哥的手说：“我们查户口是怕有坏人。你不愿当国民党兵是对的，逃回来是好事！小兄弟，今天沈阳解放了！你也彻底‘解放’了！赶明儿把户口上了，再也不用当‘黑人’了！”回家路上，兄妹几个人“解放、解放”地喊了一道，“解放”从此就成了杨宗桂大哥新名字。

解放日，还是一些人的结婚纪念日。

寇玉亭和李波在东陵地区经过几天几夜的战斗后，于 11 月 2 日进入沈阳。进城后，他们所在的四野一六五师，一边庆祝沈阳解放，一边为他们举行了简单的婚礼。那婚礼虽然只有两瓶特批的白酒、一桌素菜，那新房虽然只有一张几块旧木板搭起的双人床，但是有沈城解放喜庆的鞭炮给他们助兴，有欢乐的锣鼓为他们祝福，他们觉得是世界上最幸福的新婚夫妇。后来，这对相濡以沫的夫妇，每当沈阳人庆祝解放纪念日时，也会庆祝自己的结婚纪念日。

相同的解放日，却有着不同的感受。两位著名的作家见证了沈阳的解放，后来都写了文章。一位后来“不为帝王唱赞歌，只为苍生说人话”的台湾著名作家柏杨，当时在沈阳。柏杨原名郭衣洞，曾在东北大学读书，当时他和几个朋友创办了《大东日报》，同时在北大营第三军官训练班受训。

柏杨回忆说：“一生的努力，一夕之间，又化成云烟。我现在面对的是一个完全不了解的新世界，我是一个失败者，而我今年已二十八岁了，我们四个人唯一的财产，只剩下那位将军支援我们的二三十袋面粉，又能坐吃几天？第二天上午，解放军大批进城，车队也鱼贯而入，穿着灰色棉军服的男女青年，坐在卡车上挤成一团……震天的歌声和笑声，一辆一辆的军车在大东日报社前面奔驰而过。我不知所措地面对着他们的欢乐，这幅画面深刻地印在脑海。我们准备离开沈阳，走到沈阳车站后，暗暗吃惊，偌大的车站，平常一向人山人海，喧闹沸腾，这时竟然静悄悄地，鸦雀无声，变成一个古老的废墟。其实，并不是没有人，仍然有很多人，而且人山人海，全是平常凶暴得不可一世的国民党军官兵，现在却那么有秩序地鱼贯排列在各个售票窗口，有的甚至排到车站外的广场上。吃惊的是，没有一个人吵闹和大声讲话，也没有一个人插队，好像一夕之间，都成了第一流国民。抗战末期，政治腐败到极点。军事是政治的延长，军风军纪也完全荡然，国民党军和土匪海盗没有分别，不要说从来不排队，甚至从来不买票。一旦巢穴倾覆，只好排队买票，而且还排得这么规矩，只不过失去了靠山。”

另一位是大家都熟知的刘白羽。从解放战争一开始便随军的他，参加了解放沈阳的战斗，亲身感受了人民群众欢庆解放的狂喜之情。刘白羽每天到街上去采访，观察社会，了解民心，写出了通讯《光明照耀着沈阳》，真实地记录了在“历史的暴风雨”的猛烈冲击下，古城沈阳获得自由与解放的详细经过，发表在1949年1月17日《天津日报》上。本文摘录其中一节：“在沈阳解放后的十天内，市民有三大高兴的事：第一是解放军纪律好，第二是水电交通恢复快，第三是粮食价格低落。这几天，街上不断走过游行的行列，带着愉快的欢笑，鲜艳的各色标语贴满街头。据我所知，一个从前把自己作品糊窗御寒的画家，现在已开始为自己的理想而工作了。一个教员从监狱回到学校。人们不但得到了工作的自由，同时也解除了生活的贫困，铁西区的妇女们买了六斤多苞米面回来，快乐地拍着手向邻居们喊道：‘你们快来看呀！从前卖两件衣服也买不到一斤呀！’笑声立刻荡漾在从前曾失去欢乐的地方，这一切都是解放后的新光景，像红日曈曈而上，沈阳千万人民在这样光照里喊出同样的一句话：光明的日子开始了！这是真实的话，这一个远从一千二百余年前的渤海国时即已创始而又经过多少历史沧桑的沈阳，现已从从未有过的兴奋与快乐中，开始了这光荣的日月。”

很明显，柏杨、刘白羽在讲述这段历史时，心情是何等的不同。

当时在国民党阵营中的柏杨，应该是一种悲凉而绝望的心情，见惯了国民党的腐败、无力、溃败，再与纪律严明、接管有序的共产党部队和震天的欢呼、人们发自内心的快乐相比较，他的心里很复杂，又只能怀着无比灰暗的心情逃离这座初现光明的城市。而刘白羽，同样有着今昔的对比，心情却无比的轻快，充满喜悦，眼睛里几乎装满了笑声荡漾、光明照耀的新光景，从而导致一篇见证“光明照耀着沈阳”的名篇诞生了。

从沈阳开始的转折

1948年冬天的中国北方，战争传奇不断上演，预示着一个新时代的到来。而此时的东北，已经成为解放战争的纵深后方，东北各地正在抓生产，搞建设，发展经济，支援前线。

共产党掌控的第一座大城市，此时虽然还有一些游窜散匪和潜伏特务的捣乱破坏，在夜里制造一些爆炸或者暗杀的事端，但大局已定。新的政权逐步完善与巩固，工矿企业正在恢复生产，市场开始繁荣，物价趋于稳定，职工上班，学生上学，市民安居乐业，正在同政府一起，为建设新沈阳而努力。

1948年11月28日，一份重要的报告——《关于接收沈阳经验简报》——在沈阳出炉。这是共产党第一次成功接管大工业城市的经验总结，它以电报方式发给东北局并转报中央。“沈阳经验”全文3000余字，在此无法全文呈现。大家若有兴趣，可查阅相关资料详细了解。它共分七个部分：一、怎样才能接收得快而完整；二、怎样才能迅速恢复秩序；三、迅速处理俘虏和疏散弹药；四、军管会内部做到减少扯后腿、抵销精力之事；五、关于重大事件、容易出乱子的问题，必须预先有充分精神准备；六、要保证接收得好，最重要的还必须入城部队有良好的纪律教育；七、接收一个大城市，除方法对头

|1948 年 11 月解放后的沈阳人民看到了自己的报纸《沈阳时报》|

外，需要有充分准备和各方面能称职的干部。

“沈阳经验”最核心的是十六字方针：各按系统，自上而下，原封不动，先接后分。它在第一部分着重阐述了这个接管城市的方针，强调：“事实证明，这些做法既能防止乱，又能保证快（两天都接上了头）。如果不按系统，不分上下，乱接一通，必然损失很大，影响很坏。”在第二部分，针对如何迅速恢复秩序，指出恢复电力供应、迅速解决金融物价问题、敌警察必须收缴枪支、稳定人心传布政策主要靠报纸、工资问题需要妥善解决等五个关键问题要解决。“首先要恢复电力供应。没有电，电灯不亮，电话不通，自来水没有，电车和火车也无法开动，变成一座死城，秩序就无法控制。沈阳靠外面送电，抚顺解放后即送电来，群众称道。但要把这项工作做好，有一先决条件，即必须有相当数量的技工。”然后，是稳定物价：“为避免外地商人来抢购，本地商人将物资收藏，以及物价先落速涨现象，先介绍了解放区近来各地的物价表，使商人有底，敢于开市……沈阳解放一个星期，凡能开市的买卖，大体已开市，市面很稳定。”值得一说的是，当时报纸每期都公布物价表。我们在今天似乎都可遥见市民拿着报纸买粮买菜的场景，那是何等从容与自信啊！作为《沈阳日报》的前身《工人报》便担起了这样的功能。

其他几个部分，报告均有很具体的陈述与分析，条条有的放矢。比如：“依目前形势看，中央和各战略区野战军，均须准备有专门接收大城市的班子，待工作告一段落，即可移交给固定的市委等机关。这样的接收班子，可以积累经验，其中骨干可以暂成专职，依次接收各大城市。”这个建议对后来接收北平、天津都起到了积极的作用。

沈阳的解放是一个标志，意味着国共两派军事以及战略资源的对峙状态瞬间打破，战争朝着有利于共产党的方向发展。在“沈阳经验”出炉的时候，东北野战军开始入关。中央军委要求东北野战军全军在 11 月 23 日前，至少 5 个纵队隐蔽入关，并且不走山海关，任务是隔断北平与天津之敌。

平津战役提前发起，解放战争的步伐空前加快了。

国共处于战略决战阶段，一方面有大量新解放的城市需要迅速接管，另一方面新接管的城市又要发挥支援前线、巩固新解放区政权的作用。就在这样的形势下，对军管会接管沈阳的经验总结很快被上报东北局与中共中央。“沈阳经验”也为党全面总结接管城市的经验，制定完整的正确的城市方针、政策创造了新的重要条件。

显然，中国革命进入了一个历史转折关头。而这份有关沈阳的“经验简报”来得正是时候。仅仅两周后的 12 月 14 日，中共中央批转了这份“经验简报”，并发给各中央局和野战军、兵团，成为解放军接管刚刚夺取的城市的工作“蓝本”。这时，中国共产党人在战略的指导思想上已经发生转变，那就是转变过去农村包围城市的道路，变成以城市工作为重点、通过城市来辐射和拓展乡村的道路。长江以北的上百座城市的解放指日可待。对中共领

20 世纪 50 年代初的沈阳街头

导人们来说，城市接收的完整性与迅速恢复秩序等问题是头等大事。而“沈阳经验”提供了一份完美的参考答案。

随着解放大军南下，南京、上海、武汉、西安、广州、重庆、兰州等 100 余座大中城市和 1000 余座县城相继回到人民手中。一支名为“东北干部大队”的队伍坐火车从沈阳南下，过北平、到南京，又坐轮船，一直向南走……

八大厂

1948 年冬天的沈阳，刚刚接管这座城市的中国共产党人很忙碌。

今天，烟囱冒烟，可能意味着污染。在那个年代，工厂里冒烟的烟囱才是希望、活力和生产力。当时沈阳城里工厂林林总总，百废待兴，没有冒烟的烟囱。恢复生产，让烟囱冒烟，那是当时他们唯此为大的事情。

有两份文件很能说明“烟囱冒烟”到底有多重要。

一份是东北野战军最高指挥部在 11 月 1 日沈阳解放的前一天发出的命令，内容是：“沈阳为我东北最大的工业城市，我们占领后即可完全巩固，对整个人民战争将有极大贡献。故各部必须力加保护，且该市外侨甚多，我军之一切行动极易引起国际注目，各部均须严格遵守我党政策，切实维护纪律。”

另一份是 1948 年 11 月 3 日沈阳解放的第二天，来自西柏坡的中共中央贺电：“热烈庆祝你们解放沈阳，全歼守敌，并从而完成解放东北全境的伟大胜利。东北是中国工业特别是重工业最大的中心，国民党反动政府在美国帝国主义的积极援助下，从 1945 年冬季以来就曾经用极大力量抢占东北，先后投入兵力及收编伪军、胡匪共达 110 万人。依靠我东北前后方全体军民团结一致，英勇奋斗，并得到我关内各解放区的胜利配合，在三年的奋战中歼灭敌人100万余，终于解放了东北九省的全部土地和3700万同胞，粉碎了中美反动派奴役东北人民并利用东北人民以挑拨国际战争的迷梦，奠定了在数年内解放全中国，然后将中国逐步建设为工业国家的巩固基础。”

沈阳何其重要，恢复生产何其重要，两份文件说得够明确了。

东北全境解放，但关内国共双方的决战才刚刚拉开帷幕，沈阳及东北随即成为全国战场的战略大后方，关系着全国解放的大局。如何让这座城市重获生机，对于还没有管理沈阳这种量级大城市经验的中国共产党人来说，是个严峻的考验。而在此前，他们已经做得够好了，尤其是面对国民党军垂死挣扎的“毁城计划”，他们未雨绸缪，从解放前夕到解放初期，以“潜伏行动”和“护厂运动”保护这座城市，已经竭尽所能，付出了巨大的努力和牺牲。军管会分类有序地接收了原来国民党政府和官僚资产阶级所有的矿山、铁路、邮政、银行、商店和其他企业。据后来的统计，军管会共接收了四大系统35个单位、406家厂矿及3所学校，计有各种机器设备12516台、动力设备1728台、运输设备229台。

在当时全国所有的解放区中，工业最为发达、技术最为先进、门类最为齐全的工业区域显然是在东北，而东北工业区又以沈阳的铁西区为最。铁西区集中了中国最为先进的制造业，军工、冶金、机械、电力、车辆、化工等工业门类，有中国最大的铁路工厂、水泥厂及许多化学工业。随后，军管会确定沈阳兵工厂、有色金属冶炼厂、重型机器厂、铁路机车厂、铁路车辆厂、沈阳化工厂、橡胶厂、造纸厂为八大战略性工厂。这也便是新中国“八大厂”的最早出处，后来在全国各地开始流行“八大厂”说法。这些工厂能够生产各种枪炮弹药、铁路机车、车辆、铜铝铅锌以及烧碱、硫酸等化工原料，还有轮胎、纸张，等等。这些产品不仅东北需要，关内各解放区更为急需。

有了自己的大工业，如何把它办好？如何使工人职员尽心尽力做好工作？

这又是城市的管理者面对的现实问题。

1949年沈阳第一机器厂（沈阳第一机床厂前身）正门外景

新政权要发展工业，就必须要依靠工人，要有一套有利于生产、有利于政府、也有利于职工的“共赢”办法和管理举措。工厂里有机器设备、原料和人，这三者中人是决定因素，因此要关心群众生活，只有解决好职工的生活困难，才能安定人心。兵工和军需工业，因为急需生产，以支援关内解放军作战，是新政府抓的第一批企业。这些企业的工人待遇也成为最先要解决的问题。沈阳被接管前，兵工厂工资共分八级，工人分七等，工人工资较职员工资低，影响工人的积极性，工厂决定向所有工人补发30斤混合粮，以保证工人稳定。12月份兵工厂按照北满标准发放工资，并单独为工人支付，其中有几十名技术熟练的老工人享受技术人员的待遇，体现了新政权的政策。1923年出生的兵工厂老工人王祖业回忆说：“没过几天，就有军代表来接收我们的工厂啦！他们先把粮食送到厂里，苞米面、高粱米、大白菜……这下可好了，不愁饿肚子了，工人们都很高兴！军代表在工厂的大剧院里给我们开大会，告诉我们沈阳解放了，从此以后大家再也不用为饿肚子发愁了！只要我们好好工作，生活会越来越好！军代表还给我们每人开了半个月的工资，这一下子我们更高兴了，大家看到了生活的希望，一个个摩拳擦掌，为恢复生产做准备。”

在刚刚确定的八大厂当中，化工厂是工人工作环境的“重灾区”。

在日伪统治时期，沈阳化工厂工人的劳动环境十分恶劣，厂区内氯气、盐酸气到处弥漫，残液四溢，地面污泞，工厂电解室、气缸油、漂白粉等作业场所，被工人们称为“电解室是阎王殿，汽缸油是大猪圈，漂白粉拿命换钱”。新政府在组织职工恢复生产的同时，把保障职工的身体健康摆到重要位置，在复工初期的种种困难条件下，想办法将生产必须用的胶靴、胶鞋、手套、工作服、眼镜和防毒面具等，根据不同的岗位，迅速发给职工使用；还为特殊岗位的工人发放牛奶、鸡蛋、白糖、饼干等营养品。化工厂还建立了职工医院，成立了防疫委员会。同时，工厂内开始对反动党团、会道门及国民党军警进行登记清洗，肃清反动势力残余的“环境卫生”也开始了。

因为工业不仅仅涉及资产、设备、厂房等，还涉及技术人员、管理人员、财务人员以及数量更多的工人和技工，缺了哪一块，机器也转不起来，而机器转不起来，工厂不生产，不创造财富，就等于没有接收工厂。因此，军管会早在解放前夕便开始将工人、职员问题当成一项重要课题来研究。工人是工厂里直接劳动者，人数最多，是最重要的。许多职员过去有一种缺点，最大的毛病是轻视劳动者，瞧不起工人，觉得自己穿长袍握笔杆，就是“上等人”，其中有的人有过对不起工人的地方。但是，要认识职员也是生产中不可缺少的，没有职员画图、写账、打算盘也不行，没有工程师和管理人员更不行，而且将来的许多工人还要当职员、技工。为此，军管会接管工厂后，同工厂工薪制度改革同步推进的还有阶级启蒙教育，在工厂掀起了民主改革运动。

1949 年新年来临，东北局工业部工薪审核委员会统一公布了公营企业职工工薪等级及执行办法，工厂按各工种的难易进行工资调整。这些工作，保证了职工基本生活，使人心趋于稳定，各类人员 95% 以上到厂复工。在工厂复工的同时，军管会还组织职工进行学习和培训。后来的统计数据是，

工厂集中、烟囱林立的铁西区

沈阳全市工人参加上课者达 5 万人，工人短期训练班达 4000 人。此外，军管会还想办法“招贤纳士”，吸收知识分子进工厂。1949 年初，平津解放后，沈阳化工厂就立即派人到北京、天津等高校云集、人才荟萃之地，在北京大学、南开大学、辅仁大学等学校招聘刚毕业的大学生。

军管会选定的八大战略性工厂，都在尽可能短的时间内复工生产，为支援前线、发展东北和沈阳的社会经济发挥了历史性作用。除了“八大厂”之外，沈阳将接收和没收的 164 个企业，改为全民所有制的国营企业。这些企业经过改建、扩建，历经岁月磨砺，后来都成为现代化的大型骨干企业。在 1949 年红旗漫卷的解放岁月里，“八大厂”走过它们的沧桑与曲折，展现了新中国的活力与生机。

北平号

“我心中莫可名状，我觉得非常的荣幸。”这句话是著名作家冰心在《寄小读者》《再寄小读者》等文章重复说的名言。每每想到这句话，我们都有“莫可名状”的感动。她对新生活的感受、描述和希望，影响了几代小读者。如今，我们站在新时代的起点回望，这样的“荣幸”愈发“莫可名状”。

自新中国成立之日起，这70多年里，有太多“荣幸”的不同体验，有关时代巨变的，有关事业繁荣的，有关生活变迁的……多得无法尽述。

汽笛嘹亮，机轮转动，
把粮食、子弹、枪炮、坦克来输送。
输送给解放军好兄弟，
解放汉口，打下上海，直到广东。
毛泽东光辉旗帜下，
我们要英勇大步向前进，
努力生产支援战争，
为解放新中国而共同奋斗。

这首创作于1949年的《列车进行曲》，道出了那个历史转折时刻工人们努力生产支援前线的激情。即使不知曲调，仅从曲词的内容和节奏上，我们也能感受到莫可名状的“荣幸”。那时候，东北全境刚刚解放，百万东北野战军挥戈南下，直指平津。

解放军打到哪里，铁路就修到哪里，火车就开到哪里——这是当时响彻沈阳的口号。在随后进军江南、横扫海疆的战斗中，沈阳这片土地，成为支援全国解放的钢铁大后方。

1949年1月31日，解放军进入北平（今北京）城区接管防务，北平宣告和平解放。为庆祝北平及北平铁路回到人民手里，“北平号”火车承载着沈阳人民对北平人民的盛情和期待抵达北平。这里面有一个“死车复活”的故事。

沈阳解放后，皇姑屯机车厂回到人民手中，工人真正当家成了主人。

| 北平号列车 |

皇姑屯机车厂有了新的名字——皇姑屯铁路工厂（中车沈阳机车车辆有限公司前身）。翻了身的工人陆续都回到工厂工作，为了迅速恢复生产，支持全国的解放战争，工人们以百倍的热情积极参加厂管委会开展的“献纳器材，努力生产，建设工厂，支援前线”活动，沈阳解放的第六天工厂即正式复工。12月，平津战役就要打响，

解放军急需火车头。这时，工人们听说，哈尔滨铁路工厂的工人为了庆祝沈阳解放，献工修复了一台名叫“沈阳解放号”的火车头，于是也决心献工抢修一台火车，并命名为“北平号”机车，以支援北平解放和全国解放。机车分厂的宋广福会同几个工友，找到驻厂军代表说：“现在我们当家作主了，想在完成一月份生产任务的同时，利用业余时间再抢修机车，支援北平和全国解放。”工厂管委会特意召开了扩大会议研究同意了宋广福、马贵新等人的要求。

不过，见到机车的第一刻，工人们都有些傻眼了。

在 1960 年由中共沈阳机车车辆工厂委员会宣传部编辑出版的《列车的摇篮》一书中，当年的参与者宋金瑞、王同禹留下这样的口述记录：“这台火车头已经被破坏年深日久了，整个车体都挂满了一层黄锈，车身光剩下三大件：车架子、锅炉和煤水车，火车头的胳膊腿，各传动杆全丢光了，车身上一些值钱的铜玩意全被国民党匪兵们偷去卖了……”

困难没有难倒具有拼搏攻坚精神的工人们，在宋广福和马贵新带领下，工作有条不紊地进行着：“夜深了，寒风从破天窗口钻进厂房，有的人在车旁燃起火来，冻急眼了就来这烤烤。过半夜，就把个火车头拆零散了，几个大件都分到别的分厂，各部分小零件也由各个小组拿了去，等到人们收拾地下一些不能用的烂铁时，才纷纷惊奇起来：过去一百多号人半个月才能干完的活，今天几十个人只用了八个钟点就做完了……”

在“死车”复活的过程中，经验丰富的技术工人组成“联合攻关小组”，经常主动加班加点，元旦和星期日都不休息，有的结婚也不休假。进入到关键步骤的时候，宋广福等人 14 个昼夜没回过一次家，他还动员 40 多人吃住在工厂。最终大家用 14 天时间把一台机车修复了，取名“北平号”。接着，又修复了一台，取名“南京号”，支援了全国解放。

1949 年 1 月 17 日，“死车”终于复活了。

20 世纪 50 年代作为八大厂之一的机车车辆厂厂区（局部）

第二天，这台修好的机车正式被命名为“北平号”。工人们老早就聚集在新机车周围，看着镶有“北平号”金字，被漆成蓝色的崭新机车，心头涌动出从没有过的自豪，在全厂几千名职工兴奋的欢呼声中，“北平号”机车顺利驶出工厂。

“死车”复活的故事，在沈阳有很多。在“北平号”前，就有“天津号”；在“北平号”后，还有“华东号”“南京号”……皇姑屯铁路工厂仅用一个多月时间就修复蒸汽机车 8 台、货车 40 辆，在全厂职工的欢呼声中开赴前线。该厂从此多了一种精神，叫“火车头精神”。

“支援全国解放”是当时最生动的生产场景，在沈阳，各行各业皆是如此。

沈阳纺织厂在解放后一个星期即正式恢复生产，复工生产 1 个月，生产的棉纱布产量就已经超过国民党统治时期的最高纪录；沈阳冶炼厂的干部职工“多炼铜、多炼铅，支援全国解放战争”，于 1949 年 1 月实现了铜鼓风

| 华东号列车 |

炉的开工生产；沈阳被服总厂在短短数月内为入关作战的人民解放军缝制冬服33.7万套、夏服18.5万套；沈阳兵工厂不仅迅速恢复了生产，供足枪炮弹药，还派出技术工人随军到作战前线修理重型武器……1949年下半年，中共中央东北局又发出“开展群众性的创造生产新纪录运动”决定。沈阳机器三厂（后为第三机床厂）工人赵国有发起创造新纪录运动，将在车床上300分钟加工一个塔轮缩短到140分钟。据当时对8家企业的统计，仅一个月就有3980名职工创造生产新纪录2473件……工厂开足马力，工人加班加点，沈阳为全国解放提供了大量物资，加速了全国解放的进程，为全国解放作出了不可磨灭的贡献。

1950年9月4日，沈阳市首届劳动模范代表会议召开，共选出45名劳动模范。沈阳市人民政府市长朱其文在开幕词中说：“在沈阳解放不到两年的时间里，沈阳的主要国营工厂全部复工，职工人数由4600人增加到13.2万人；私营工商业由17580户增加到29416户，职工人数由26000人增加到56500人。这是工人阶级的胜利，是劳动模范团结广大职工在恢复与重建沈阳经济中作出的历史性贡献。”

向北方

1948年底至1949年初，刚解放的沈阳，一大批民主人士秘密北上，分三批聚集于此。众星拱月，源于时局。回望那段波澜起伏的奋斗历程，新中国诞生前民主人士筹备新政协会议的峥嵘往事，渐渐浮现于眼前。

1948年春，解放战争的形势已经明了，国民党的统治已走向穷途末路。4月30日，中共中央发布纪念“五一”国际劳动节口号（简称“五一口号”），向全国各民主党派、各人民团体、各社会贤达发出“迅速召开政治协商会议、讨论并实现召集人民代表大会，成立民主联合政府”号召，得到热烈响应。一个催动新中国诞生的新政协运动在全国兴起。

在为筹备新政协会议而北上的民主人士中，中国民主促进会的创始人之一和首任主席马叙伦，无疑有着重要分量。1948年4月中共中央发出“五一口号”，马叙伦立即撰文欢呼“太阳就要出来了”，表示完全接受中共的主张。

从1948年8月下旬开始，首批十几位民主人士由香港启程北上，先是辗转前往哈尔滨，后来到沈阳，与先到沈阳的第二批民主人士会合。1948年11月24日，马叙伦、郭沫若、许广平、陈其尤、翦伯赞、冯裕芳、曹孟君、韩练成、宦乡等乘坐苏联货轮从香港启程北上。时任香港华润公司董事长的钱之光在《亲历者的回忆：协商建国》一书中对此进行了记载："许广平的儿子周海婴爱好无线电，自己装了一台收音机，在船上收到新华社播发的沈阳解放的消息，大家都很兴奋，到娱乐室开了一个热烈的庆祝会，郭沫若、曹孟君出了节目。有的唱歌、有的跳舞，还有朗诵的、讲故事的，充满胜利的欢乐。"

因为意外获知沈阳解放的消息，大家临时决定改道沈阳。

1948 年 12 月 6 日，第二批北上民主人士在安东（今丹东）大王岛登陆后辗转抵达沈阳，入住铁路宾馆（今辽宁宾馆）。当晚，先行回沈的阎宝航赶到他们的住地热情探望老朋友并拿出自己所作《感怀》诗一首，请郭沫若教正。诗曰："负伤含泪回家乡，望见云山喜欲狂。有如蛟龙还大海，恍从地狱到天堂。八方烽火诛独纣，万里疮痍待武王。但得同胞齐解放，抛将老命又何妨。"九一八事变后，阎宝航流亡到关内，积极从事抗日救亡运动，

第二批北上民主人士在安东大王岛登陆

是隐蔽战线上的传奇人物。他重归故土、又见故人，表达了自己见证“从地狱到天堂”的巨大变化时的喜悦之情。郭沫若沉吟片刻，当场回赠七律一首：“我来仿佛归故乡，此日中行亦似狂。五十七年徒碌碌，八千里路甚堂堂。于今北国成灵琐，从此中华绝帝王。君候老妻我候少，今宵一梦谅无妨。”郭沫若是第二次到沈阳。1913年，郭沫若去日本留学途经沈阳时，曾作停留。今日重新归来，所见所闻，使人仿佛回到久别的故乡一样。北国山河阳光普照，人民大众扬眉吐气。一个由人民当家作主的新中国即将诞生。郭沫若追随着胜利的红旗，从八千里外的香港奔赴东北解放区，抑制不住内心的激动，从而放声高歌“于今北国成灵琐，从此中华绝帝王”。

1949年1月23日，北上沈阳的民主人士已有34人，他们和到达河北李家庄的民主人士21人联合发表“对时局的意见”。他们明确表示坚决拥

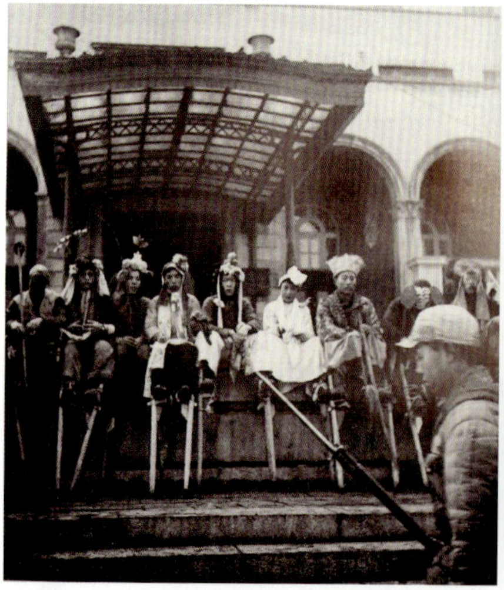

1949年2月，铁路宾馆门前，高跷队小憩

1949年2月3日，沈阳市各界召开庆祝平津解放大会，十多万人挤满了市府广场。沈钧儒、郭沫若及李德全等先后讲话。图为李德全在沈阳庆祝平津解放胜利大会上讲话

护毛主席时局声明里提出的八项和平条件，希望全国人民和全民民主阵线上的战友，团结一致，坚决执行人民的公意。他们认为："革命必须贯彻到底，革命与反革命之间，绝无妥协与调和之可能。……而在我们人民民主阵线内，更必须提高我们的警惕，整肃我们的阵容，统一我们的步伐，巩固我们的团结，以防止反革命势力之侵入。一定要使人民民主阵线之内，绝无反对派立足之余地，亦绝不容许有所谓中间路线之存在。"

1949 年 1 月 26 日下午，中共中央东北局在文化宫剧场欢迎民主人士。

1949 年 1 月 28 日，农历除夕。铁路宾馆举行了一场春节联欢会。民主人士们有人唱京剧，有人表演舞蹈，节目一个接一个。联欢会的高潮是扭秧歌，会场内外，楼上楼下，尽是扭秧歌的人。

1949 年 2 月，中共中央东北局、东北行政委员会组织民主人士参观了东北解放区。恢复生产的工矿、土改后的农村等，一切都欣欣向荣，使民主人士深受震动。曾有对共产党的主张有怀疑的人，参观后也发自内心地感到，跟随共产党才是唯一正确的选择。

铁路宾馆二楼的侧面，有一间台球室。室内布置了三张球桌，一张"落袋"（斯诺克）和两张"开仑"（花式台球）球桌。李济深是喜欢来打台球的常客之一。闲暇之余，周海婴还修理好了宾馆餐厅的唱机。在民主人士离开沈阳的最后两天，铁路宾馆举行了两项活动。一是郭沫若将他在东北解放区收集到的各种古玩字画搞了一次展览，将各种稀奇的瓶子、罐子、条幅、画轴摆满了一楼大厅，很是热闹。二是为了欢送民主人士，特邀沈阳京剧院的名伶秦友梅、尹月樵、张筱贤同台演出新编历史剧《九件衣》。

周海婴酷爱摄影，他用镜头记录下民主人士在沈期间的一些生活瞬间。

由于北平的和平解放，中共中央决定，召开新政协会议的地点由哈尔滨改为北平。

1949 年 2 月 14 日，中共中央决定派林伯渠前往沈阳，迎接在东北的民

就要离开沈阳，民主人士既为进京而欢欣鼓舞，又为别沈而难舍难离

主人士到北平。

1949 年 2 月 23 日，先后三批从香港秘密北上以及个别零星抵达东北解放区的民主人士共 35 人，在林伯渠、高崇民、田汉等陪同下，踏上进京之路。林伯渠带来的专列“天津号”，已在沈阳站等候。“天津号”是由沈阳工人为支援天津解放而修复的机车。

在沈阳纪念东北解放

和平广场自 1932 年始建，至今已有 90 余年的历史。

我从一位收藏家那里看到一幅 1938 年出版的沈阳地图，知道那时它叫“朝日广场”。这是这里曾经饱受侵略践踏的见证。日本人在日俄战争中取胜后，与东北当局在沈阳实行二元政治体制，以满铁附属地为名，开始管辖和平大街以西的大片区域。九一八事变后，日本人又制定所谓的“奉天市区条例”，划商埠地和满铁附属地一带为大和区，后将大和区东南部即商埠地大部分划出，成立了朝日区。因为这个广场所处的位置在朝日区内，所以被称为“朝日广场”。1945 年抗战胜利后，中国人民拆除了当时为日寇“歌功颂德”的纪念碑、神社，也对满铁附属地殖民化地名进行了彻底清理。从这时开始，大和区改称和平区，朝日区改称南市区，朝日广场被改为“崇德广场”。沈阳解放后，为了纪念来之不易的胜利，永远不忘和平，崇德广场被改名为和平广场，沿用至今。

和平广场上，耸立着一处标志性建筑——东北解放纪念碑。

这座纪念碑揭幕的时间是 1988 年 11 月 2 日，即纪念东北解放 40 周年的时刻。纪念碑威严矗立在广场的正中央，北侧的汉白玉石碑上刻有纪念碑文，记录了我党我军在人民群众的支援下，为解放东北全境进行艰苦卓绝的斗争及历史功勋。碑体呈炮弹形状，寓意着战争已成为历史。1945 年 9 月 14 日任中共中央东北局第一任书记的彭真题写了碑名，“东北解放纪念碑”几个金色大字在阳光照耀下闪闪发光，下面刻着和平鸽，表达了人们热爱和平的心情。碑座上建有拱带，为三根拱状带子，高 36.56 米，宛如三条挥动的彩绸，自上而下围绕碑体，象征着东北三省人民载歌载舞，欢庆解放的情景……

东北解放纪念碑，是由沈阳军区、辽宁、吉林、黑龙江三省政府和沈阳市政府共同建立的。中顾委常委伍修权、程子华，沈阳军区司令员刘精松，中共辽宁省委书记全树仁、黑龙江省省长侯捷、吉林省副省长高文及沈阳市

东北人民解放军辽东军区发放的烈士纪念证

市长武迪生一同为纪念碑揭幕。中共沈阳市委书记李泽民主持了揭幕仪式。参加揭幕仪式的，有当年参加过东北解放战争的老英雄、老战士代表和人民解放军驻沈部队及各界代表共500多人。辽、吉、黑和沈阳，三省一市与沈阳军区共同为东北解放树碑，旨在铭刻英烈的丰功伟绩和光荣历史，昭示着美好的未来。

揭幕那一天，现场全体参加人员向为东北解放事业英勇献身的革命先烈默哀。站在碑前的每一个人，都在回忆，在怀念，向烈士们致以最崇高的敬意。

同日，沈阳军区和东北三省的领导以及辽宁省暨沈阳市各条战线、各界群众代表、各民主党派、各人民团体负责人，省、市机关干部共2000人，在辽宁人民剧场隆重举行东北解放40周年纪念大会。

11月2日，是沈阳解放的纪念日。它是沈阳人民永远忘不了的日子，也是全东北、全中国人民纪念的日子。应该说，纪念东北解放，沈阳是有资格的。在目前东北地区几个大城市，像长春、哈尔滨都有解放纪念碑，但均是以城市命名，而独独沈阳没有纪念城市解放的纪念碑，有的便是和平广场中央的这座东北解放纪念碑。

一提东北解放，人们总把目光聚焦在锦州、四平、长春。其实，在东北，没有哪座城市能有沈阳这样完整的东北解放战争记忆体系，东北解放的揭幕战是在沈阳法库的秀水河子展开的，消灭国民党东北主力部队廖耀湘兵团的决胜战是由沈阳开始、又在沈阳附近展开的，辽沈战役的收官战也在沈阳进行。1945年9月，在沈阳成立的中共中央东北局，是中共中央在东北设立的最高党政领导机构。东北民主联军的总部也曾设在沈阳。1946年3月，国民党军队全面占领沈阳后，沈阳即成为国民党在东北实行反动统治的政治和军事中心，其政治中心——东北行辕和战争机器的指挥中枢——“东北剿匪总司令部”一直设在沈阳……

更重要的是，沈阳解放是东北全境解放的标志。

沈阳解放曾被一些人当成兵不血刃的和平解放。可事实上，沈阳解放是经过了激烈的揭幕战、惨烈的外围战、酣畅的决胜战、隐蔽的秘密战、巧妙的攻心战、势如破竹的攻城战等一系列惊心动魄的战斗获得的。沈阳的城市接收经验获得当时中共中央的肯定，接管沈阳的经验为后来接管其他大城市提供了成功借鉴。作为东北政治、经济中心沈阳的解放，对东北全境解放具有标志性意义，也使解放战争中敌我双方军力对比发生了根本的变化，从而加速了解放全中国的历史进程。

| 东北解放纪念碑 |

为东北解放纪念树碑，就是永远不要忘记那些为解放东北而长眠于九泉的英烈。对于生者，就是永志不忘先烈们创业之维艰，从先烈身上汲取永不衰枯竭的力量，为中华之振翅高翔而奋进。

一座城市的『请战书』

走进沈阳的“1950—1953”，情感总是那么饱满，话题总是说不尽。

以至于有相当长的一段时间，我总在自问：在沈阳，到底有没有一个家庭，跟抗美援朝一丁点儿关系都没有呢？因为无论是在哪种语境下、哪类人群中，我们只要说起抗美援朝，旁边就会有人接话，说自家哪位家人或者亲友参加过抗美援朝。在我们错综复杂的亲友关系表述中，爷爷奶奶，姥姥姥爷，爸爸妈妈，叔叔大爷，七大姑八大姨，大舅二舅，哥哥姐姐，同事同学……好像总有一种关系是属于抗美援朝的。在全国各大城市中，像这样与抗美援朝有着深刻渊源和情感的，沈阳应该是独一份的。

从 1950 年开始，沈阳便被打上了“抗美援朝烙印”，且越来越深。

作为抗美援朝出征地，辽宁共计战勤动员 2462297 人（次），占当时辽宁总人口的 11.7%，占当时辽宁地区青壮年劳动力的 52.9%。其中，作为抗美援朝出征地重要承载地，沈阳是后勤保障的综合枢纽。广大的铁路职工、汽车司机、医务工作者和大批农民组成运输队、医疗队、担架队，肩负各种战勤工作。据统计，有近 4 万满载人员、物资的车皮在沈阳编组、中转开赴朝鲜；沈阳有 7400 多名热血青年参军，3000 多名技术人员顶着敌机狂轰滥炸修复桥梁、运送物资；全市有数万人参加输血队；全市人民捐献飞机大炮的价款能购买 58 架战斗机……伟大的抗美援朝精神，由此深植于沈阳人民的心田，并化作了无坚不摧的巨大力量。直到今天，这场立国之战还深刻影响着沈阳、塑造着沈阳，不断地镌刻着沈阳城市的肌理。

数字的背后，是全城总动员、行业总动员、家庭总动员，是一座城市参军参战的热潮。

“拿起武器”“上前线去”。这是当时沈阳这座城市最响亮的声音。特意加引号，还因为当时报纸的标题就是这样的。如此直接、开门见山，它是一座城市强烈的爱国表达与行动共识，一座城市沉甸甸的“请战书”。刚刚建立起来的新中国不容侵犯，刚刚过上的美好生活不容破坏。沈阳人民深切地懂得“有国才有家”的道理。青年工人、农民和学生纷纷递交决心书、请战书，踊跃报名参加志愿军。

截至 1950 年 11 月 4 日，东北机械工业管理局汽车总厂 500 多名青年职工请战，志愿到抗美援朝最前线。截至 1950 年 11 月 21 日，沈阳市郊已有

沈阳人民送别刚参军的子弟兵

1500多名青年农民志愿参军。仅深井子区一天就有160人志愿参军。1950年12月、1951年6月，全国各地军校先后两次在青年学生和青年工人中大批招生，沈阳青年工人、青年学生积极响应，仅1951年就有3390名青年学生、工人报考军校。即将从东北实验学校（今辽宁省实验中学）毕业的郭忠保报考军校，那一年他17岁……

在沈阳市档案馆保存的1950年至1953年各类政府报告、档案中，我们看到了满是“保家卫国”的各类记载，从各级政府到街道、乡村，人们心中只有一个观念：祖国的安危高于一切。一时间，沈阳街头常会出现父母送儿子、妻子送丈夫、兄弟争相入伍的感人场面。“人人争当战斗英雄，个个要做支前模范”，沈阳人民展现了崇高的爱国主义精神和大无畏的斗争意志，演绎了一桩桩催人泪下的生动故事。

1950年，16岁的李爱淑在沈阳朝鲜族第一中学上学。战争的枪炮声打破校园的宁静，她和同学们纷纷报名参加志愿军。

李爱淑被分到位于辽阳的辽东军区护士学校，进行战前救护强化培训。

16岁的李爱淑参军照和她写的血书

1950年12月初，李爱淑开赴前线，带着满腔的热情跨过了鸭绿江，来到中国人民志愿军后勤部三十一军团战地医院工作。入朝半个月后，她对战争已有一些直观感受：“那时的朝鲜到处是废墟，很少有完好的建筑，很少有村庄没有被轰炸的，人人都做了最坏的准备。”1950年12月22日下午，经过一夜夜行军，别人都在睡觉时，她走出防空洞，坐在一个山坡上，咬破手指，写下了血书——我决心为自由、和平而战斗到最后一滴血。李爱淑说：“当时确实有一种青春激情，战斗到底的信念，也做好了牺牲的准备。”李爱淑经历了五次战役的全部过程。战斗打得异常惨烈，每天都有战士被送到战地医院救治。她曾经一天看到24名战士牺牲在眼前。于是，李爱淑便给伤病员唱歌，缓解他们的伤痛。她能歌善舞的特长被部队首长发现，被调到中国人民志愿军第六十四军一九二师文工团，成为一名独唱演员。舞蹈队人不够时，她还当舞蹈演员。她给战士们唱得最多的歌叫《王大妈要和平》。战士们记不住她的名字，便管18岁的她叫“王大妈”。

还有一个有关爱情的故事，听得我们泪水涟涟。

关云庆于1947年参军，沈阳解放后，被分配到沈阳铁路局苏家屯机务段工作。抗美援朝战争爆发后，关云庆在机务段第一个请战。1950年11月21日，关云庆被编入中国人民志愿军897部队机车二大队608机车组，任火车副司机，开赴朝鲜战场。临行前，他和母亲、妹妹照了一张全家福。哥

上战场前，关氏兄妹和母亲合影

哥参加志愿军，让身为共青团员的关桂兰羡慕不已。21岁的她也报名参加了志愿军。关桂兰的未婚夫比她大两岁，跟她同在一个单位。两人已经订婚，正处热恋中。看着未婚妻报名参加志愿军，未婚夫放心不下，也跟着报了名。

关云庆说，到了朝鲜战场，关桂兰当电话接线员，“妹夫”是电话线维修员。“妹夫”每天迎着敌机的扫射抢修线路。“妹夫”有一次在试着接通电话，接电话的竟然是自己的未婚妻。在炮火纷飞的战场上，一对恋人用电话线将彼此的心紧紧连在一起。战争是如此的残酷，美好的瞬间又如此短暂。有一天，“妹夫”正在电线杆上抢修，敌机突然来了，机枪子弹无情地射在他身上。“我妹妹是最先知道‘妹夫’牺牲的人。下面的人向上级汇报时，是她接的线。她第一时间在电话里听到了自己未婚夫牺牲的消息。妹妹还在工作岗位上，她强忍泪水继续工作，但她的心已经碎了，从此她失去了最爱的人……”讲完这个故事，我们才发现“妹夫”还是无名烈士。不过，由于年代久远，关云庆老人已经记不起在朝鲜战场上牺牲的“妹夫”的名字。这个名字虽然刻在关桂兰的心里，但随着她的离世也渐渐“模糊”了。毕竟她活着的时候，家里人谁也不敢去触碰她心灵的禁区。

600余名军医在黑龙江省黑河市北安区境内的陆军医院抢救伤员。刚由中国医科大学毕业的学生，经过短期培训即投入战地卫生防疫工作。我们采访过的三位老军医——邱毓孺、毛襄娟、夏毓芬。他们没有手握钢枪战斗在最前沿，可他们直接见证了艰苦、鲜血和牺牲。他们含泪告诉我们：“和平，是战友们用生命换来的！”

还有一些抗美援朝英雄“藏”在沈阳各大厂的厂志里的。

据《铁道部沈阳桥梁厂志 1937—1985》记载：抗美援朝期间，沈桥厂有荫嗣林、王寿朋等13人牺牲。

据《东药厂志》记载：1951年，东药职工金润淑、兆福生、金白和赵孝勤赴朝参战。其中，金润淑荣立二等功12次、三等功3次，被授予“二级英模战士”称号。

据《沈化志 1938—1988》记载：1950 年 10 月，梁万昌、孙世昌、张作轩、邢学义应征入伍。张作轩在朝作战中英勇牺牲。

据《沈阳机车车辆工厂志》记载：1950 年 11 月，10 名职工首批奔赴朝鲜，之后又有 69 名职工开赴前线抢修铁路和机车车辆。年末，人事科科长崔东明在运粮途中遭敌机轰炸牺牲。

翻阅沈阳老厂的厂志，这样的英雄、烈士普遍存在。

我们在上面提到的只是“冰山一角”。如果全市各个单位、各个行业都梳理一下与抗美援朝有关的人物与事迹，这将是无比庞大的工程，也是无比珍贵的史料。在沈阳，我们的家庭，我们的单位，我们的身边，都会有一些直接或者间接的抗美援朝记忆。今天讲的“战斗英雄”，不仅仅是老兵，更包括那些“藏”在城市角落或故纸堆里的英雄们。他们并不是典型的军人，上战场前是学生、工人，是普通人。一座城市的精神，正是在生与死、血与火的考验中凝聚升华。

『爱国竞赛』漫卷全国

沈阳在抗美援朝战争期间形成了较为完备的工业体系。

全市有 20 个产业系统、254 个工厂企业完成了增产节约计划和紧急情况下的军需任务。“一五”期间，全市范围内建成 4 个完整的工业区，完成建设项目近 1500 项，其中重点项目 50 多项，形成以机床、电机电气制造工业和航空工业为核心的国家重工业基地。当时的沈阳，也被苏联专家誉为“中国八大城市之一，中国独一无二的大工业城市”。这样的沈阳，是由“劳动英雄”们塑造的。劳动英雄，现在很少提了。抗美援朝期间，“劳动英雄”却是一个流行词。作为一个后辈，我查阅当年的报道、史料，“劳动英雄”是普遍存在的称谓，也是最准确、最精练的一个称谓。

“工厂就是战场，机器就是武器。”这是那个年代最响亮的劳动口号。它是沈阳另一份城市“请战书”，也是当时全城爱国主义劳动竞赛的“行动宗旨”。

1950 年 10 月 26 日，劳动英雄、新纪录运动的创造者赵国有所在的沈阳第三机器厂第二工作部车工场，向全东北、全沈阳市各厂矿提出“友谊的生产挑战”，号召“为反对美帝侵略、展开生产竞赛，增加祖国的物质力量而

| 工厂里忙碌的工人 |

共同奋斗”。东北总工会号召全市21万工人向赵国有车工部应战，全面展开爱国主义的劳动竞赛。11月5日，赵国有再次发出号召：“把工厂变成我们的战场，把机器变成武器，需要什么我们就支援什么。”6日，中华全国总工会发表宣言，号召全国工人阶级展开抗美援朝保家卫国运动，重点提到赵国有：“机器工人们，起来响应劳动模范赵国有同志的号召，展开车间竞赛运动，保证为国家生产更多更好的机器。”

这场爱国主义劳动竞赛，赵国有开了一个好头。而马恒昌小组进一步将其推向高潮。沈阳第五机器厂的“马恒昌小组”，是新中国第一个劳模班组，组长是全国劳模马恒昌。1951年1月23日，马恒昌小组挑战全国工人，中国机器工会筹委会号召全国同行业职工积极应战。同年2月11日，马恒昌在病床上撰写了给全国应战工友们的一封信：“我躺在病房里，从电匣子中听到您们热烈的应战消息。我特别高兴，我的病也觉得好了一些。您们的厂矿，有在首都的、天津的、唐山的、济南的和东北各地的，甚至还有在数千里以外的南方。不管我们相距多远，我都向您们致敬！……工友同志们！我们这次竞赛，已经成为一个全国性的运动了。这是我们历史中从来没有过的。”

“马恒昌小组”劳动竞赛倡议，得到了全国1.8万个班组、300多万名职工的积极响应。这个倡议当时被称为“马恒昌小组运动”。这一年，“马恒昌小组”提前两个半月完成国家任务，创造了69项新纪录，产品质量合格率为99.61%。

| 赵国有、马恒昌 |

在赵国有、马恒昌等劳动英雄的影响下，无论军工企业还是非军工企业，都在开展“爱国主义劳动竞赛”。沈阳全市有20个产业系统、下属254个工厂企业（其中私营企业52个）完成了增产节约计划和紧急情况下的军需任务。

七二四厂（1949年至1951年称五二工厂），先后研制生产出数十种新型武器装备。仅用半年时间研制成功九〇反坦克火箭筒和配用的两种火箭弹，当年就制造出火箭筒5000具、火箭弹20万发送往前线。

五三厂在抗美援朝期间成为唯一的“全国模范工厂”。在“多生产一粒子弹，多消灭一个敌人”口号引领下，工人迎难而上、增加班次、延长工时，使枪弹产量逐年递增。1951年比1950年增加4倍，1952年比1951年又增加1倍，年产量达到14279万发。

有着“歼击机摇篮”美誉的沈飞是在抗美援朝的战火中诞生，最初仅仅是飞机抢维厂。在朝鲜战场上，第一个打下美机的李汉，击落击伤9架美机的王海，都是驾驶在沈阳装配的战斗机在空中“绞杀”敌机。

七四〇七厂修复1000多辆载重车、牵引车和吉普车。

沈阳重型机器厂用19天完成10万军镐生产任务。

沈阳橡胶三厂仅用几个月攻克难关，完成战斗机轮胎生产任务，也结束了我国不能生产飞机轮胎的历史。

沈阳市机械二厂平炉丙班全体职工，推进快速炼钢法，不仅提前完成了

1952年的生产任务，而且还增产1500吨钢水。

沈阳市组织征集缝纫机2799台，动员技工2799名以及10多万名妇女昼夜加工军用被服，先后生产加工棉衣、棉被、棉帽、袜子、手套等55万套，送往前线。

沈阳医疗器械厂为前线生产出100余万件手术医疗器材。

1950年12月，中共中央东北局在沈阳专门召开“炒面煮肉会议”后，沈阳在一个月左右时间加工炒面20万公斤，占辽宁的60%。

……

像这样的军需生产，在当时是无法用数量计算的。

我们采访过一对东药老职工。抗美援朝期间，丈夫杜彦荣为前线生产麻醉药，妻子崔秀萍晚上回家为志愿军炒面。他们美丽的“车间爱情”，便是在志愿军出国作战的1950年开始，在抗美援朝胜利的1953年结婚。杜彦荣说，一群十几二十岁的年轻人不怕中毒，夜以继日地生产。大家都希望通过自己的努力，为前线战斗出一份力。崔秀萍说，当时她和东药其他同事都是

杜彦荣、崔秀萍订婚照

白天在针剂车间忙生产，晚上为志愿军炒炒面。“如果没有炒面，就解决不了志愿军最低限度的生活保障，因此我们都努力干活，保障战场上的他们有力量。”

对于沈阳，“前线需要什么，我们就生产什么；前线什么时候要，我们就什么时候给”，是积极主动的共识性行动。对于沈阳的工人来说，“爱国主义劳动竞赛”是一种战斗方式。正是在这场广泛的爱国生产运动中，越来越多的劳动模范、先进生产者涌现出来，除了赵国有、马恒昌小组，还有航空工业战线上的攻关尖兵，中国第一代反坦克火箭弹专家马德有，全国第一个模范工厂厂长高方启，新中国第一位女火车司机田桂英，凿岩机“技术大拿”徐连贵，“全国工业生产建设一面旗帜”王凤恩等全国劳动模范。

劳动英雄是大众偶像，也是前线战斗英雄们最欢迎的人。

1951 年 4 月 30 日，中国人民赴朝慰问团来到朝鲜前线向中国人民志愿军领导机关献旗献礼并举行慰问大会。作为全国工人代表、著名的劳动英雄赵国有在致慰问词时，着重介绍了祖国工人阶级在抗美援朝运动中迅速开展爱国主义生产竞赛的情况。1952 年，马恒昌在朝鲜前线受到了英雄般礼遇。志愿军战士们见到马恒昌，开口便问“我的信你收到了吗”。很多志愿军包括朝鲜人民军的指战员们，都很熟悉马恒昌，他们曾经给马恒昌写过两百多封信，表示要向马恒昌学习，在战场上立功，保卫祖国。

还有一件事，很说明当时沈阳劳动英雄们的地位和影响——

1950 年 11 月 18 日，新华社电稿报道了《政务院通过提请中央人民政府任命沈阳市人民政府市长、副市长、委员名单》，除了任命朱其文为市长、焦若愚为副市长，还任命了 25 位委员，其中就有 3 位工人代表马恒昌、赵国有和张尚举。

这是属于战斗英雄与劳动英雄共同创造的时代。

退后一步是桥

很多人并不知道，全国第一趟满载军火跨过鸭绿江参加抗美援朝的列车，是 1950 年 12 月 26 日 16 时，从沈铁苏家屯铁路机务段发车的。

抗美援朝开始后，来自沈阳等地的成千上万的铁路职工、汽车司机和农民组织了运输队、担架队，到朝鲜前线担任战地的各种运输与勤务工作，组

抗美援朝期间，被美军飞机炸毁的朝鲜沸流江大桥

成了一条“炸不断、打不烂”的钢铁运输线。中央决定建设一条“炸不断、打不烂”钢铁运输线，对抗美援朝的胜利起到了重大作用，而这个决定就是在沈阳形成的，地点就在和平南大街 43 号的东北军区第三招待所。

| 被美军飞机炸毁的志愿军军用列车 |

1951 年 1 月 22 日至 30 日，志愿军第一次后勤工作会议在沈阳召开。会议总结了三个月作战中的后勤工作，重点研究前线运输问题。志愿军各兵团领导代表前线将士表示：“千条万条，运输是第一条。”“如果有吃的，有弹药，我们一定能打胜仗。”

谢宁、张金永是这次秘密会议的见证者，他们后来在回忆中讲述了会议过程。谢宁说，1951 年 1 月下旬，由于朝鲜战场上志愿军第四次战役开始，如何做好后勤工作成为关键所在。于是，在沈阳召开了全军第一次后勤工作会议，会场开始设在当时的东北旅社六楼，但会议开了两天后，负责会议秘书处工作的军区后勤部、政治部、宣传部部长楼适夷告诉谢宁等工作人员：“明天的会议改在第三招待所，你们要准备记录。”谢宁当时是志愿军后勤部政治部宣传干事，另外还从东北局请来两名同志负责现场记录。

张金永回忆说，在朝鲜战场上，汽车运输成为钢铁运输线主体。成千上万的志愿军汽车兵和全国支援的司机，与敌人英勇顽强战斗着。由于战场上任务紧急，汽车驾驶员为了按时完成任务，不顾敌机空袭白天开车，因此人员、车辆、物资损失很大。有的车辆在运输途中被炸毁，驾驶员只好步行百里回到部队。由于车辆损失严重，有的汽车部队入朝仅两三个月就要回国换新车。

在后勤工作会议上，与会人员提出，在朝鲜战场上夜间行车不敢开灯，对运输造成很大的困难。于是，会议决定，要设立防空哨兵，调一个师的部队担任沿线防空哨兵工作。后来实践证明，这是加强钢铁运输线建设的一个很重要有效的措施。

1950 年底至 1951 年，为保证朝鲜战场战备供应、技术人员需要，沈阳动员、组织汽车司机、汽车修理工，以及医护人员、桥梁工人、火车司机等共 3539 人奔赴朝鲜战场。1950 年 10 月 25 日，沈阳市汽车厂 50 多名汽车司机，在全厂职工热烈欢送下，坐着结着大红花的汽车奔赴朝鲜前线去了。家住在市郊的 20 多名汽车司机，也踊跃志愿报名参加。从新民回

铁道兵在朝鲜秃鲁江用钢轨架搭设浮桥

来的陈天一急着赶去登记，他说："我一定把我的技术贡献给抗美援朝。"

针对敌人对我后勤运输线的疯狂袭击，上级提出"建设打不烂、炸不断的钢铁运输线"的要求。就这样，在这条运输线上，夜间几十台、上百台汽车开着大灯疾驶前进，活像一条火龙，蔚为壮观……

当时战场上流行这样一句话："送上粮食、弹药就是胜利。"

在朝鲜战场进行近代化的战争中，运输线不仅是一条后方供应线，也是与敌人空中强盗做斗争的战场。作为后勤运输线上的主力军——汽车运输队司机们的工作更是艰巨而辛劳。沈阳派出的汽车司机丛贵球到朝鲜后，在运输工作中发挥了共产党员不怕牺牲的精神。有一次，山岭道路都被深厚的大雪埋住了，行车十分危险。但他为了完成艰巨的任务，不顾个人安危上路，他开的车突然在山岭雪道上打滑，随着一阵猛然震动，车子一下翻到几丈深的山谷里去，所幸人没什么大事。

截至 1951 年 10 月，沈阳志愿前往朝鲜前线参战的人们中，有多人在战

| 工兵战士在冰河里抢修刚被美军飞机炸毁的便桥 |

斗中和后勤工作中创造了光辉的功绩。仅一年时间就有 202 人立功受奖，其中张龄云、王龙兴等都曾连立六次大功。

沈阳铁路地处抗美援朝的前哨，为了确保作战的运输补给，“中长铁路管理局”（沈阳铁路局前身）先后派出 12200 名职工赴朝参战。抗美援朝期间，沈阳铁路部门有 1800 多人荣立战功，256 名职工在朝鲜前线牺牲。

当朝鲜战争的战火烧到鸭绿江边，鸭绿江大桥屡遭敌机轰炸，铁路职工冒着敌机轰炸扫射的危险，随炸随修，使鸭绿江大桥成为“打不烂、炸不断”的钢铁运输线。铁路陈列馆的一个场景就是出自一幅真实照片的复原。在这里，我们知道了全国第一趟过江抗美援朝军火列车的故事。1950 年 12 月 26 日 16 时，沈阳苏家屯铁路机务段 6–1014 号机车组牵引着满载军火的列车，从沈阳站出发经上河口过鸭绿江，于 28 日 16 时 37 分驶进朝鲜清水台车站。6–1014 号机车组入朝不久，便被编入中国人民志愿军八九七部队序列。

按原计划，6–1014 号机车组是从沈阳出发要直达安东（今丹东），在那里领取服装和给养后过江入朝。当机车途经凤凰城车站时，突然接到上级紧急命令，机车改行凤上线（凤凰城至上河口）提前过江入朝。机组人员十分清楚，前线的将士们正急需这批军火。也正是这一道命令，使得 6–1014 号机车组成为提前进入朝鲜的支前列车，被称为“入朝第一车”。当时这个机车组里的司机长姜续志、司机刘文礼、副司机向奎和关惠承、司炉任万吉、杨学伟都是风华正茂的小伙子，有的正沉浸在新婚宴尔的甜蜜里，有的是父母身边的“独苗”……当祖国赴朝支前的号召传来时，他们没有丝毫犹豫。由于 6–1014 号机车组在朝鲜战场上多次完成危险而艰巨的任务，被誉为“小老虎号”机车组。1951 年 7 月底，全体机车乘务员奉命换防，奏凯而归。这一年，司机长姜续志代表机车组参加了中国人民志愿军归国代表团和东北铁路系统劳模大会。

铁路站务员刘景洲，是第一批进入朝鲜参加抗美援朝的人。1951 年 3 月，

沈铁苏家屯机务段参加抗美援朝的“小老虎号”机车组回国合影

新成川站内一列装满弹药的列车，分解到山洞待避，敌机轰炸扫射时，弹药车辆突然发生溜车，将要同军列相撞。穿着棉袄的刘景洲用自己的身躯躺在钢轨上，掩压在撬棍下，溜逸的车辆被掩停了，弹药车和铁路桥梁保住了，可是刘景洲却壮烈牺牲，献出了年仅 22 岁的宝贵生命。

在这条“炸不断、打不烂”钢铁运输线，有一个关键的点位，那便是桥。往往敌人轰炸的主要目的也是桥梁。保护桥梁、抢修桥梁，也是我军的战略任务。桥断，运输线便断了；桥在，运输线便炸不断。有一首抗战歌曲的名字是“退后一步是悬崖”，而在抗美援朝期间我军也有一种“退后一步是桥”的决绝。

沈阳桥梁厂有 13 人，为了抢修“钢铁运输线”壮烈牺牲。他们分别是荫嗣林、王寿朋、袁孝风、李文忠、刘文盛、汪维林、高潭江、杨长友、王恩琛、刘德有、李盛江、刘印桐、芦叙盛。1951 年 4 月 1 日上午，刚在冰碴中被修完的清川江第一座便桥，遭到敌机连续轰炸，抢修队 14 人遇难、100 多人受伤。其中，沈桥厂的荫嗣林、王寿朋、袁孝风、李文忠、刘文盛、王恩琛、刘德有当场牺牲；杨长友受伤严重，在被送往战地医院抢救中再遭敌机袭击，牺牲了。此后其他人坚守阵地，也先后牺牲。李盛江被送回祖国救治，伤愈后重返前线，于 1952 年 4 月 27 日抢修孟中里车站时从高空坠落身亡。

2022 年 11 月，我们来到位于铁西区的沈桥厂家属区，原本是来寻找当年参加桥梁抢修队的队员。遗憾的是，我们寻找未果，那些守护桥梁的英雄们大多不在了。但我们也有收获，发现住在这里的很多老人，最初虽不是沈桥厂的，可上过抗美援朝战场，他们在战场幸存下来，回国后便来到沈桥厂工作。吕凤祥老人便属于这种情况。我们走进老人家中。他对于当年的战场经历已经记不得了，问什么都说“我忘了”，但他的脖子上挂着一串钥匙。他的女儿告诉我们：“不舍得摘，一直挂着来的，晚上睡觉都挂在脖子上，有时候我说不硌得慌吗？人家说不硌得慌。”

老人从床底下拿出一个木匣子，并用脖子上的钥匙打开。我们看到了里面的“宝贝”：军功章和一本相册。此时，我们突然明白过来：他没全忘，那串钥匙就是他的记忆。在慢慢失忆的过程中，他用那串钥匙强行留住了自己一生中最重要的印记。

钥匙和那个箱子，家里除了他，谁都碰不得。

公祭三烈士

我们来到了八一公园。

这是一座 2015 年被改造成的国防教育主题公园，“铭记历史、缅怀先烈、珍视和平”是其主题。这里也是市民休闲的热闹场所。抗日战争主题区、抗美援朝主题区、国防装备主题区，这三大主题区聚集的人数最多。大家在一组组群雕前驻足，甚至三五成群，讨论上一番：“李兆麟在沈阳搞过义勇军。”“赵一曼还在咱们烟厂做过地下党呢……”在国防装备主题区，一位老人指着一架退役的战斗机说：“这是沈阳生产的歼 –6 战斗机！”语气里透着自豪感。

我们最感兴趣的是抗美援朝主题区。市民政局退休干部穆道国为我们提供了一条线索：“1953 年公祭黄继光、孙占元、邱少云这三位烈士的地点就在八一公园。”为求证这条信息，我们才特意来走一遭。在抗美援朝主题区，一些展板对几大著名战役进行了介绍。最惹人注目的当属在抗美援朝战争中立下赫赫战功的苏制坦克。这辆退役的“人民英雄坦克”，围观者甚众。但是，我们没找到这里曾经公祭三烈士的内容。

我们开始查阅各类档案史料。如此执着的原因有二：一是“公祭三烈士”

是沈阳独有的、不可磨灭的城市记忆；二是证实公祭地点在八一公园，可以让这座国防教育主题公园的文化载体更为具象、内涵更为丰富。

我们两天的查阅终有收获：有亲历者的回忆文章提到公祭地点设在“沈阳市中心区广场（今八一公园）”，当年的报纸记载是“在北市三经路二纬路与三纬路之间的运动场内”。3月27日，我们又来到沈阳抗美援朝烈士陵园，查到的相关档案史料显示为“三烈士灵柩停放到二纬路与三纬路之间的空场上”。这些资料虽然说法略有差异，但均集中到一点：二纬路与三纬路之间，方位明确。而这正是今天八一公园的范围。没有明确记载公祭地点是“八一公园”，是因为当年还没有这样的称谓。

在沈阳抗美援朝烈士陵园，我们从档案中找到了几张照片，后来在同事积累的历史照片中又找到了几张。这些照片都是“公祭三烈士”的见证。我们以这些照片为线，还原1953年那一次全城公祭。

1953年2月24日20时20分，孙占元、黄继光、邱少云三烈士灵柩由朝鲜前线移至沈阳。当火车到达沈阳南站（今沈阳站）时，各机关代表恭谨地将灵柩从车厢抬到灵车上，东北军区政治部主任莫文骅、治丧委员会副主任委员孙力余等人亲自扶着灵柩走出站台。从那时开始，三烈士的灵柩便暂厝于灵堂搭建地，一直到

三烈士灵堂祭台

追悼大会结束。

三烈士灵堂祭台设在八一公园西侧的位置。

祭台上方并排摆着孙占元、黄继光、邱少云三位烈士的大幅遗像。祭台前，布满了花圈、挽联、祭文、誓词及祭品，以至于当时需要增搭灵棚方可容纳。1953年3月3日，开始第一天的公祭，灵柩两侧有章云龙、张云、王俊峰、张杜宇、华子扬、冯玉明、侯志、巩天民等人轮流守灵。从8时到17时，宛如潮水般的人群踏着积雪，抬着花圈，来祭悼英烈。3月4日，公祭第二天，灵柩两侧有任允中、温建平、陈远吉、焦若愚、申之澜、陈彦之、朱维仁、赵友夫、周达夫、夏期法、郑文、李国昌、王明等14人轮流守灵。时间刚到8时，公祭会场内外便站满了前来吊唁的长长队伍。驻在沈阳的东北军区各部和直属部队的代表4000余人，向烈士致敬。11时15分，系着红领巾的300名少年儿童抬着花圈走进会场，他们的代表在烈士的灵柩前说："我们能安静地学习，是你们牺牲流血保卫祖国、保卫世界和平换来的。"沈阳市各少数民族代表为了表示对烈士的尊敬和哀悼，按照本民族的风俗习惯进行祭悼。朝鲜族的都穿着白色的衣服。73岁的卢玉根老大爷还穿上了只有祭悼最亲近的人才能穿的"道服"。

3月5日，第三天公祭，至当日12时整止。

公祭大会历时两天半，参加公祭的共计145个单位、27000余人。

在追悼大会上，各界代表相继讲话。其中，东北行政委员会副主席、东北抗美援朝总分会副主席高崇民说："孙占元、黄继光、邱少云三位烈士在上甘岭战役中表现了高度的爱国主义与国际主义精神，真不愧为我们祖国的优秀儿女。这是我们中国人民志愿军的光荣，也是全世界爱好和平人民的光荣。"沈阳市委书记、市长黄欧东说："我们时时刻刻记住中国人民志愿军英雄们的不朽功劳，我们决心更积极地动员起来，坚决贯彻毛主席提出的加强抗美援朝斗争的伟大号召，大力支援前线，做好拥军优属工作，进一步开展爱国卫生运动，积极参加国家大规模经济建设，保证完成沈阳市生产和基本建设任务。”

在一片哀乐声中，三位烈士的灵柩被分别抬上三辆军用卡车，车厢的四角站立着护灵的志愿军战士，他们头戴钢盔，手握钢枪，全副武装。车厢板用白布覆盖，车前挂有两条又长又宽的用白布制成的挽带。

灵柩由灵堂出发，以乐队、花圈队、挽联队、仪仗队前导，经和平大街、五纬路、市府大路、市府广场、惠工广场……直到烈士陵园。市民王老大娘很早就在道旁等着，她悲痛地说：“公祭我没参加上，烈士要安葬了，我说什么也得来送送。”

送葬队伍步行一个多小时，于 11 时 50 分到达烈士陵园。

13 时整，三烈士的灵柩同时下葬，墓地被安排在陵园东边第一排，由东至西三位烈士的排序为：黄继光、孙占元、邱少云（墓地编号十组一、二、三号）。在雄浑悲壮的哀乐声中，焦若愚为三烈士墓碑揭幕。

追悼大会礼成后，起灵

数十万市民肃立大街两旁，迎候、目送烈士英灵

由东北军区及沈阳市党、政、军负责同志焦若愚等亲自执绋

这些信息，被清清楚楚地登记在烈士陵园灵柩入园登记表上。

从这座公园开始，我们重拾沈阳这座城市的一段集体记忆。

从某种意义讲，这次公祭大会是沈阳代表国家对三烈士进行的公祭。公祭的对象也不仅仅是三位烈士，还有千千万万为国捐躯的志愿军烈士。而“三烈士公祭地”无形中为八一公园增加了文化的内涵，提升了历史的温度，甚至形成其全国独一份的文化符号。

天安门上第一枚金属国徽

天安门城楼上，国徽熠熠。

在这里悬挂的新中国第一枚金属国徽，便诞生在沈阳第一机床厂（沈阳机床集团前身）的车间里。这也是电影《国徽》于 2012 年 9 月 28 日在沈阳机床集团数控机床生产车间开机拍摄的原因。一年后，这部全景再现沈阳产业工人参与制作新中国第一枚金属国徽的故事片在京首播，并在第十三届电影频道电影百合奖颁奖典礼上荣获百合奖一等奖。在这部电影中，男演员一真饰演沈阳第一机械厂铸造车间工段长焦百顺。他说："电影拍摄过程真挺艰苦，记得有一场雨戏里两部消防车用水喷我们，当时大概只有 10 摄氏度左右，真的把人冻透了。还有一些铸造车间的戏，持续的高温也让人够受的。在那个年代里，能参加铸造国徽这种充满使命感的工作，对每个人来说既是挑战又是荣誉。"

主要的铸造者焦百顺那时 35 岁，是铸工班班长，正值壮年。

1950 年 8 月的一天，他正在东北第一机械厂（后改名为沈阳第一机床厂）干活，厂党委书记将他找去，说要交给他一个重要的政治任务：为天安门城楼铸造国徽。焦百顺听了很激动。厂党委书记为了让焦百顺更理解这次工作的重大意义，还强调说："这是我们国家的第一枚金属国徽，是劳动人民当家作主的标志。它告诉人们：在这个国家里我们工人、农民是主人，再不被人剥削压迫了。"于是，由焦百顺牵头，带着几名手艺好的工匠，组成了一个铸造国徽小组。那时的工厂百废待兴，没有一样现成的设备。他们便砌上个小冶炼炉，开始铸造。大家一连干了几个昼夜，也不觉得累，可倒出来的铸件却皱巴巴的，上面的图案模糊一片。工人们很着急，还有一个多月就要到国庆节了，即使铸件做出来也还要有一段时间加工喷漆。焦百顺心里着急，晚上在床上翻来覆去睡不着，找原因、想办法，终于想到了失败的原因：可能是铝合金中铜的含量不够，于是他决定加大铜的比例再试一试。这一次，获得了成功，铸出来的国徽又光又亮，上面的各种图案：五星、齿轮、麦稻穗、天安门城楼，鼓溜溜的，线条丰满流畅。他们再加一把劲，埋头大干半个月，将国徽铸出来，比预定交工的日子提前 20 多天。

1951 年 5 月 1 日，国际劳动节这一天，由沈阳机床人铸造的直径为两米的大型国徽被悬挂在了天安门城楼上。

1956 年，焦百顺去北京参加全国机械工业先进生产者代表会议。刚下火车，他就来到天安门广场，一眼就看到了那挂在天安门城楼上金光灿灿的国徽，自豪感油然而生。后来焦百顺说："天安门城楼上的国徽铸得结实，过 1000 年也不会坏的。我每天在电视里都看到它，还是那么鲜艳、庄严，就像我们刚刚做出来的时候一样。"

吴嘉祐，是铸造国徽小组成员之一。

多年以来，参与制作国徽的往事，吴嘉祐从不向人提及。直到 2012 年，一位细心的小辈亲戚来家做客，发现他有个举动很惊奇：大家都在饭桌上吃饭，晚间七点新闻联播音乐一响，老人就放下饭碗，紧盯屏幕。这都成了他的一个习惯。在亲戚的追问下，这段往事被重新提及。由于当时国徽铸造任务是秘密先行下达到东北第一机械厂的，"保密"的惯性让老人很少开口说这事。2019 年我们再次访问他时，吴嘉祜已经 97 岁，依然清晰记得铸造国徽的一些细节：“1949 年 9 月 10 日，我入厂时就已经是八级钳工了。1950 年 8 月，我这个 25 号车间三组组长就加入了铸造国徽的队伍中。大家都熟悉的焦百顺是做第一道工序的，我这个钳工负责的是第二道工序，抛光加工。按当时的工艺条件，完成这样的任务并不容易。我们几乎都是连轴转的，饿了夹咸菜嚼口干粮，困了就在现场打地铺，这个任务大家都是拼命想干好。很多工具都是自己做，钢刷打磨毛坯，小刀雕刻细节麦穗啥的，最后抛光那金属的部分都能照出人影来……等着验收的时刻，心都是悬着的，直到听到那句话‘师傅们，辛苦了’，我眼泪都流出来了。”

“在制作国徽的过程中，我从候补党员转正为正式党员。”老人补充说，临别时还为我们背诵了自己写的一首诗：“国徽国徽闪金辉，我为国徽制银坯……”

技师朱凤仪，也是铸造国徽小组的成员之一。

在他的记忆中，由鲁迅文艺学院委托一个美术工业社制成的国徽模型于 1950 年 8 月 23 日下午运到了厂里。工人们闻讯都跑来争着看，有的老师傅

焦百顺、吴嘉祜

还轻轻地抚摸着。为了保证铸造出来的国徽和模型不出差异，造型工人使用新细砂作砂型的面砂，浇口放在国徽里边没有花纹的平面处。砂型质量要求很严，花纹处如有粘砂和损坏，宁可重新造型也不修补。浇铸时，铸造车间生产组长裴庆江一再强调铝水要化开。参加化铝、浇铸的焦百顺、桑文明等师傅都一丝不苟。大家还集思广益，突破了铸件局部有缩痕的工艺难关。9月20日前，终于完成了铸造国徽的任务。大型国徽要1枚，他们共铸造3枚，发走2枚；中型的国徽铸造将近20枚；小型国徽铸造45枚。当看到凝结着自己的汗水和心血的国徽将要悬挂在天安门城楼上的时候，许多人激动得眼睛都湿润了。

记忆镌刻在参与者和沈阳机床人的脑海中。

在物质条件和技术条件都很匮乏的年代，制作出横直径2米宽、竖直径2.4米高，重达487公斤且工艺如此精良的巨型金属国徽，无疑是一个奇迹，这是一个团队的集体之功，镌刻了一个时代工人艰苦奋斗、精益求精的工匠精神和爱国情怀。

『模范工厂』

五三工厂，这是存于历史中的“模范工厂”。

1952 年 12 月 24 日，政务院财政经济委员会和中华全国总工会联合作出决定，授予五三工厂“模范工厂”称号，它成为至今全国唯一获此殊荣的企业。在今天，还能在沈阳市沈河区惠工街 121–3 号找到部分它的老厂房。前些年，我在一个旧书网站查老厂厂志时，发现“五三工厂经验”在 20 世纪 50 年代简直就是畅销书式的存在，各种版本林林总总，全国都争相学习其经验。

五三工厂前身是 1920 年奉系军阀建立的奉天军械厂枪弹工场。1923 年至 1948 年沈阳解放前，该厂经历三个时期三次更名，分别是奉系军阀时期的东三省兵工厂枪弹工场、日伪时期的奉天造兵所枪弹所、国民党统治时期的国民党兵工总署第九十工厂枪弹所。1949 年，它改名为“五三工厂”并恢复生产，为支援全国解放、抗美援朝作出了很大的贡献，在创造新纪录运动、爱国主义劳动竞赛中独树一帜。1997 年 12 月，五三工厂被东北机器制造总厂兼并，现为辽沈工业集团。

在五三工厂被命名为“模范工厂”的同一天，中华全国总工会向全国推广五三工厂经验，开头便说："东北五三工厂，给我们提供了一个基层组织的良好榜样。该厂工会组织，在中国共产党的领导下，在行政和青年团的支持与配合之下，贯彻了党的路线和依靠群众的工作方法，紧密地联系群众，不断地提高职工群众的阶级觉悟，从而三年来一贯地超额完成国家经济计划的各项指标；并在发展生产的基础上，不断地改善了职工的劳动条件、物质生活与文化生活，取得了比较完备的工作经验。这些经验在东北地区厂矿企业中推广的实践证明是好的，对各地工会组织来说也都有实际的教育意义，都值得各地学习与推广。"

五三工厂经验，是以工会组织为主导、又充分发挥各方力量而实现的。1952 年 12 月 31 日，由中华全国总工会通过新华社发表的《五三工厂工会

| 五三工厂荣获全国"模范工厂"称号 |

工作的基本经验》将近8000字，若简要总结的话，有下面四个主要经验：

第一个经验是以生产为中心，发动群众，组织劳动竞赛。工会发动工人订个人计划，把国家计划变成为工人具体的奋斗目标；小组订立小组爱国公约，工会、行政方面又订有集体合同，使发展生产与改善职工生活相结合。经过订小组公约与合同制度，劳动竞赛成为该厂职工的劳动方式与生活方式，实现劳动竞赛经常化，从而推动企业管理走上轨道，保证国家计划的完成。

第二个经验是关心群众生活，正确执行政府劳动保护法令，积极协助行政，做好劳动保护工作，使职工毫无顾虑地积极生产。

第三个经验是经常进行系统的政治、文化、技术教育，提高职工政治觉悟和技术熟练程度，是搞好生产的关键所在。采取师徒合同，技术研究会；推广先进经验，学习苏联经验与兄弟工厂的经验等方式进行技术教育。文化学习主要是办业余学校。

第四个经验是订立集体合同。集体合同成为该厂完成生产、生活、教育三位一体的任务的集中的表现，也是党、行政、工会、青年团的共同纲领，是组织劳动热情不断高涨的手段。它使劳动竞赛的目标明确、经常持久。

我想起了有一句话——生产长一寸，福利长一分。“生产”与“福利”的辩证关系是“五三工厂经验”的关键。这也很符合当时党中央“力争在增加生产的基础上逐步改善工人生活”的思想。

先说一个五三工厂“福利”的故事——马师傅胖了。34岁的马清廉是五三工厂的工人。伪满和国民党时期，马师傅家有七口人吃饭，每天累得要死还吃不饱，年积月累，老马身体就出了问题，一咳嗽就上不来气。1950年6月25日，五三工厂成立了夜间疗养所。工友们提议叫马师傅夜间休养，上级也同意了。自到夜间疗养所后，马师傅的身体一天比一天地胖起来，仅仅二十几天的工夫，体重就由88斤增加到95斤，从前拿四五十斤东西还挺费劲，这回拿七八十斤也轻来轻去了。病是好得差不多了，但马师傅开始抓

原五三工厂办公区局部俯瞰图

心挠肝了。“马师傅你怎么啦？”别的工友这样问他，马师傅就低着头说：“惭愧啊！”惭愧什么呢？他说：“我惭愧生产上没做出什么成绩来，对不起党对我的好处，今后我要加紧研究技术，再加把劲儿，创个新纪录。”

当时，五三工厂签订的集体合同是三位一体的，将生产、生活、教育牢牢绑定在一起，很有“一荣俱荣，一损俱损”的意思。厂里不断地改善职工的劳动条件、物质生活与文化生活，劳动竞赛自然也“遍地开花”。那时候的竞赛很有古风，你挑战我应战，很像过去文人间的诗文唱和，有来有往，煞是热闹。

五三工厂有一个毕玉兰小组，该小组与沈阳化工厂硬化油场的张义昌小组互相挑战、应战。张义昌小组提前完成应战条件，1950 年 9 月 25 日写信给毕玉兰小组。毕玉兰小组便于 10 月 6 日给张义昌小组回信：“张义昌和全组同志：在报上看到了你组的消息。现在告诉你们，我组在大家团结努力下，也保持了周期平衡完成了九月任务，一个废品也没出，每个人都是按标准作业法操作的，前一个月我们二十天用了两个模子，可是现在一个模子已用了十五天还没换。更重要的一件事是在竞赛中，我们的小组加强了团结，没有谁再闹意见，互助组很起作用，大家在技术上都有了进步，我现在已能修理机器的一般毛病。但我们不要满足既得的成绩，咱们大家要共同为完成并超过第四季度任务而努力！”

1950 年 12 月 12 日，毕玉兰小组所在车间又写信给赵国有车间报喜：“亲爱的赵国有车间全体同志们：当此我中国人民志愿部队与朝鲜人民军并肩抗击美侵略军、捷报不断传来的时候，我们向你们报告我们车间在 11 月份劳动竞赛中所创造的成绩，咱们好共同勉励，把生产搞得更好。我们的产品数量已达到周期平衡，并超过了任务 6.9%，废品率降低到 0.11%（挑应战条件为 0.15%）。我们在保证质量、产量的条件下，节省了机器油 20%、棉纱 40%、工具 50%（挑应战条件：节省机器油 10%、棉纱 20%、工具 30%）。我们的出勤率达到 98.35%（挑应战条件为 97%）。我们在 11 月份因机器安全设备不健全，发生三次小事故，但未影响一分钟工作，仅仅是手碰破点皮。我们已做到工人与技、职人员以及老工人与新工人的团结一致，到厂仅仅十天的新工人，就能掌握机器工作。最后，我们希望你们把你们的成绩也告诉我们。”

这样的“书信往来”，很能说明当时劳动竞赛的氛围。

在五三工厂，劳动竞赛实现了经常化，也就是现在常说的“常态化”。特别是在支援抗美援朝上，在“多生产一粒子弹，多消灭一个敌人”口号引领下，工人们迎难而上、增加班次、延长工时，使枪弹产量逐年递增。在连年生产发展的基础上，五三工厂铺设了居全国首位的枪弹生产线，长期发挥了保证国防需要的作用。

对于沈阳，五三工厂就是它的一个重要印记。

蚂蚁啃骨头

人们为了形容一件办不到的事，常常说，这好比是蚂蚁啃骨头。可在20世纪五六十年代，说到“蚂蚁啃骨头”，那是指沈阳为国家机械工业贡献的“蚂蚁啃骨头”经验，是机械工人“用小机床造出大机器”的创举。

这一创举首先是在东北机器制造厂（现辽沈工业集团有限公司）开始的。

1957年年底，为了支援农业发展，东北机器制造厂在无技术图纸资料、无生产实践经验、无大型制造设备、无足够资金的情况下，肩负起试制我国第一台氮氢混合气体压缩机的重任。这种设备有两个火车头那么大，全长12米，宽7.3米，重182吨。可是东北机器制造厂的重型车间，只有几十台小机床，根本就没有能加工十多吨部件的大型机床。没有大设备怎么办？只有两条路可走：一条路是依靠国家，向国外订购一系列重型机床；另一条路是自力更生，依靠群众创造土机床来代替大机床。如果走第一条路，要多花钱，还要等待两年时间。但国家迫切需要化肥设备，不能等两年以后才动手。因此，东北机器制造厂决心走后一条路。他们自行设计，制造出7种19台专用设备。这些灵巧适用的“蚂蚁”在重型车间总装工部开始大显神通。一台叫“卫星满天飞”的“蚂蚁”，它只有二尺来高，能随机应变，到处活动，时而爬到

蚂蚁啃骨头，用小机床造出大机器

大部件的下端，时而又蹬在大部件的脚上。它又能旋又能铣，是个灵巧的万能机床。另一台叫“瓦口铣”的机床，它能卧铣，也能立铣，是个多功能的“蚂蚁”。

在“蚂蚁”加紧制造的时候，工厂就开始给它们做“骨头”。

怎样才能把大型压缩机的毛坯铸造出来，在当时也是个大难关。因为工厂的铸造车间很小，设备能力不大。大型压缩机是一个大部件的毛坯，重达12 吨，加上沙箱，总重 50 多吨。工厂过去只铸过几吨重的活儿。工厂问计于民，在铸造车间召开老工人座谈会。当时出现了三个解决方案：一个是工程师提出的钢圈铸造法，一个是工人郭清顺提出的半钢圈半裂皮的铸造法，一个是老工人左俊恒提出的裂皮铸造法。大家对这三个方案辩论得十分热烈，多数人认为裂皮铸造法好。一名工程师听了很惊异，说：“裂皮铸造法，欧洲没有，亚洲没有，中国没有，沈阳也没有，就是我们东北机器制造厂要创新纪录！”厂领导支持工人采用裂皮铸造法，一方面鼓励左俊恒继续完善，另一方面组织工人多次讨论集中群众智慧。这样，完善后的裂皮铸造法诞生了。利用这种办法，很顺利地铸出了汽缸等精密的大型铸件，比钢圈铸造法快 13 天。苏联专家看了后说：“这是个中国工人的创举！”

“蚂蚁”和“骨头”都有了，开始啃。“蚂蚁”啃的第一块“骨头”，就是我国自制的第一台大型压缩机。许多厂工程师来参观时，看到几块大平台上掐着几个大汽缸，有一群小专用瓦尔夫室机床，围绕着它进行加工，很感兴趣地说：“真像蚂蚁啃骨头。”工厂利用这些“小蚂蚁”似的机器，去啃那个硬骨头般的大部件，先后加工出 1067 种、6067 个零件，只用半年多就生产出中国第一台“红旗牌”2400 马力氮氢气体压缩机，填补了中国氮肥设备生产的空白。

“蚂蚁啃骨头”经验的出现，标志着中国机械加工技术水平迈进了新阶段，立即轰动全国。新华社撰写通讯《小蚂蚁能啃大骨头 小机床能造大机床》，向全国推介了“东北机器制造厂好经验”。《人民日报》发表社论《谁说蚂蚁不能啃骨头？》的文中表示：“‘蚂蚁啃骨头’的方法，发展下去将会对我国机械工业的生产技术产生深远的影响。机械工业方面适合我国具体条件的科学技术，将会由于群众性的这种大量创造生长起来。东北机器制造厂现在的组合机床如果扩大适用于各方面，进一步加以改进，就将成为我国组合机床独有的系列之一……如果用辩证的观点、全局观点来观察问题，那么就可以看出：‘蚂蚁啃骨头’的办法是加速发展我国机械工业的一把重要的钥匙，是一项十分重要的经验。一切地方都应当重视，并且注意推广这方面的经验。”

1958 年 9 月 18 日，中共沈阳市委与辽宁省工会联合召开现场会议，交流了“蚂蚁啃骨头”经验。1958年10月20日到25日，第一机械工业部召集全国27个省市1600多名职工代表在沈阳举行现场会议，深入学习和交流“小设备干大活”的经验，并且举办“蚂蚁啃骨头”展览会。从这次现场会反映的情况来看，“蚂蚁啃骨头”经验，已经推广到全国各地，并且从根本上解决了大部件冷加工问题。不只是很多中、小型机械工厂采用这一经验，解决了小设备不能加工大部件的矛盾，就是一些拥有大型设备的重型机械工厂也采用这一经验，制造出更大更复杂的机器。

在继续“大跃进”的日子里，“蚂蚁啃骨头”在东北机器制造厂发展成“蚂蚁阵”。

东厂里要制造一种汽锤臂，这臂毛坯重12吨。加工完起码得40天，却被要求必须在20天内完成。这得怎么办？老工人史国义、谷玉生、夏庆生、关云山、齐德武、刘振国六个人研究了以后，决定让能车能铣能刨能钻的各式各样“蚂蚁”，同时动起来啃。这种做法跳出了单一的工序，组织起多台不同种类的小机床，同时对一个大部件进行多工序加工，被职工称作“蚂蚁阵”。沈阳重型机器厂还根据“蚂蚁啃骨头”原理，创造出100多种加工设备，加工出2500吨水压机的大立柱……

2005年作家木青曾写过一篇《“蚂蚁啃骨头精神”万岁》的短文，回忆当年“蚂蚁啃骨头”经验，并饱含深情地说：“在当年国家尚处经济困难时期，我们的工人阶级用自己的肩头扛起重压，非但没叫一声苦，还说‘只要国家需要咱就豁上命去造’。这种爱国情怀难道不是中华民族的伟大精神吗？那时候需要，现在需要，将来永远都需要哇！”

中国最大的『工人村』

在沈阳市铁西区赞工街 2 号，有一个占地 1.5 万平方米、由 7 栋 3 层苏式红砖建筑半合而成的原生态博物馆，叫工人村生活馆。这是中国首个以工人生活为题材的博物馆，不仅仅复原了这里曾有过的粮站、邮局、抗大小学、幼儿园等原貌，还再现了不同年代 13 户典型工人家庭的生活场景。

来到工人村生活馆，弥漫在心头的怀旧情绪却挥之不去，历久弥新。

“旧”是一种充满记忆的文化，惆怅缠绵中总带着苦中带甜、甜中带苦的味道。“旧”是人的来路，时光从清晨绵延到黄昏，黄昏是新，清晨是旧。回望清晨，一场新雨后的彩虹是对跋涉已久的人心灵上的一种温暖慰藉。在这里，回望那个 1952 年至 1957 年的“清晨”，那个冠以“工人村”之名、有 143 栋工人宿舍的中国最大产业工人聚居区，陆续建成。143 栋苏式红砖楼房，占地面积 110 万平方米，住有 2.7 万户、9 万多人。它是沈阳工人的骄傲，是沈阳工业文明的符号，也是沈阳城市建设和工业发展的一个窗口。

1952 年 9 月 7 日，《沈阳日报》一版整版发表了《政府为职工建筑工人村》和《铁西区工人村总平面配置草图》。

这样大篇幅的图文报道，放在今天看，除了其本身新闻属性外，还有些

“公示”以接受监督的意味。建什么、怎么建、什么时候建成，均予以展示，又是在报纸一版、整版呈现。可见，当时党委和政府对此事何等重视，那绝对是当时全市社会生活的大事、大喜事。在《沈阳日报》当日的二版还配了一个评论《美满生活是从发展生产中得来的》：“政府决定在铁西区为沈阳市国、公营企业职工建设一个新型的工人住宅区‘工人村’，在今年即动工修建三千间。这是我们工人阶级的一件大喜事。”“‘工人村’的建设就是国家利益与个人利益一致性的具体体现，从这一建设来看，更体现了新民主主义制度的优越性。”新中国成立初期，沈阳的产业大军为新中国成立和建设作出了不可磨灭的贡献。

当年 12 月 15 日，79 栋三层红砖楼就拔地而起，共有 3396 间家属用房和单身宿舍，7000 户职工家庭陆续搬入了新居。这些楼房的每个房间，都有着式样美观的浅绿窗棂和枣红色的门，门顶上安着乳白的罩灯，室内粉刷一新。房间里还准备了油漆过的衣橱、碗橱和米箱。“和平的花朵遍地开，座座楼房盖起来，昨天还是荒野草地，几天就让它楼成排。”愉快的歌声回响在工人村上空。很难想象，这个马壮街在三个月以前还是一片荒野草地。电工十四厂第一车间钳工金世良的爱人在搬进这美丽的新屋以后，高兴地说：“听说盖‘工人村’，才几个月我们就搬进来住了，共产党、毛主席对我们真关心！这样的大楼，过去别说咱们搬进来住，就凑到跟前看看都办不到！”

魏润生从 1953 年 3 月随父母入住工人村 47 栋三单元二楼。

都说工人村的第一批住户多为国营大中型企业的厂级干部、劳动模范、高级知识分子、高级技术工人。可魏润生说，他父亲魏国良是一名普通工人。“父亲 1951 年考进沈阳市文教用品厂（后来的沈阳缝纫机厂），当时我们家三代五口人租住在大西门附近的一处只有十多平方米的平房里，后来单位说工人村要盖房子了，自愿报名，我父亲就报名了，没想到真分给我家一套房子，虽然是一门两户，只有一间 16 平方米的卧室，但算上两家共用的厨房和厕所，也有 20 多平方米，居住条件大为改观。刚住进去时我才 10 岁，印象最深的是室内的厕所，这样就再也不用到外面去冻着屁股上厕所了，印象非常深。”

1954 年工人村又续建了 13 栋楼，到 1957 年已经有 143 栋这样的楼房，形成占地 73 万平方米、建筑面积 40 万平方米的五个建筑群，这便是工人村当时的规模。这里也成了当时全国最大的工人聚居区。工人村在很长一段时间里，都是全国住宅区的样板。当时，工人们形容工人村是“高楼平地起，条条柏油路；路旁柳成荫，庭院花姿俏”，更用“楼上楼下，电灯电话”来形容这里优越的生活。魏润生在工人村长大，小学上的是工人村小学，教室的桌椅都是苏式的，桌椅连在一起，桌子可掀盖。高中毕业后他到沈阳农学院（今沈阳农业大学）上学，后来又在那里工作，可他始终没离开过工人村。1968 年，他还在工人村迎娶了自己的新娘。魏润生的妻子郭敏说：“那时候工人村声名在外，年轻女孩儿都愿意嫁到工人村来，过上住楼房的日子。”

工人村消费合作社的建筑是工人村住宅区整体规划的一部分，它是一圈合围式红砖灰瓦的平房，东侧是工人村第一粮站，北侧是日用百货部，南侧是饭店和照相馆，西侧是肉类、水产和蔬菜部，围合院中间设有库房，工人村居民亲切地称消费合作社为“大合社”，按照现在的概念就是一个超级市场。在那个即使有钱想买东西也不是很方便的时代，能住在工人村就像到了天堂。工人村第一粮店成立于 1953 年初，一直到 20 世纪 80 年代初期都是按计划供应。居民凭购粮本按规定的粗、细粮比例定量购粮，粮价比较便宜，一般都是 1 角多钱一斤。但普通人家都是一月顶一月，将打将儿。粮店上个月底卖下个月的粮食都会排起长长的购买队伍。为方便职工买粮，粮店二十四小时营业，夜晚都会亮起一盏红灯。

工人村照相馆是 1956 年开业的，生意最兴旺的时期，工人村地区的居民要照单人照、结婚照、家庭照、同学纪念照、儿童照等，都会到工人村照相馆取号（事先预约）照相。据说有一个时期，照相馆每天采用“放号”的方式给居民照相，最多的时候，一天要放300多个号，火得不得了。工人村照相馆还开展上门服务，他们经常带着设备到工矿企业，为各单位的劳模和先进生产者、先进工作者照相，这些照片都是各单位上光荣榜用的。

工人村饭店是铁西区的第一家国营饭店，开业于1954年。工人村东部的独身宿舍，居住的都是各厂矿的独身职工，他们对工人村饭店情有独钟，每天早晚用不着在独身宿舍大厨房生火做饭，花几个钱，就可以到工人村饭店寻找自己可口的饭菜……

工人村还建有一个面积达800平方米的浴池。那里设施齐全，浴池里有两个大池子，一池热水，一池温水，一般客人洗浴都会在池子里洗两次，头次洗完，可以先回到床上休息。浴池里还设有理发室，理发不用出浴池门。在工人村居住还会有一些额外的福利。逢年过节，工厂里还会举办文艺汇演，把所有人聚在一起用餐唠嗑儿，丰富业余文化生活。

有一段1954年关于工人村的报道描述，充满了幸福感：

晨雾像一层薄薄的轻纱，从一排排深红色楼房和碧绿的树木上揭了开来，从高耸的建筑架上揭了开来，金黄色的阳光把这里的景色照耀得分外美丽。两年前，在晨雾的笼罩下，这里是一片郊野。仅仅是两年多的光景，这里已经耸立起一百一十六栋三层大楼，两万多名职工和家属们幸福愉快地生活在这里。沸腾的生活驱走了往日的寂静。工人村的街道上充塞着忙于上班的人群，有轨电车、公共汽车满载着人，响着喇叭匆匆开走。从各工厂开来的妇婴车，已经坐满了抱着小宝宝的女职工。这时最热闹的地方是由工人村通往铁西建设大路的一条平坦的柏油路，载人的汽车、运货的卡车和职工们骑着闪闪发光的自行车，组成像一条长带子似的车流。有的女职工用小车推着孩子向工厂走去。这里的人，一个个的脸上都是容光焕发，精神百倍，愉

｜工人村家庭｜

快地去迎接新的一天的任务。

在工人村，每当夕阳西下的时候，这里又热闹起来，这是职工们从工厂里回来了。这时从敞着的窗子里，会不断传出无线电广播的音乐旋律，回荡在清爽的晚风里。每幢楼的前前后后，人们三个一群五个一伙在谈天、下棋、打扑克，或者是唠扯生产上的成就。球场上，几队队员玩得很起劲，各不相让。也有的人去看工厂里来给放演的电影。工人村东南角的苗圃里，满是散步的、乘凉的人。随着生活的提高，住在工人村的职工们，一天就这样无忧无虑、幸福、愉快地生活着。

工人村的记忆，对于很多人来说，是家的记忆。魏润生把自己家的户口簿捐给“工人村生活馆”，户口簿第一页便写着：“1953 年 3 月 9 日由沈河区南市大西街搬到铁西区工人村 47 栋。”47 栋，便是魏润生和家人永远的记忆。

工业的奠基

1953年，沈阳已经解放五年，还是新中国第一个五年计划的第一个年头。

这一年，《朝鲜停战协定》在板门店签订了，两年零九个月的抗美援朝战争以中朝军民的胜利而告终。沈阳，这座工业的城市——机器制造业的中心，胜利地完成了“出机器”的任务，工厂密集的西部区也更加美丽可爱了。每到傍晚，西半天出现一片片的晚霞时，那林立的烟囱、滚滚的烟云、在柏油马路的两旁新建起的厂房和水塔都被照得通红通红的。

这些都悄悄诉说了一个事实：抗美援朝期间完成工业立骨铸魂的沈阳，在“一五”计划的起点便迸发出勃勃生机。全市国营、地方国营工厂共生产了154种主要产品，无数过去不能制造的新产品，都实现了大量生产。这些产品中，有供应机械工厂的各种新式的能做机器的机床、卷扬机和钢锭；有供应各矿山、冶炼工厂的三百马力空气压缩机、苏式凿岩机和各类水泵；有供应全国各发电厂、水电站、变电所所需要的钢心铝绞线、高压开关板、大变压器；有修建大楼和厂房的红砖和石棉瓦；也有将随着地质勘测队走遍祖国所有山林找寻地下宝藏的钻探机。还有，供农业生产的新式播种机、杀虫的农药；供百姓日用的鞋帽、珐琅制品、体育用具，美丽的毛线、毛料和布匹；食品中的味美的香肠、罐头，香醇的高粱酒和啤酒；医药中的葡萄糖和疟疾特效药“白药君”等。

这一年，全市国营和地方国营工业不但超额地完成国家计划，还额外地完成了支援鞍钢的紧急任务。全市已推广 17 种苏联先进经验：高速切削法、科列索夫新车刀法、杜瓦诺夫烧窑法、科瓦列夫工作法……一年前还是工人的变压器厂的王凤恩，现在已经是技术员。沈阳解放前，他只修理过 20 千伏安的变压器，1953 年他已是制造 13500 千伏安的大变压器的骨干，后来他成为全国“工业战线的一面旗帜”。

从 1953 年到 1958 年，沈阳生产一跃再跃、一变再变。在人们面前呈现出来的，是一片欣欣向荣、万象更新的景象。

在“一五”计划期间，如鱼得水的沈阳迅速发展，工业化以惊人的速度在向前飞跃。从 1953 年到 1956 年的四年中，国家花在沈阳的基本建设投资是 14 亿 287 万元，其中工业部门投资占 70.1%。到 1956 年底，沈阳完成 18 项限额以上的工业基本建设工程并正式投入生产，在沈阳土地上出现了第一机床厂、风动工具厂、电缆厂等崭新的现代化大型工厂。许许多多的原有企业经过了部分扩建和改建，使工业生产进一步合理化。企业的设备状况也起了巨大变化，特别是国营工业企业起了根本变化，面貌完全一新。

那个年代，若想以数字或者普通增速来计算发展成果，似乎有点不科学，所以当时最常用的是“倍数”。现在看来，也只有这个如今看来很惊人的“倍数”，才能如实地表述当时的“跃升程度”。1959 年公布的全市数据是这样：1958 年，全市工业总产值为 1949 年的 21 倍还多，而 1959 年上半年的工业总产值相当于 1949 年全年的工业总产值的 15 倍。从沈阳解放到 1958 年这十年中，沈阳重要工业产品产量和工业生产的飞跃速度，已远远超过工业总产值的飞跃速度。动力机械是 1732 倍、变压器是 509 倍……

这种不是几倍、几十倍，而是几百倍、几千倍的增长速度，在中国历史

|1956 年 9 月 12 日，沈阳电缆厂改扩建竣工剪彩|

上是没有过的，在世界历史上也是罕见的。风机、锻压设备、空气压缩机、钢材、钢、发电机、金属切削机床、针剂、味素……增加几十倍、几百倍的产品，更是举不胜举。从这里可以看出，增长速度最快的产品，1949 年的全年产量，到了 1958 年，可能只用几小时或几天的时间就可完成。工业飞跃的事实，充分地证明了社会主义制度的无比优越性，证明了社会主义工业化政策和社会主义建设路线具有伟大的生命力和无比的正确性。

在那个年代，提起沈阳，那是一种从心里荡漾的骄傲。

从遥远的天山脚下，到渤海湾，从内蒙古草原直至祖国的南海边，从欧洲、亚洲到非洲，沈阳的工业产品布满各地。不仅沈阳，在全国各地，当时人们起名字都喜欢带“阳”字，有的干脆就叫“沈阳”，以至于一些孩子较多的家庭，有一窝“羊”（“阳”的谐音）。这也从一个角度说明了沈阳当时的影响力。

就当时而言，沈阳已经成为高度现代化的技术设备所武装起来的工业基地。它不仅能独立生产几万种产品，而且中国历史上从未制造过的机器和各种工业产品，也已经陆续制造出来。从 1953 年到 1958 年 6 月止，沈阳的工业部门共试制成功 9760 余种新产品，这里面很大一部分产品达到了国际的先进水平。仅 1956 年一年，沈阳市国营工厂就试制成功 1600 多种新产品。1958 年上半年，沈阳电缆厂每六天就有一项新产品问世。有些产品并出国支援了邻邦朝鲜、越南、缅甸，以至远至中东埃及等国家。在 1956 年中，沈阳十六家机械工厂，就为越南、朝鲜、缅甸制作了 1700 多台（件）机械设备。

沈阳工业发展之迅速，变化之巨大，是克服万难、艰苦奋斗的结果。

据不完全统计，全市职工从 1950 年起到 1959 年上半年止，共提出合理化建议 103.2 万余件，实现了 46 万余件。这些合理化建议，对加快工业发

|1957 年，工人技术表演赛上的外国专家|

|20 世纪 50 年代的沈阳拖拉机厂|

展速度，提高劳动生产率和产品质量，降低工业生产成本有着极其重要的作用。如沈阳钢厂职工在大、小压延机上创制了反正围盘，并创造了“自动翻料”和“双管出料”，使整道工序的生产效率提高了40%；东北机器制造厂的工人尉凤英，在技术员和老工人的帮助下把车床由单头单刀切削，改为双头双刀切削，改进了操作方法，一年任务四个月完成了。沈阳的工人还创造了“蚂蚁啃骨头”“茶壶煮猪头”等许多对全市、全国工业生产有着重大意义的革新。特别是1958年，沈阳生产出了大批过去所不能生产的轧钢机、发电机、汽轮机、机车、汽车、拖拉机……

十年巨变。沈阳建立了有独立制造能力和独立设计能力的机械工业基础，而且它制造的许多机器产品已赶上了世界先进水平。沈阳市精密仪器厂，生产着世界稀有的电子计算机和电子显微镜。原来国民党军的马厩，变成了沈阳农具厂，还生产了赶上国际先进水平的谷物联合自动收割机。第一台5吨锻锤“血气方刚”，第一架歼击机“展翅飞翔”，第一辆无轨电车“闪亮登场”，第一台变压器、空气压缩机、自动化电器开关、金属切削车床、大型破碎机、滑翔机、凿岩机、工业阀门、飞机轮胎……新中国工业领域数百个“第一”源源不断地在沈阳诞生，又相继建立了炼焦、煤炭、薄板、炼铁等原材料工业以及拖拉机、汽车制造、三大有机合成材料、电子等新兴工业。

这是沈阳工业生产发展的黄金时代。青春的城市、崭新的制度，唤醒巨大的生产力、点燃了激情年代。沈阳发展成为以机电工业为主、门类比较齐全的综合性工业生产基地，撑起国家工业化建设的脊梁。

雷锋，从沈阳走向世界

一座城市，总是有自己独特的魅力。

这种魅力，除了源于与生俱来的地理风貌、风土人情，更在于城市发展过程中不断形成的精、气、神。而沈阳因雷锋拥有了独一无二的强大魅力。

在雷锋参军后使用的第一本日记本的扉页上，是一张黄继光的画像。

1960 年 3 月初，雷锋随战士业余演出队一同来到沈阳，准备 13 日参加会演。这是他第一次来到沈阳。他第一时间到沈阳抗美援朝烈士陵园祭拜了安葬于此的“偶像”黄继光。对于此行的感悟，3 月 10 日的《雷锋日记》写道：“黄继光为了党和人民的事业，为了人类的解放而献出了自己最宝贵的生命。他这种为了党和人民的事业而牺牲了自己的崇高精神是值得我永远学习的。”这次沈阳之行与陵园祭拜，对雷锋的精神世界产生了重要影响。祭拜偶像后，他也写下了“英雄的战士黄继光，我永远向您学习”的誓言。

此后两年五个多月时间里，沈阳成为雷锋活动中心城市，他在沈阳生活、工作、出差、开会、作报告累计 330 多天。在他短暂的军旅生涯中，几乎平均每三天就有一天“沈阳时间”。沈阳，成为雷锋短暂生命中不可或缺的一站，也是雷锋走向世界的一站。

沈阳是雷锋生前政治生活的中心城市，对雷锋成长为伟大的共产主义战士有着决定性意义。其中，具有深远影响的三件事均发生在沈阳：决定雷锋入党的党委会在沈阳召开，入党谈话在沈阳进行；雷锋生前出席最高规格的会议是原沈阳军区首届团代会，并成为大会主席团成员，地点是沈阳八一剧场；在沈阳和平广场附近，原沈阳军区工程兵党委决定树立雷锋为模范共青团员和节约标兵。所以，被誉为“雷锋活辞典”的华东方说：“沈阳是雷锋生前活动的中心城市，指的是沈阳是当年开展学习雷锋活动的指挥中心和最高决策部。”

沈阳是“雷锋标志性事件”发生地。“雷锋坐火车行千里，好事做了一火车”，一些家喻户晓的雷锋事迹也多数是在沈阳发生的。如：“我叫解放军”名言出在沈阳站，雷锋在火车站给丢失火车票的大嫂补票时说出这句名言；雨中送大嫂的终点是沈阳望滨乡章子沟村；被称为雷锋干娘的田大娘也是沈阳望滨乡黑林子村人；而“钉子精神”的缘起与思考，也与沈阳有关联。在沈阳军区开会期间，在北运河河畔，雷锋与战友赵明才交流学习体会时说：“学习就是要有钉子一样的精神，只要有钉劲、钻劲，总会有收获。”干一行、爱一行、专一行、精一行，集中展现了雷锋的积极进取精神。沈阳还有个“雷锋洞”——雷锋生前最后半年一直在此工作。沈阳国家森林公园保存着一个 20 世纪五六十年代建造的战备山洞，即原沈阳市战备指挥中心。据雷锋同班战友乔安山介绍，雷锋生前的最后半年时间都一直在此参与修建战备山洞，靠人工凿岩建成了这个“地下长廊”。该战备山洞分为三个洞口，其中 3 号洞口是雷锋活动较多的地方。1963 年 1 月 21 日，沈阳军区在八一剧场举行了“雷锋班”命名大会，陈锡联上将宣读了国防部 1963 年 1 月 7 日

批准命名雷锋烈士生前所在的某部运输连四班为“雷锋班”的批复：“望勉励四班同志，保持发扬这一荣誉；并教育部队，学习雷锋同志的优秀品质。”

沈阳是雷锋生前作报告最多的城市。雷锋首次到地方作报告选择在沈阳。据统计，雷锋先后在沈阳军区司令部、政治部、后勤部，军区工程兵、装甲兵、炮兵，沈阳空军，军委工程兵沈阳器材基地等有关单位作过忆苦思甜、学习毛主席著作、先进事迹等报告。雷锋还走出部队，走进学校，先后在沈阳师范大学、辽宁省实验中学、三十九中学、十九中学、二十三中学和八一小学等大中小学作报告。沈阳作为沈阳军区机关所在地，是雷锋作报告最多的城市。“我学习了毛主席著作，有一句话，对我印象最深刻。毛主席说，关心别人要比关心自己为重。我要时时刻刻按照毛主席的话来做。”这句话出自雷锋的一段长达 57 分钟的珍贵录音，是 1961 年 1 月 5 日雷锋在辽宁省实验中学为 2000 多名师生作报告时留下的。

学雷锋活动，是最早在沈阳掀起热潮的。1960 年 11 月 23 日，沈阳军区工程兵党委作出授予雷锋“模范共青团员”称号的决定，沈阳军区工程兵政治部发出《关于在部队中开展学雷锋、赶雷锋运动的指示》。11 月 26 日，

《前进报》发表长篇通讯《毛主席的好战士》。11 月 28 日，《沈阳日报》转发了这篇通讯，也成为全国第一个报道雷锋的地方党报。1961 年 1 月 14 日，中央军委工程兵政治部发出《关于学习雷锋同志的通报》。沈阳军区还同时提出了“学雷锋、赶雷锋、超雷锋”的口号。从以上事实可以看出，在雷锋牺牲之前两年，雷锋的名字就已在辽沈大地广为传扬。

沈阳是留下雷锋文化资源最多的城市。对于雷锋，不同的人可能有不同的理解，可有一点几乎是共识：看到雷锋的微笑，如遇一缕阳光。雷锋在绝大多数留存照片中都是微笑的，看着那么温暖。每一个背负生活、工作压力的人，大概都会渴望拥有这样从心底流淌出的微笑。而雷锋最经典的“微笑”是在沈阳留下的。老一辈军旅摄影家，如董哲、张峻、季增、张泽西、赵志华、吴加昌……他们为雷锋拍照，留下了珍贵的影像文化遗产。还有周军，他拍摄的雷锋手持钢枪的照片成为入选 1998 年国际权威艺术摄影组织“GAPA”评选的全球 20 世纪最有影响的百幅图片之一。当年大力宣传雷锋的人，或在沈阳工作过，或今天仍生活在沈阳。他们中有曾经培养过雷锋的老革命、与雷锋一起成长的亲密战友、雷锋的直接领导、雷锋的班长和排长、雷锋辅导过的学生、最早写雷锋的人、最早画雷锋的人、最早演雷锋的人、最早说唱雷锋的人、拍摄雷锋最多的人……他们既是雷锋事迹的见证人，又是雷锋精神的传播者。有着如此厚重的文化积累，有着学习、实践雷锋精神常态化的长期努力，我们才对弘扬雷锋精神、凝练城市精神在思想上有深刻的理解，在实践上有的放矢、深植土壤，进行前瞻性、战略性的思考。

雷锋精神在沈阳扎根发芽，成长壮大，走向全国，走向世界。

三线壮歌

德国艺术家安塞姆·基弗曾说过："我不是怀旧，我是要记得。"

"二十四城芙蓉花，锦官自昔称繁华。"2008年，一部《二十四城记》的电影在戛纳电影节上获得最佳影片提名。观影过后有的人会从头哭到尾，韩英杰就是其中一位。因为她知道里面的情节不全是虚构的，而是她和父辈曾共同经历的现实。

曾经有一大群从沈阳这样的大城市出去的精英工人，还有物资设备和技术，汇聚到大山深处，让一座座工厂拔地而起。这些工厂有一个共同的名字——三线厂。"三线"，一个诞生于20世纪60年代的地理概念，标注着云、贵、川、青、陕、甘、宁等中国中西部内陆地区的13个省、自治区。从1964年到1980年，贯穿三个五年计划的16年中，在这片广袤的空间之上，完成了中国经济建设史上的一个空前壮举——三线建设。

面对复杂的外部形势，在党中央"备战、备荒、为人民""好人、好马、上三线"的号召下，400万工人、干部、知识分子、解放军官兵和成千万人次的民工投身三线，建起了1100多个大中型项目。从铁路、公路等交通基础设施，到钢铁、煤炭等工矿企业，再到国防、航天等科研单位，几乎是从

| 沈阳工人坐着卡车来到“三线”工地 |

零开始，重构了第二套完整的国防工业和重工业体系。

在这场史诗般的工业大迁移中，辽宁扛起了“共和国工业长子”之责，支援力度之大，涉及行业之广，搬迁设备和援建人员之多，持续时间之长，在全国各省中站到排头。其中，又以工业重镇沈阳率先垂范，贡献巨大。

党和国家一声令下，数万沈阳工人不计回报、不讲条件，把满腔热血装进行囊，奔赴祖国大西南、大西北的深山峡谷、大漠荒野，从此背井离乡，不问归期……

拂去时间落下的灰尘，让光线照进这段历史，照亮发生在这群人身上的故事，便可轻而易举地知道，如果没有一种强大的精神作索引，将无以支撑他们抛洒青春，度过艰苦而又绵长的岁月。我们循着那些人的足迹一路探寻，终有所获。“好人、好马、上三线”，被选中去三线的，都是厂里百里挑一的精兵强将。那是很光荣的事，很多人是主动报名，写决心书，争先恐后。

1967 年 5 月，沈阳第一机床厂部分搬迁到甘肃省天水市，建设天水星火机床厂。图为 20 世纪 70 年代天水星火机床厂生产车间

20 世纪 60 年代末，沈阳第一机床厂受命在甘肃省天水市包建一个新厂。“从厂级干部、党委党办，到计划科、经济科、设备科、工具车间、汽车大队……每个科室都要抽调精干人员。”沈阳第一机床厂生产科的张庆发说。

第一批包建人员名单下来了。张庆发并不在其中，而他的老同学、老工友高文英入选了。他一方面为高文英自豪，另一方面也为其担忧：“他爱人是中学老师，有两儿两女。他去包建，家里一个女人拉扯四个孩子，那得多困难？”作为当事人的高文英，自然更加清楚个中利害。然而，这些个体的难处和纠结，在时代叙事中被简洁地带过了：“当时的形势多复杂严峻啊，这是关系到国家的战略工程。我还是党员，1955 年就入党了。我的想法非常简单，听党的话，再大困难也要去。”

同在包建人员名单中的邵立权，时年 28 岁，任工段段长，被张庆发形容为“大工匠”“技术全才”，不少别人解决不了的生产问题，他都能找到窍门。“我当时成家刚两年多，孩子还在襁褓里，上有四个老人……”包建调令，对邵立权来说，改变的是整个家庭的未来，“既然是板上钉钉的事，那就去干，还要干好，没有退缩可言。”考虑到孩子太小，包建又不知归期，邵立权和妻子商量后决定，全家一起过去。

这场国家层面上工业布局的大调整，在个人层面上也是牵动着家庭的大变动。从1970年开始，沈阳第一机床厂前后抽调300多名骨干奔赴甘肃天水。有的像高文英，作别妻儿孤身前往；有的如邵立权，挈妇将雏，做好了安家天水的准备。出发时，人们并不知道真实的三线是什么样，但每个人内心都十分清楚，这必将是一段未知艰难的旅程。

沈阳——甘肃天水，相隔2000多公里。

即使在铁路、公路发达的今天，也并非一段轻松的旅途。高文英回忆，他们坐着火车硬座，几经中转，颠簸两天一夜，到达天水市社棠镇车站。下车还要步行很久泥泞的山路，方才来到包建厂址，当时就是一处荒山野岭。

甘肃天水是一个地形狭长的城市，被夹在两山之间，海拔千米之上。他们包建的甘肃天水星火机床厂，就位于社棠镇的山区。尽管早已知道援建三线都在偏远山区，生活条件非常艰苦。但是，真实的困难远非想象所能及。“吃的就是馒头、土豆，没有带叶菜。因为海拔高，水的沸点低，馒头永远蒸不熟，吃到嘴里黏黏糊糊，形容不出是个啥滋味。住的是土坯房，当地人叫‘干打垒’，就是两块木板中间夹点黏土，屋里特别冷，只能生炉子取暖。工厂就只有一个厂房，连办公室都没有，一切从头开始。不管你原来是干技术还是做管理的，到这里都是从搬砖运土、人背肩扛、出苦力开始的，一砖一瓦地干……”高文英说。

有山不长草，有河没有鱼。这是邵立权对天水的初印象。他还记得，刚到达工厂时，山河冲坏了附近的堤坝，工地都是水，机器设备进不来，他的第一项工作不是建厂而是修坝。“困难太多了，怎么办？就只能逢山开路、遇水搭桥……”他说。

在这些平实、冷静的讲述里，不经渲染的艰苦，反而更让人觉出奋斗的力量。

“好人、好马、上三线”，“好人”不只是技术好、能力好，同时政治素质和精神觉悟也同样过硬。让高文英特别感动的是，在日复一日的并肩工作中，没有一个人说抱怨的话，扯皮推诿更是不可想象，只有更加团结、互相鼓励。

一路上多保重
山高水险
沿小巷过短桥僻静安全
为革命同献出忠心赤胆
烈火中迎考验重任在肩
决不辜负党的期望我力量无限
天下事难不倒共产党员……

在工厂里，他们常常齐声高唱这首歌，眼中含着热泪。

在艰苦的条件下，三线建设者们从零开始、白手起家，完成了工厂的水、电、路“三通”，盖起了厂房、车间、宿舍，并迅速投入生产。仅一年多时间，甘肃天水星火机床厂就“复制”生产出了第一台 CW1100 机床，随后产量递增。这个型号的机床，当年全国就只有沈阳第一机床厂能够生产。即使放在今天，这仍然不是件容易的事。在这个过程中，缺设备、缺工具，缺各种生产资料，需要沈阳老厂的支援和输送。张文英作为沈阳第一机床生产指挥组的一员，做的是“大后方”的工作。“星火”和“燎原”这两个厂名，就像一个生动的注脚，诠释着这些三线建设者们曾经发挥的作用和承载的意义。

在甘肃，沈阳搬迁包建了 30 多个企业，包括机床、轴承、电气等各个门类，对当地的经济发展产生了深远影响。

1981 年，高文英被调回沈阳第一机床厂。去时不惑，归已花甲。邵立权则直到 2002 年从甘肃天水星火机床厂副厂长的位置上退休后，才又重回沈阳定居。他也是当年这批参与“三线建设”的人员中，最后回到沈阳的。当年参与三线建设的人们，把人生中最有作为、最珍贵的年华，留在了三线。对他们来说，“三线”早已不是一个地理概念，三线建设也不单是一个时代产物，而是为党为国倾尽的大半人生，是国家使命与光荣梦想。

从 1950 年至 1989 年，仅沈阳市铁西区就有 48 家企业参与援建，先后共派出 23304 人，其中厂级干部 94 人、中层干部 7000 人、技术工人 16210 人。其中三家企业进行全厂搬迁，23 家企业包建新厂，29 家企业车间整体划拨。代培人员 13221 人，受援省市自治区 29 个，受建市县 121 个，受建企业 526 个。

在三线建设中，沈阳航空航天人更是一支中坚力量，也为中国航天史未来的荣耀奠定了的基石。在沈阳公开发布的资料中，有这样一段文字：“沈阳国营 410 厂（今中国航发沈阳黎明航空发动机有限责任公司）根据国家第三机械工业部的指示，按‘三包一保’（即包建、包迁、包投产，保证老厂增产）的要求，于 1965 年至 1969 年间为贵州地区 011 基地和汉中地区 012 基地的三线建设输送了大批干部、技术人员、工人和设备，为加速三线建设贡献了力量。截至 1969 年，工厂向三线新厂共输送各类人员 2665 名，机床设备 118 台，各类工夹量具合计 12598 件套。”在很多年里，由于涉及军工生产和科研，这些信息是对外严格保密的，参与其中的人们也必须要“深藏身与名”。他们参与建设的项目和工程，至今仍然在发挥作用。

他们中的很多人，也就此在异地他乡生根。

中国航发黎阳首席技能专家孙刚，是 1973 年随父母从沈阳来到贵州安顺的“三线”二代，当时还是个六七岁的孩子，至今仍然难改东北乡音。还有 1966 年随同爱人来到贵州的李文珍老人，如今在贵州安顺已是“三线”四代同堂。

还有很多人虽然留沈阳，但依然为支援三线建设作出巨大贡献。沈阳 111 厂（现沈阳航天新光集团）党总支书记赵清连回忆道，为了援建包建，111 厂基本被“四六分”：干部、职工工人和机器设备留下四成，六成拿去三线。要知道，111 厂曾经创造了中国航天航空史上多个“第一”，是新中国第一个航空航天动力装置的科研生产基地，几乎是用掏空自己的方式在支援三线建设。“车间主任、副主任、书记，全部走，一个不剩，没有说动员很难的。”被抽调走大量人员和设备后，工厂生产几乎陷入瘫痪，赵清连一个人管六个车间，既当书记又兼主任，留下的所有人员都是一个顶几个用。“三线建设”期间，沈阳 111 厂参与建设了 10 多个大型军工厂和航空航天基地。在贵州遵义、在湖北远安、在广西柳州、在陕西蓝田、在川东北的大巴山，曾经到处都有这家工厂的职工和设备。

在沈阳 112 厂（现航空工业沈飞集团）人的心中，早已习惯了哪里需要往哪里去的生活。早在 20 世纪 50 年代末，国家在西安阎良地区建设轰炸机制造厂（172 厂）和发动机制造厂（430 厂）。112 厂于 1960 年前后，两年内向西安阎良地区输送了近千名领导干部和技术人员以及 4000 多名生产工人。1953 年至 1985 年期间，112 厂先后支援和包建了西安、成都、贵州、汉中等地 10 余个工厂和两个飞机设计所，向这些新厂，所及航空、航天的部领导机关、院校及其他单位输送的干部、技术员和工人多达 2 万余人。其中，从 112 厂调出后任新厂厂级干部的有 150 多人，任车间科室干部的有 1500 多人。他们中有的人后来成为省、部级干部，有的人成为厅、局级干部，有的人成为工程院院士，还有近百人成为对国家或行业有突出贡献的专家和劳模等。他们无怨无悔地付出与贡献，受到后人的尊敬与爱戴。

今天，在陕西西安、四川成都、贵州花溪等地，到处都能听到亲切的沈阳口音，他们要么是当年支援三线建设的沈阳人，要么就是沈阳三线人的后代。原《航天文艺》主编张蓬云在一篇文章中写道："一次出差到陕西阎良的小镇子，据说这里就是关公白马坡斩颜良诛文丑的地方。1959 年，呼啦啦从沈阳的工厂调来 3000 多名技术人员和工人。这可不只是三千人，而是拉家带口三千户哇。接着，1960 年又从沈阳分配来几百名毕业生。于是，在这个有两万多人的工厂，就有了一拨满口'哥儿们长哥儿们短'的沈阳人。甚至在一个单身宿舍还挂上了'沈阳办事处'的牌子，外来人你想找谁，到这儿一问就能知道。几十年来，在这个几万人的小城市里，第一代沈阳人所剩不多，代之而起成为中坚力量的是第二代、第三代满嘴'干啥呀'的沈阳人。如果街头相遇，他们准会问你'北陵咋样''太原街还那么热闹吗'之类的事。"

大山深处，岁月无声。

1970 年，由沈阳飞机设计所拆分组建的成都飞机设计研究所成立。图为大家正在打包搬运由沈阳发往成都的资料、仪器设备等

一起案件背后的勇气

当我浏览旧报时，对一张报纸版面产生了浓厚的兴趣。

它是1982年6月25日的《沈阳日报》。

说实话，从事新闻工作20余年的我很难想象，一起盗窃案题材的新闻竟然上了一家党报头版头条！对，你没看错，就是这篇《一个盗窃犯的自白》，看上去是一篇很普通的法制新闻，甚至配发本报评论员文章《对官僚主义者的当头棒喝》，在“寸土寸金”的一版还很奢侈地配了三幅插图。而当时市里重点工作的内容——《市政府二十二次常务会要求：除生产外各项工作要给人口普查让路》，被挤在右侧一栏，给它“让路”了。

《自白》含“编者前言”“编后的话”和461字的评论文章，共计3780个字。如此的块头呈现、如此的匠心处理，为什么？编辑在“编者前言”中这样写道：“在和平区公安分局刑警三队第六预审室里，一个犯人（按现在说法，应是犯罪嫌疑人）坦率地交代了他如何利用商店的麻痹、管理混乱和不正之风而进行盗窃的经过之后，在座的几位办案公安人员都感到震惊。其实，感到震惊的，何止办案人员，商店的领导不是更应该大为震惊吗？”

我们先看看这名犯罪嫌疑人是怎样自白的（有删节）：

"去年初，我去中街一个商店想买台日立牌电视机。柜台上有四台，都有毛病，请售货员再从库里拿几台，当即遭到白眼。可是陆续有人从商店内部抱出日立牌电视机，真'眼人'。趁售货员不注意，我也混进去。到里边一看，日立牌电视机摞着一大堆。几个人挑来挑去，营业员的服务态度也比柜台上热情周到。我在一旁观察，并没人问我是干什么的。当时我还没有盗窃的胆量，但这件事却给我留下很深的印象，以致成为以后"犯罪"的一个"萌点"。打这以后，我常常假扮成走'后门'的特殊顾客，观察和寻找各商店管理上的漏洞。我到友谊商店和南市百货商店内部，以'贵客'姿态浏览仓库，进出各办公场所，流窜各类便门，没有受到任何阻拦。这时我下了决心：壮着胆子干吧！去年9月份的一天中午，我去中街皮鞋三厂门市部想买双皮鞋。可是进门一看，三个售货员各居柜台一方，伏案睡觉。我喊了几声，无一人搭腔。其实三个人不可能都睡着，只不过互相推诿，不想应声。我就利用这一机会，装作在柜台看货，也不再喊她们了，轻轻从柜台里偷出一双样品鞋。"

也有"险情"出现，不过多是有惊无险：

"1982年1月份的一天上午，我从兰州商场职工通行的门，溜进三楼办公室走廊，这里放着很多落地式收唱两用机。我垂涎三尺，看四下无人，搬起一台就往回走，走到二楼时，不巧对面上来两名女营业员。这一下非同小可，但也只得硬着头皮往前走，嘴里还念念有词，说：太沉了，两个人来就好了。这招真灵，加上我的假动作，她们认为我可能是凭'后门'关系任意挑选商品的特殊顾客，不仅毫不怀疑，而且热情地给我指路，帮助开门，告诉我不必从铁楼梯下去，可以从二楼口的一扇门直接出去，这样好走……"

《自白》写得枝枝蔓蔓，很生动，对犯罪嫌疑人曾经盗窃过的一批企业也交代很清楚。等公安机关破案后却出了件怪事：公安机关去一家失窃企业

| 谁说我们丢东西啦？|

查证核实时，该企业有关人员竟然说什么都没丢——货款相符。

偷起一箱走，发现有人瞅，麻痹和混乱，热情送门口。

柜台三姐妹，伏案集体睡，小偷请自便，梦中不怪罪。

远看是个人，近看是门神，贴那不管事，盗贼出入勤。

三句打油诗，算是对《自白》的高度凝练。

一纸《自白》暴露了某些商业企业的严重问题。他们那里有那么多空当、死角，有那么多昏昏欲睡者和不负责任的人。难怪盗窃分子在那儿大摇大摆地取拿，如入无人之境。官僚主义者难道不应该从这里受到触动和教育吗？所以，在评论文章中，明确提出“希望商业部门的同志赶快铲除不正之风，从思想上、制度上、作风上，全面、彻底地检查和堵塞你们那里的漏洞，警惕这类‘大搬运’式的盗窃犯在你们那里出入和游荡”。《自白》公开发表后，在商业部门引起震惊，在社会上引起较大反响。省委财贸部、市委财贸部和市第一商业局分别发出通知，要求商业企业党政领导以《自白》为反面教材，检查工作，堵塞漏洞。《人民日报》于1982年7月14日转载了《一个盗窃犯的自白》，并加了编者按。7月27日，《人民日报》就此案发表了署名文章《盗窃犯在给我们上课》。

我们再读这组报道，不得不为前辈们的“大胆”之举击节叫好，不得不为当时社会某些乱象感到痛心。更重要的是，这组报道点中了必须变革的一个“萌点”，紧扣着时代脉搏，成为沈阳一股锐意进取、改革开放的冲击波。

在刊发《自白》一年多，同类题材再登上《沈阳日报》头版突出位置并荣获全国好新闻——《孤家子仓库沈阳储运公司贵重有色金属连连被盗》（1984年2月19日）。这篇文章重点关注了国库失窃现象：成千上万元的物资被盗走，“失主”却毫无察觉。这则新闻将近4000字，开门见山就说是失窃国库成了“开门揖盗的地方”，又以调查形式揭露了“账外物资”的秘密。稳准狠！配发的评论员文章《从孤家子仓库被盗吸取什么教训？》更见锋芒：“由于官僚主义而使国家与集体财产横遭损失的现象，并不是个别的，而是比较普遍、大量存在的，只是严重程度、危害程度有所不同罢了……上述这些反常的、令人难以容忍的现象，都说明在一些地方和部门，特别是那些‘天高皇帝远’的单位，确实存在着严重的官僚主义，而这种官僚主义正在导致大量国家财产的损失浪费，使诸多四化成果付之东流！”

对两起普通刑事案件超常规地报道，说明改革已经迫在眉睫。

要想摆脱全民族贫弱落后的状态，唯一的出路就是改革。正像人们常说的那样，改革是第二次革命。推倒“三座大山”时，曾付出代价，做出过牺牲。改革也不能例外。它不可能一顺百顺，一改就灵。会出现各种挫折，也难免失败。在改革中，“困难的积累呈几何级数增长，而对它们的认识则呈算术级数提高”。要想深入改革就必须勇于面对困难、克服困难，甚至忍受“阵痛”。从报道中，我们看到了一座城市对改革困难的再认识，对必须改革的再动员。

『惊天一破』

塔湾夕照，是著名“盛京八景”之一。

一座塔，一湾水，塔和湾结合起来是一道风景，也是一个地名。清康熙、乾隆东巡祭祖时，走的就是塔前那条街。就是这条皇帝走过的“御道”上，

| 沈阳市防爆器械厂大门 |

出现了一件震动全国、轰动世界的新闻——沈阳市防爆器械厂宣告破产。

1985 年 8 月 3 日，星期六。

沈阳市政府对负债累累，已达到破产倒闭界限的市防爆器械厂、市五金铸造厂、市第三农机厂三家集体企业发出破产警戒通告。早在这年 2 月，市政府颁布了《沈阳市关于城市集体所有制工业企业破产倒闭处理试行规定》。从 6 月开始，由市集体经济办公室、市工商局、市劳动人事局和市保险公司组成联合调查组，调查了 23 家企业，产不抵债的有 11 家。为了搞好试点，摸索倒闭企业处理的经验，这才首先通告了这三家集体企业。其中，市防爆器械厂经营管理十分混乱，连年亏损。该厂全部资产总额为 26.5 万元，负债总额却达 48.6 万元。市政府的《破产警戒通告》明确说，从 1985 年 8 月 3 日起，限期一年进行整顿和拯救，如果企业确实无力再度复苏，则立即进行破产倒闭处理。

1986 年 8 月 3 日，星期日。

|1986 年 8 月 3 日，沈阳市人民政府举行新闻发布会|

沈阳市工商局出示“红牌”：沈阳市防爆器械厂虽经各方面整顿、拯救，未能扭转困境，宣告破产倒闭。由于全国各地媒体纷纷而至，这一天，沈阳市人民政府举行了新闻发布会，就市防爆器械厂破产倒闭回答了记者提出的有关问题。在宣布破产的现场，市防爆器械厂的厂长石永阶垂着头，坐在一群胸戴白花的工人中间。后来，工人们先后离去了，只剩下了他一人。

没有自我生存能力，单纯依赖上级给“输血”“换妈妈”，终于使这个患“癌症”的企业熬到了生命的尽头。它的教训告诉人们，企业只有依靠自我锻炼健体强身，不断增强自我生存的能力，才能经受住竞争风险的考验，获得立足之地。

这起破产案后来被称为共和国“惊天第一破”。外电报道称“这是共和

| 沈阳市工商局人员在查对收缴的沈阳市防爆器械厂执照、印鉴等 |

国成立以来破天荒的做法，是中国一项重大的实验”。在搞了 30 年计划经济的中国，或者说在沈阳这个计划经济色彩浓重的老工业基地，防爆器械厂的破产无疑是“一石激起千重浪”。防爆器械厂的破产对于破除原有经济体制中的“一左二旧”和促进人们思想的大解放起到了具有转折性的作用。当 1986 年 9 月 25 日，市煤气供应公司工程队法人代表李景文用 20 万元买下防爆器械厂的 700 多平方米厂区和 500 多平方米的厂房时，也标志着沈阳市企业转制在全国创造了若干个“第一”：第一家破产企业被整体出售，第一次实行企业产权公开拍卖，第一个破产倒闭监委会成立……这些“第一”，为国有或集体企业改革起到投石问路的作用。当年 12 月，国务院经济发展研究中心在北京举办了“企业破产倒闭问题研讨班”，对防爆器械厂破产及整体收购的做法给予了肯定。

一个企业破产倒闭了，无论如何，对这个企业来说是件不愉快的事情。

| 沈阳市防爆器械厂原厂长石永阶（左）在该厂破产后到厂里领救济金证 |

就像在大海上，人们远望着一条航船触礁沉没。但是，大家由此能知道礁石耸立的确切位置，以后可以“沉舟侧畔千帆过”，这也不失为一件好事。

破产关闭了一扇旧厂门，开启的却是一条新生路。

石永阶说：“厂子倒闭了，但思想上不能倒闭。”他在家里赋闲了半年后东挪西借凑了一笔钱办起企业，仍旧生产防爆产品。十多年的摸爬滚打，企业办得红红火火。当他看到防爆产品市场饱和，产品销路不再像过去那么旺了，他又办起豆制品厂。石永阶深有感触地说过这样一段话：“企业是我自己的，个人当然有责任感。工厂制度严格，就是我自己家要吃一块豆腐，也要交一元钱。不然，企业管理不乱套啦？”充满希望的“二次创业”，使他成为中国第一批下岗工人再创业中最具代表性的一员。后来石永阶回忆，当初工厂的人都责怪他，说企业不该选择破产这条路。也是责怪他的这些人，后来走在大街上与他这个“老石头”偶尔见面时，几乎都甜滋滋地扔过来一句：“老厂长，亏得你把我们救了。”

企业破产后，防爆器械厂的 70 多名职工百分之百有了着落。有的失业职工在几年内成了拥有几十万、上百万元资产的大户。有的开了连锁酒店，有的办起了民营企业，有的开上了出租汽车，就连已经退休或接近退休年龄的老职工，由于“托管”最早，生活也无后顾之忧……

沈阳市防爆器械厂的破产，犹如一股巨大的冲击波，突破了思想上的樊篱，为中国建立企业破产制度提供了实践样本。1986 年年底，《中华人民共和国企业破产法（试行）》出炉。20 年后，《中华人民共和国企业破产法》正式出台。

小胡同里诞生大市场

1986年8月5日，沈阳，新中国第一家证券交易市场诞生。

次日，记者王锡本、姜鸣在《沈阳日报》一版以“我市出现有价证券交易市场”为题发表图文报道：“我市金融体制改革又取得新的突破——沈阳市有价证券交易市场，于8月5日上午在鞭炮声中开张营业。这是我国第一家正式开放的债券、股票交易市场。开业第一天，就有400多人参加交易，成交额达1.5万元……有价证券交易市场设在沈阳市信托投资公司（沈河区市府大路六段二十三号）。”

这样一个小小的营业部的开业，在中国和世界引起巨大的震动，国内外大批记者采访报道。中央电视台、中央人民广播电台等在当晚做了报道。新华社、《人民日报》《经济日报》《解放军报》及各省市报纸均进行报道。美国《华尔街日报》描述说“中国证券交易在沈阳市一个尘土飞扬的小胡同面条铺里开张了”。香港《明报》评论说，原来估计中国第一家证券交易市场在深圳开设，结果却在沈阳市开设了。

西方媒体将沈阳证券交易市场开业，评为中国当年十大新闻之一。

这个证券交易市场受举世关注，是因为它是中国金融体制改革的尝试，在中国现代证券史上具有里程碑意义。实际上，就在两天前，即 1986 年 8 月 3 日，沈阳已有过一次“石破天惊”：被红牌警告的沈阳市防爆器械厂经过一年的整顿、拯救，未能扭转困境，宣告破产倒闭！这起新中国历史上的第一例破产案，也是轰动全国和世界的爆炸性新闻，后来被称为“惊天第一破”。新中国第一家集体企业的破产与新中国第一家证券交易市场的诞生，在三天内一破一立、有破有立，凸显了沈阳敢为人先、锐意改革的非凡见识与勇气。

沈阳人马忠智，时任中国人民银行沈阳分行副行长，后任国务院证券委办公室副主任、国有大型企业监事会主席。在他的讲述中，新中国第一家证券交易市场在我们心中渐行渐近。

1980 年 9 月，为了适应金融改革的需要，中国人民银行沈阳分行（当时工商银行尚未分立出去）从全市选调两名同志到机关专司研究金融改革事宜。一位是时任沈阳分行皇姑区办副主任邱明晔，年过七旬，旧社会在沈阳志诚银行当过襄理；另外一人就是而立之年的马忠智。一老一小接受这项史无前例的艰巨任务后，决定先从学习、借鉴新中国成立前的银行传统业务经验做起。在两个多月时间里，马忠智整天埋在被历史淹没的知识宝库里，认真苦读，博览精思，潜心研究。“我读到证券业务部分时眼前一亮，脑海里立刻浮现出话剧《日出》里描绘的炒作股票时惊心动魄的场面。这些内容就像一块磁石吸引着我。如果说信贷业务是银行业务金字塔尖的话，那么，证券业务就是整个金融业务的金字塔尖。旧社会证券业务相当发达，但解放后照搬苏联计划经济模式，使这个当时已遥遥领先亚洲各国的资本市场戛然而止。”马忠智边学习边记录，先后摘抄了三万多字笔记，收获了进入证券领域汲取的“第一桶金”。

1984 年 7 月，一个负责金融体制改革的小组成立。马忠智说：“负责沈阳市金融体制改革的人民银行沈阳分行领导班子有孙学斌行长、孙培泮副行长和我，‘老、中、青’三结合。孙学斌行长是老领导，政治成熟，善于调动和发挥班子每位成员的积极性，让我全权负责资本市场方面的改革。孙培泮副行长精通银行各项业务，思想活跃，极具改革精神，全力支持金融体制改革。天时、地利、人和，为我解除了后顾之忧。”

后来有人认为，沈阳能在全国率先开办证券交易业务，纯属偶然。

时任中国人民银行副行长刘鸿儒（左三）深入柜台了解证券交易业务，时任沈阳市人民银行副行长马忠智（左二）陪同

马忠智说，开办证券交易业务，必须具备一定的政治、经济、金融和社会环境。沈阳当时具备了五项基本条件：

一是沈阳当时的政治环境和氛围较为宽松。市委、市政府支持和鼓励改革，积极落实“允许改革犯错误，但不允许不改革”的精神，为基层干部吃了定心丸。在这项改革措施出台之前，沈阳在全国率先研究制定了破产管理办法。

二是沈阳当时经济、金融环境较为宽松。改革开放初期，沈阳市经济经历了第一次结构性调整。市场繁荣，物价稳定，居民购买力不断提高。较为宽松的金融环境，为间接融资和直接融资比翼齐飞提供了历史机遇。

三是沈阳当时金融业相对发达，证券市场初具规模。自 1985 年开始，作为全国五个金融体制改革试点城市之一，沈阳市大刀阔斧改革，初步取得一些成效。从金融体制来看，先后完成了工商银行从人民银行分立工作，筹建保险公司；在全国较早创办了 16 家城市信用社、5 家信托投资公司，初步形成了人民银行为领导、专业银行为骨干、其他金融机构为补充的组织体系；1986 年，沈阳银行贷款规模较上年增长 39%，这个增幅是绝无仅有的。当时沈阳国库券、企业债券人均持有量居全国前列，证券发行市场相对发达，有充足的金融商品，为开放证券交易市场提供了不可或缺的前提条件。

四是沈阳有一批勇于探索、具备专业理论水平和实践经验的金融工作者。沈阳市工业总产值自 20 世纪 50 年代至 80 年代初，始终位居全国前四位。当时发达的经济培养锻炼了一批优秀金融工作者，敢于尝试、勇于改革。

五是这项金融改革措施，从策划到实施都是在中国人民银行总行和国家体改委指导下开展起来的。人民银行总行为了加强试点工作的指导，向五个试点城市分别派出联络员，使上情及时下达，下情迅速上传，发挥了积极作用。

沈阳证券交易开办第二天，马忠智他们便陆续接到来自美、英、法、日等十几个国家打来的、几乎同样内容的电话："我们十天内赶到你们那里，证券交易所会不会关闭？"显然，他们以极大的兴趣关注这项改革，又担心这项改革因不被国家认可而夭折。有一位西方新闻记者采访后不放心，在头一两月内，隔三差五来到现场看公司是否继续营业。他大概是想说不定哪一天能抓拍到强行关闭的场面，就能抢个头条新闻。当时国际上还是对我国经济体制改革信心不足，持怀疑、观望态度。

在质疑、关注中，沈阳证券交易市场稳步前进。1988 年，马忠智到财政部汇报沈阳以国库券为主的证券交易业务开展的情况并建议在全国扩大试点，同时提交了相关文件。财政部采纳了建议，并与人民银行联合下发了文件。文件中对试点城市是这样描述的："首批试点城市选择在沈阳、上海、重庆、武汉、广州、哈尔滨、深圳七个城市。"

沈阳证券交易市场，在改革开放初期为中国探索证券市场建设踏出了第一步，也为中国证券市场的发展、崛起留下了可借鉴的经验和可总结的教训。

呼啸的战机

日升月落，春秋轮回，走进沈飞航空博览园的罗阳纪念馆，我们的心灵找到了答案——

英雄远行十年整，大国重器以命铸！

“如果你没有离开，依然会，带吴钩，巡万里关山。多希望你只是小憩，醉一下再挑灯看剑，梦一回再吹角连营。你听到了吗？那战机的呼啸，没有悲伤，是为你而奏响！”这是敬一丹代表2012年中央电视台感动中国组委会，为罗阳宣读的颁奖词。

罗阳纪念馆的巨型浮雕，将时间定格在2012年11月23日，我国第一架舰载战斗机歼–15“飞鲨”成功着舰的那一刻。

那一天的8时30分，罗阳和几位航空专家早早就来到舰岛三层的连廊上迎接歼–15的到来，这里距离甲板上的飞行跑道只有三四十米。罗阳觉得自己像是一名走进考场的考生，他是代表50万航空人来填写这份答卷的。9时3分，一架歼–15飞临辽宁舰上空。罗阳仰起头不眨眼地紧盯着，不时拉长袖口擦拭着眼镜片。轰鸣声越来越大，已经可以看清楚“飞鲨”矫捷的身影。绕舰一转弯，二转弯，放下起落架，放下尾钩，试飞员娴熟地操纵着

| 罗阳纪念馆 |

战机，调整好姿态飞至舰艉后上方，对准甲板跑道，以近乎完美的轨迹迅速下滑。9 时 8 分，惊心动魄却又精彩万分的一幕出现了：500 米，300 米，100 米……歼 -15 越来越近了，发动机的轰鸣震天撼地，巨大的战机高速扑向甲板，两个主轮在触到航母甲板的同时，机腹下的尾钩牢牢钩住第二道拦阻索，“飞鲨”在滑行数十米后，稳稳停了下来。

人群顿时欢呼起来，互相击掌、拥抱。

一向沉稳的罗阳，也像个孩子一样跳了起来！歼 -15 着舰试验继续进行。三个架次又是次次成功！辽阔蓝天白云间，罗阳凝望着这优美的弧线，听着最爱的战机轰鸣，又一次落泪了……

歼 -15 飞机首次在航母上完美起降，再次令世界震惊。辽宁舰服役仅仅两个月后，“飞鲨”便已张开利齿，护卫海疆。

2012 年 11 月 25 日，圆满完成首批舰载机起降任务的辽宁舰凯旋。然而，

| 歼 -15 从航母上飞起 |

就在这个普天同庆的时刻，罗阳却永远地离开了我们。51 岁的他来不及喝庆功酒，来不及去探望 79 岁的母亲，来不及再和妻子、女儿说上一句话。

二十年设计飞机、十年制造战鹰，罗阳从一名普通的飞机设计员成长为歼 -15 等若干重点型号战机的研制现场总指挥。每一次飞机起飞前，他的手心里都攥着汗；每一次飞机落地时，他都会热泪盈眶。

其实，罗阳很早就有一个舰载机梦。1978 年，罗阳的高考分数本可以上清华、北大，但从小喜欢航空的他却选择了北航。1982 年毕业后，罗阳被分配到中航工业沈阳飞机设计研究所，正赶上歼 -8 Ⅱ型飞机进行设计攻坚。改革开放之初，国家财力捉襟见肘，科研项目少，实验室待不住，很多年轻人有了不同选择。和罗阳同年进所的 40 个高校毕业生那几年走掉了一半，罗阳却坚守着。1989 年，他考取了北京航空航天大学全日制研究生。好多所里的年轻人读完研究生后却离开了，但罗阳选择了坚守……记得在

1999 年，罗阳随中国航空代表团出访美国。他们登上美国海军的“小鹰”号航母参观。罗阳认识到，航空工业是大国博弈的制高点，是国家战略产业，靠买是买不来的，国防现代化靠等也是等不到的！

“凭罗阳当时的能力，找一个挣钱更多的单位是完全没有问题的。”曾和罗阳同在中航工业沈阳所工作过的沈飞原总工程师袁立说，“但我们这些留下来的人有一份坚守，我们坚信国家航空工业的未来需要我……”

正是这份执着与坚守，让简陋的设计室变得丰富，让寂寞的心变得明亮。

看到纪念馆里罗阳办公室的复原场景，我们禁不住心头一震，仿佛罗阳就在眼前。

国产歼 –15 舰载机首次成功降落航空母舰“辽宁舰”，一举突破了滑跃起飞、阻拦着舰等飞行关键技术，受到世界空前关注。这项技术被喻为“刀尖上的舞蹈”。“台上三分钟”的惊艳饱含了太多“台下十年功”的艰辛。作为一架全新的战机，歼 –15 由数万个零件组成，从图纸到整机，随后一次次试飞、一次次调整，从人员安排到设备更新，整个过程遇到重大问题都需要歼 –15 研制现场总指挥罗阳的指挥与决策。“干这一行，压力随时都在，压力的状态是我们的日常状态。”歼 –15 总设计师孙聪说，“何况，罗阳在歼 –15 项目之外还同时忙于其他多个重点型号飞机的研制。2002 年以后，‘611’（每周上六天班，每天 11 小时）、‘711’（每周上七天班，每天 11 小时）成了常态。”

作为研制现场总指挥，罗阳更是这样。为了让中国的战机早日翱翔蓝天，在任务最后冲刺的一个月，他也冲到了极限，工作时间变成“720”，就是每天工作达到 20 个小时。有些人不理解，这么累到底为了啥？“我想，是一种对民族强烈的情感。”孙聪说，“我们在一起聊天，多半是谈工作，我们唯一愧疚的是对子女。”

“罗总有一次来我们新机试制部，发现了一个小问题，他严厉地说‘要找出背后的原因’，我们一起谈到晚上 9 点，一起吃盒饭。”中航工业沈飞新机试制部的欧阳说，“当时，我把 10 多张图纸铺在地上，连起来有 20 多米。他就蹲着一点一点地看。”

“罗阳最后的十多天都是在旅途中度过的，我给他收拾遗物时，才发现箱子里还有一件他没来得及交给母亲的礼物。”秘书徐英志说，“那是一袋从深圳买回的老年保健品……”生命的最后一个月里，在实现两大重点型号相继成功首飞后，罗阳就立即赶赴珠海航展，紧接着又飞回沈阳，转战辽宁舰。罗阳没来得及去看望妈妈。在沈阳桃仙国际机场，他给妈妈打了电话：“妈，我现在不能回去。”这是母子二人最后的一次告别。

在罗阳纪念馆里，人们伫立在英雄的遗像前久久凝望：谦逊的笑容里带着一丝憨厚，温和地迎接大家注视的目光。可谁又知道，这样一张遗照，竟是工作人员连夜从一张庆典合影里抠图制作出来的。罗阳猝然离世的当天晚上，沈飞办公室副主任吕殿凯翻遍电脑寻找罗阳的照片，这位办事沉稳细致的老主任，不禁掩面失声痛哭：“一个大军工企业的老总，找一张标准照有这么难吗？”真的就这么难！罗阳生性低调，别说照片，偌大一个沈飞公司几乎找不到他的采访影像，只有他在生产现场的一些镜头。

干惊天动地事，做默默无闻人，这是罗阳一生的真实写照。据不完全统计，罗阳生前所获国家级荣誉成果仅三项，办公室的人员为他申报各种奖项，都会得到批评和拒绝，罗阳说：“要颁奖就颁给干活的员工或者集体，不要报我。”

要多为他人着想；

要善于观察他人的长处；

要善于听取他人的观点；

要守信用；

不把自己的观点强加于人；

不以批评的口气和他人说话；

不自以为了不起，看不起别人；

不显示自己，不争名利；

不在背后说他人的短处；

不参加不必要的争论；

不可有虚荣心、嫉妒心和报复心；

不贬低他人来抬高自己；

争论问题时不进行人身攻击、揭人短；

尽可能地少发牢骚，更不要讽刺挖苦他人来发泄自己的不满情绪。

参观到罗阳纪念馆的最后，一份“罗阳自勉录”发人深省。罗阳逝世后，他的妻子王希利在整理他的遗物时，发现他在日记本上写下的这份自勉录。后来，沈飞公司的每一位领导干部都把“自勉录”放在办公桌上。在参观的时候，我突然有一种想法：什么是罗阳精神？如果将“自勉录”与报国行动结合起来去寻找，也许会得到一个答案。

罗阳走了，但是他的梦想不会止步。

潜海的『蛟龙』

“可上九天揽月，可下五洋捉鳖”，这样的浪漫豪情在中国人追梦脚步中已化为现实。

这个神奇的时刻，就是2012年6月24日17时41分！

那一刻，在太空执行首次载人交会对接任务的神舟九号航天员景海鹏、刘旺、刘洋，向刚刚创造中国载人深潜新纪录的三位潜航员祝贺：“今天，在我们顺利完成手控交会对接任务的时候，喜闻‘蛟龙’号创造了中国载人深潜新纪录，向叶聪、刘开周、杨波三位潜航员致以崇高的敬意，祝愿中国载人深潜事业取得新的更大成就！祝愿我们的祖国繁荣昌盛！”

在8个小时零40分钟前，三位潜航员驾驶“蛟龙”号载人潜水器到达马里亚纳海沟7020米深海底，在世界载人深潜榜单前列刻下了中国人的名字。在7000米海底，潜航员叶聪、刘开周、杨波向神舟九号送上祝福：“祝愿景海鹏、刘旺、刘洋三位航天员神舟九号与天宫一号对接顺利！祝愿我国载人航天、载人深潜事业取得辉煌成就。”

2012年6月24日。这一天，举世震惊，举世关注。

在2012年“蛟龙”号第四次海试中，刘开周与叶聪、杨波在我国载人深潜史上首次突破7000米大关，并实现海天对话。一方在7000米深的海底，另一方在上百万公里外的太空。在这一伟大的历史时刻，刘开周真正感受到了什么叫扬眉吐气，什么叫大国重器。

三天后的6月27日，中国“蛟龙”再次刷新了“中国深度”——下潜7062米。

在“蛟龙”号之前，世界上只有美国、日本、法国、俄罗斯四个国家拥有载人深潜器。这些国家的深潜器最大工作深度为6500米，而“蛟龙”号的最大工作设计深度为7000米，具备深海探矿、海底高精度地形测量、可疑物探测与捕获、深海生物考察等功能，理论上它的工作范围可覆盖全球99.8%的海洋区域。“蛟龙”号的诞生和启用，让中国有了参与这场海洋战略资源争夺战的能力。美国《华尔街日报》早在2011年7月20日发表的《中国正扑向深海宝藏》的文章中称，中国在太平洋的深潜计划或将在开发世界海洋潜藏的矿产资源方面超越美国，并认为“蛟龙”号下潜5000米的计划将成为中国在高风险科技领域与美国竞争的标志性事件。在那时，他们还没想到，中国深潜的深度远远超出他们的预想，一下子到了7000米的海底。

到了21世纪，世界各国的海洋竞争变得空前激烈，深海载人潜水器的自主研制也重新被提上日程。2001年1月，在中国大洋协会主持下，各方达成了研制载人深海潜水器的共识；2002年6月，科技部正式把7000米载人深海潜水器列为“863”计划“十五”期间重大专项，也就是“蛟龙”号。

中科院沈阳自动化研究所是“蛟龙”号的主要研制单位之一，刘开周参与并主攻“蛟龙”号控制系统的研制，包括潜水器信息感知、导航、控制、综合信息显示和控制数据后处理。刘开周说，控制系统相当于“蛟龙”号的大脑指挥中枢系统，控制系统设计指标绝对过硬，才能保证水下操作如臂使指、运用自如。为此，他所在的科研团队付出了常人难以想象的辛劳，接二连三地突破技术难关。他自参加工作以来，一直从事水下机器人体系结构、

|"蛟龙"号载人潜水器|

系统建模、智能控制、半物理仿真、导航定位理论及应用方面研究工作，先后主持和参加了多项国家级重大项目，取得了多项创新性研究成果。

“快到海底时，我们打开设备，探测海底距离。当航行到 7000 多米深的时候开始往下落的过程，像汽车溜车一样，基本上是边航行边下潜，第一次到达海底时为 7015 米。”作为设计人员，刘开周主动请缨成为试航员。“作为试航员，我虽然不需要像潜航员那样进行生理、心理以及密闭空间封闭训练等，但对身体和心理的基本素质和业务能力都是一个考验。比如，潜水器在水面布放、回收甲板的时候，都是非常考验身体和心理素质的。”

当时“蛟龙”号浮出水面后，海况不是很好，之前刚下过雨，海面还有风浪，船体摇晃得很厉害。“到达水面时，我们要报告潜水器位置，然后母

| “蛟龙”号“看”到的深海世界 |

船再靠近将潜水器回收到甲板，在海上情况比较复杂，母船的位置不容易调整，有时候虽然离潜水器很近，但位置不便于回收，需要绕很大的弯，整个过程大概需要 30 至 40 分钟。”

最让刘开周没想到的是，那次下潜竟然与“神九”实现穿越海天的对话。这让三位潜航员都非常激动。更让他没有想到的是，水声电话竟然如此清晰。“蛟龙”号科学考察取得许多国际前沿科研成果，标志着中国深海载人科研和资源勘探能力达到国际先进水平，对我国深海技术装备发展产生了巨大的辐射带动作用，为人类探索海洋、研究海洋、保护海洋作出了突出贡献。刘开周因此受到了习近平总书记的亲切接见，并荣获中共中央、国务院授予的“载人深潜英雄”称号。

“蛟龙”镇海，得益于一支刻苦钻研、科研能力强、能打硬仗的团队。中科院沈阳自动化所“蛟龙”号控制系统团队获得了包括“载人深潜英雄集体”“全国专业技术人才先进集体”“全国五一劳动奖状”“全国五一劳动奖章”“中国青年五四奖章集体”和“国家科学技术进步一等奖”等诸多荣誉和奖励。

“蛟龙”一次次破纪录地深潜，无疑拓宽了中国深海的科研空间。从刚起步时的50米到2011年的5000米，再到2012年的7000米，这条“中国蛟龙”证明其有能力在全球99.8%的海底游弋，对中国开展海底勘探、了解海洋生物乃至生命起源研究构成有力的技术支撑。一次次挫折，一次次改进，“蛟龙”举世瞩目的突破远非一日之功，离不开长期以来国家对科技创新的投入、对人才培养的重视，凝聚了无数科研人员多年的心血。

| 刘开周、叶聪、杨波三位潜航员走出“蛟龙”号船舱 |

对于中科院沈阳自动化研究所来说，“海斗一号”是另外一个经典。

2020年5月，由中国科学院沈阳自动化研究所主持研制的“海斗一号”全海深自主遥控潜水器，在马里亚纳海沟实现4次万米下潜，填补了中国万米级作业型无人潜水器的空白。这标志着我国无人潜水器技术跨入了一个可覆盖全海深探测与作业的新阶段。2021年10月，“海斗一号”再探马里亚纳海沟，在国际上首次对挑战者深渊西部凹陷区进行大范围、全覆盖巡航探测。

提到潜水器或水下机器人，有一个人是绕不开的，“中国机器人之父”——中科院沈阳自动化研究所原所长蒋新松，他生前曾经是国家“863”计划自动化领域的首席科学家。他是最初提出要把智能机器人在海洋中应用作为国家重点课题的人，领导并成功主持了一系列工业机器人和水下机器人的研制，把中国海洋机器人研究推向了世界最高水平。潜水器也经过有缆、无缆和载人三个阶段，走到了今天的高度。无论“蛟龙”还是“海斗一号”，都是中国科技孜孜进取、不断超越的一个缩影，更代表了一种不畏艰险、赶超世界的精神。

中国之舞

即使时过境迁，几乎所有中国人都不会忘记那个举世惊艳的“北京8分钟”。

2018年2月25日，在韩国平昌冬奥会闭幕式上，24台新松机器人载着冰屏，时而雁阵排开，时而众星拱月，与26名冰滑演员娴熟炫舞，配合得天衣无缝，创造了人机共舞的“世界之最”。短短8分钟，凝结了沈阳新松机器人数千名研发人员此前创造上千个专利、实现800余项重大技术突破、填补中国机器人产业百余个空白的18年。

那一刻，有一位老人正目不转睛地盯着电视直播，手心里全是汗。

“一点儿错也不能出，万一出问题可没法挽回！”

“嘿！一点儿错没出，真好！”

这位年逾古稀的老者是中国科学院沈阳自动化研究所第二任所长、中国工程院院士王天然。虽已离开研发岗位，但老人一直挂念着一路披荆斩棘的新松机器人。他明白，舞台上撼人心魄的中国之舞，背后有多少技术支撑和汗水浇灌。“工业用的移动机器人走的都是直线，哪有走蛇形曲线特意弯弯绕的。”时任新松机器人总裁曲道奎说，舞蹈机器人与工业机器人最大的不

| 平昌冬奥会上惊艳的“北京 8 分钟” |

同在于艺术性。在寒冷、湿滑的室外完成 16 套舞蹈动作，对风雪、信号干扰等不可控因素只能“往最坏处想”，导航避障必须精确到毫米级，否则人机碰撞就会酿成事故。

这是一场科技之舞，将网络技术、互联技术、云计算及传感控制等高新技术融为一体；这是一场视觉盛宴，向全球展示了中国在机器人、人工智能领域取得的重大科技成就。在潮水般的掌声中，站在场边的新松团队人人满眼是泪。

“老师，我们想你了。”庆功会上，曲道奎动情地举杯，向恩师蒋新松遥寄思念。

“我们是中科院之子，融入我们血脉的基因是祖国。”曲道奎至今诵读恩师的文章依然心潮澎湃。“这篇《祖国和科学，我心目中的依恋和追求》字字滚烫——科学应是我们为之献身的事业，不是晋升的台阶。有伟大的目

中科院沈阳自动化研究所原所长蒋新松

标，才能有持久的、百折不挠的动力和毅力。”

“梁园虽好，非己故园，晚归不如早回，归去来兮！”

这是1993年春天曲道奎写给中国科学院沈阳自动化研究所的“一封家书”中的话。那年秋天，比邻法国的德国城市萨尔布吕肯市散发着浓浓的古典美。那里靠近沃尔夫斯堡——欧洲最大的汽车制造厂德国大众汽车总部所在地。坐在整洁干净的萨尔布吕肯大学学生宿舍里，研究员曲道奎挥笔写下这封“家书”。这封信源于老师蒋新松的一个电话。蒋新松打来电话，希望他回国去组建一个新的部门——中科院沈阳自动化所机器人研究开发部，并领衔中国机器人由理论研究向工程化、市场化迈进。2000年，新松机器人只是一家由中国科学院沈阳自动化研究所一个事业部二十几个年轻人集体“下海”成立的小公司，没有产品、市场、厂房的“三无”企业。

新松成立之初，面对的是“豺狼环伺”状态。当时，几乎所有世界著名的机器人大公司都把“战场”设在中国，在中国机器人市场“围猎”。几乎所有的中国高端机器人市场均被国际知名机器人大牌公司垄断。

让国产机器人产品走向市场，建立民族品牌，是新松成立时最基本职责。

薪火相传是日复一日地坚持，让优秀成为习惯；薪火相传是不忘初心地前行，从优秀走向卓越。新松抓住了中国机器人产业的发展机遇期，从初具规模到2005年酝酿上市只用了五年。之后，又用四年，新松公司于2009年10月30日正式在深圳证券交易所挂牌上市，成为中国“机器人第一股”。

“引领行业发展、推动产业进步、提升生活品质”，新松这样表述其三大历史使命。当下，中国将机器人和智能制造纳入了国家科技创新的优先重点领域，新松的成长历程具有样本意义。曲道奎回忆起那段激情岁月，毫不掩饰自豪之情。技术创新力自不必说。新松坚持只引领、不跟随，只创造、不仿造。新松从工业机器人做起，发展到世界品种最全的五大系列产品。移动机器人出口发达国家，焊接机器人在汽车产业与国外一较高低，洁净机器人成功替代国外产品，特种机器人可以满足客户的个性化需求，服务机器人全面发展。面向“工业4.0”推出系列系统解决方案，智能装备、智能物流、智能工厂、智能交通等。

| 新松机器人的进行现场演示 |

企业架构创新真正体现了科研人员创业的严谨性和前瞻性。

每填补一项空白，就减掉了国际垄断的一分傲慢。

这是一场时不我待、前赴后继的接力奔跑。

第一棒，当然是蒋新松等那几个人；第二棒，是曲道奎等 40 个人；第三棒，是已逾 4000 人的、包括“80 后”“90 后”“00 后”的新松创新团队……五湖四海、少长咸集，新松人有着同一梦想：让国产机器人跃动中国心。

无论是以身殉职的“中国机器人之父”蒋新松，还是孜孜矻矻的王天然、曲道奎，哪怕是一个年轻的新松人，一句“我的背后是祖国，我不能有一丝一毫的误差”，都会顿时让听者心湖起狂澜。国产机器人始终跳动着中国心，它们是“中国速度、中国水平”的缩影。

心往沈阳

2021 年 3 月 8 日，《沈阳日报》接到一个来自哈尔滨的求助电话。

打电话的是李树源烈士的妹妹李淑华。她从网上看到了《沈阳日报》的寻亲报道和央视军事频道播放的纪录片《告慰英灵的寻访》，便打电话问问

|2014 年，首批在韩志愿军烈士遗骸在沈阳抗美援朝烈士陵园安葬|

烈士证丢失了怎么补办。她的大哥李树源是志愿军二十七军战士，1950年12月在长津湖战役中牺牲。家里原有革命军人阵亡通知书，后来丢失了。现在补办遇到困难，由于没有原始凭证，当地部门说补办不了。这种情况，只能先找到烈士证明材料。我们咨询相关部门，将相关政策和路径告诉她。

2021年3月，李淑华特意回了一趟老家“山东省牟平县北水桃林村”（今属烟台市莱山区），并从烟台市抗美援朝烈士名录中找到了李树源烈士的信息。从山东返回时，李淑华特意来到沈阳抗美援朝烈士陵园。英名墙前，她向哥哥哭诉：“我还记得你骑着大马、戴着红花走时的样子，那时我6岁。你当兵后，我收到了你从蚌埠给我邮来的花布，妈妈用花布给我做了一件旗袍，我非常喜欢，我知道你最喜欢我这个最小的妹妹了。爸爸临终前让我一定找到你，这些年我找你找得好辛苦，有机会我还要去朝鲜祭拜哥哥。我费了很大劲儿，现在烈士证终于能补办了。我要把烈士证作为我们家的传家宝传承下去，让家人不忘你曾经为国家作出的贡献，你是我们全家的骄傲。”2022年2月25日，李树源的烈士证明书重新颁发了。

在烈士陵园里，战争留下的泪水，从来没有干过。

国之大事，在祀与戎。

如今的沈阳，担负着这样的“国之大事”。在这座城市，英雄的名字不只是一个符号，这些带着热血与温度的名字已经内化为城市的精神，有了生命、有了灵魂，融入了城市的血脉。每年清明节，或者抗美援朝的纪念日，尤其是自2014年始，一年一度的在韩志愿军烈士遗骸回归之时，沈阳便是志愿军烈士亲人们“聚会”的地方。他们或相约或独行，来到沈阳、走进烈士陵园。浓浓的志愿军情结在整个城市中弥漫，无处不在。

志愿军二十三军参谋长饶惠谭烈士的儿子饶政刚曾说：“每年的清明节，是我们烈士亲人的一次重要聚会。我们要将烈士的故事传承下去，让后来人知道这段历史。”很多烈士的家属不知道烈士安葬地，也来到沈阳抗美援朝

2014 年，烈士家属代表在烈士陵园参加首批在韩志愿军烈士遗骸安葬仪式

烈士陵园祭拜。像哈尔滨的张立元、赵瑞英两位老人，他们分别是张立芳烈士的弟弟、赵熙荣烈士的妹妹，相约来到沈阳抗美援朝烈士陵园祭扫。张立元说："这里长眠的烈士们，都是我的哥哥。"他将绽放的鲜花敬上，努力踮起脚尖，把纪念碑每一个能够摸到的字都轻轻抚摸一遍，仿佛这触摸能穿过岁月，穿过硝烟弥漫的战场，触到烈士的面庞。而赵瑞英进入烈士陵园后，坚持从轮椅上下来，艰难地迈上台阶，向纪念碑深鞠躬十几次，长跪不起。

每一座墓碑下，都埋着一位烈士的忠魂、一个英雄的故事、一种家国的情怀。

习近平总书记在《在纪念中国人民志愿军抗美援朝出国作战 70 周年大会上的讲话》中指出："在他们中涌现出杨根思、黄继光、邱少云等 30 多万名英雄功臣和近 6000 个功臣集体。英雄们说：我们的身后就是祖国，为了祖国人民的和平，我们不能后退一步！这种血性令敌人胆寒，让天地动容！"

他提到的杨根思、黄继光、邱少云三位英烈代表，就被安葬在沈阳抗美援朝烈士陵园。而且，包括他们在内的安葬在沈阳的123位英烈，都是30多万名英雄功臣和近6000个功臣集体的最典型代表。当鸭绿江南岸的硝烟还未消散时，沈阳人民便以最庄严的方式迎接烈士回家。自1951年4月开始，由东北人民政府拨款、东北军区政治部负责修建了烈士陵园，同年8月完工。1951年12月10日，东北军区将陵园正式移交沈阳市民政局管理。陵园中所安葬的烈士遗体，多是1951年5月至1955年底从朝鲜战场运送回来的。

这些烈士中，有杨根思、黄继光、邱少云、孙占元、杨连弟五大烈士；也有倪祥明、齐进虎、孙生禄、孟瑚、赵吉祥、张学智等战斗英雄；还有罗春生、李雪瑞、王珩、胡乾秀、汤景仲、刘光义、张茂生等团职以上的志愿军干部，其中包括志愿军五十军副军长蔡正国、志愿军三十九军副军长吴国璋、

2008年清明节期间，范万章烈士的妹妹范淑兰从新疆来到沈阳扫墓。在抗美援朝战场，范万章生前共击落敌机5架、击伤1架，牺牲后被授予“二级英雄”称号

志愿军二十三军参谋长饶惠谭……

他们都是身经百战、战功赫赫的英雄。

这样的志愿军烈士集中安葬地、这样的忠骨地，自然受到全国人民的关注。年复一年，日复一日，这里从来不缺少虔诚的祭拜者。沈阳已经被越来越多的人视作纪念抗美援朝英烈、弘扬抗美援朝精神的重要场所。

我们要记住这个数字：123。

对于烈士家属来说，这是一个有着无限寄托和岁月沉淀的数字。

一年一批，这里迎回了在韩志愿军烈士遗骸。

2014 年首次“迎归”之时，有一个极为特殊的人群虔诚地守在沈阳抗美援朝烈士陵园门口，男男女女，大多是六七十岁。当车队缓缓驶来时，一位两鬓染白的男子突然抱着一张镶着相框的照片，双眼含泪，他突然像孩子一样喊出：“我要爸爸！”在场所有人都潸然泪下。他们都是志愿军烈士的子女。

| 在烈士陵园，市民在墓碑前敬拜 |

因为战争，他们失去了父亲。几十年中，虽然每个人都有着不同的人生境遇，却有着相似的成长伤痛。如今，他们已至暮年，却初衷不改地为着同一个目标走到一起，苦寻、查找父亲的安葬地。每一次迎接在韩志愿军烈士遗骸回国，他们都会格外重视，甚至不少人固执地认为里面也许就有他们的父亲。

2014 年至 2022 年，累计有 9 批 913 位在韩志愿军烈士的遗骸回国，被安葬于沈阳。有关部门在归国志愿军烈士的 8000 多件遗物中，以 2019 年以来公布的 37 枚刻有名字的印章为线索，查找档案，发动社会力量，进行 DNA 检测，确认了 10 位烈士身份。历经千辛万苦，在茫茫人海中完成一次又一次穿越时空、跨越千里的“双向奔赴”，这 10 位烈士在沈阳抗美援朝烈士陵园内，终与亲人“团聚”。“自从知道了爷爷葬在沈阳，我们家就对沈阳有了一种特殊的思念之情。看望爷爷，已成为家庭成员的神圣责任。”

老战士在英名墙前祭拜烈士们

展志忠烈士的孙子展保成说。如今，印章数已经增加至 37 枚。

“913+X”，又是一个与沈阳不可分割的数字。

913，这是截至 2022 年 9 月在沈阳安葬在韩志愿军烈士遗骸的数字；加个“X”，是因为这个数字在以后相当一段时间内还会不断地增长，每一次增长都将记录泪水的浸泡、情感的流动、家国的碰撞、敬意的凝结和精神的传承。每每迎来这样的增量，我们这个国家的血脉在偾张、激情在燃烧。

这里，还伫立着刻有 197653 位烈士名字的英名墙。

哈尔滨的李淑华老人就是选择在这里祭拜哥哥。这面墙高 3 米、长 200 米，由 138 块黑金砂花岗岩组成，上面浩若繁星的名字给祭拜者带来了巨大震撼，一排排名字定格在一条条曾经年轻的生命，在一个个痛失亲人的英雄家庭，在一个个载入史册的悲壮故事，在一段段宝贵的国家记忆。建立烈士英名墙，体现了国家对每一位烈士的尊重与缅怀，让抗美援朝英雄群体变得更加具体清晰，也让烈士后代拥有一处祭拜、追思的场所。全国各地的志愿军烈属都渴盼来到沈阳，在烈士英名墙上找到自己亲人的名字，拜上一拜。2020 年 10 月 28 日，从山东邹城赶来的徐丙香老人在英名墙上见到父亲徐德元的名字时，数十年的思念和数十年的泪水，都在这一刻涌出眼眶。徐德元烈士于 1953 年 1 月牺牲，他和女儿徐丙香最后一次见面还是在她四五岁的时候。

这样与亲人见面的场景，几乎每天都会在英名墙前出现，摆放的鲜花从没有断过。每一束鲜花背后，都有一个悲情的故事。那些萦绕心头大半辈子的思念之情，也终在英名墙找到安放之所。烈士陵园的工作人员每天都要接听来自全国各地的志愿军烈属打来的问询电话，有找烈士亲人的，有寻求补办烈士证的。工作人员记录得很详细、很认真，因为他们明白“对烈士家属而言，这可能是最后一丝希望”。英名墙上，197653 位烈士刻上了 174407 个名字（其中 23246 位为重名的烈士）。刻满名字的英名墙很具体，是所有参战的中国人民志愿军的代表。

一座生动解读抗美援朝精神的烈士陵园，一年一批在韩志愿军烈士遗骸地“迎归”，一面刻满烈士名字的英名墙，形成了“123-913-X-197653”序列，就像密码本上的一串代码。而这就是沈阳这座英雄城市的英雄代码。这是李淑华老人“心往沈阳”的原因，也是全国人民“心往沈阳”的原因。这样一串包含深意的英雄代码，是这块全国抗美援朝最大忠骨地的有力证明和典型特征。

对于沈阳来说，抗美援朝有着特殊的现实意义。

沈阳与抗美援朝本就有着浓浓的血脉联系。

从 1950 年开始，沈阳被打上了“抗美援朝烙印”。为支援抗美援朝，全市有 20 个产业系统、254 个工厂企业完成了林林总总的增产节约计划和紧急情况下的军需任务。沈阳在战争中实现了工业的新发展，搭起了较为完备的工业体系，形成了以机床、电机电器制造工业和航空工业为核心的国家重工业基地。沈阳，也被苏联专家誉为“中国八大城市之一，中国独一无二的大工业城市”。如今，这座城市发生了巨变，过去的痕迹多不可寻，但亲朋相聚说起抗美援朝，才发现那段属于“1950—1953”的城市记忆依旧无处不在。在那些错综复杂的家族关系中，爷爷、奶奶、外公、外婆、父亲、母亲、叔叔、大爷、舅舅、舅妈、姨妈、姨父……只要说起来，这样的亲情代码就有可能与抗美援朝和支援抗美援朝有着千丝万缕的联系。

这样的城市血脉、记忆代码，是如此的与众不同。

它凝聚了无数城市英雄的丰碑，浓缩了一座城市的集体记忆、情感共振与精神支撑。再加上“123-913-X-197653”这样的英雄代码，沈阳便是人们心目中名副其实的“志愿军之城”，是可以以国家名义祭拜抗美援朝英烈的节点城市。这也是每逢清明节、抗美援朝纪念日或者烈士纪念日，越来越多的烈士亲属和全国人民“心往沈阳”的原因。

后记

在“沈阳文化丛书”中，有幸承担了沈阳“革命故事”和“英雄故事”的讲述。

这次撰写，我们也有了一次集中整理、总结沉淀的机会。2008年至2023年15年间，我们以《沈阳日报》为主要阵地，在不同的历史、时间节点，紧扣抗战精神、抗美援朝精神和劳模精神三大精神，围绕抗日战争起始地、解放战争转折地、新中国国歌素材地、抗美援朝出征地、共和国工业奠基地、雷锋精神发祥地“六地”红色文化印记，推出大型调研式主题报道超过300万字。而这300多万字，是沈阳这座英雄城市最生动、最深沉、最饱满的历史，也是撰写这本《峥嵘岁月》的基础。

关于“抗日战争起始地”，我们从打响中国抗战第一枪到沈阳第一次光复，再到对最后一批日本战犯的审判，我们对在沈阳这片土地上发生的“抗战往事”，进行了较为系统完整的链条式调研与呈现，仅在报纸发表的内容便有100万字，如从2014年开始并持续至今的《口述实录·我的抗战》、2015年的《从一所中学的流亡抗战看民族崛起》、2016年的《“九君子”真相》和《九月秋》、2016年至2022年的《家脉国魂·告翁书》等，这些大型主题报道从不同的视角对沈阳的抗战历史进行了有温度、有思考的讲述。

关于“解放战争转折地”，我们对沈阳解放的关注点，不仅仅是1948年，还是中共中央作出“挺进东北”决定的1945年，甚至是中共奉天支部初建的1925年。其中最为典型的是2022年庆祝建党101周年大型主题报道《支部密码》。这样的采访报道经历，也使我们对东北全境解放的历史意义有了更为准确的理解与定位。

关于“新中国国歌素材地”，我们于2017年走遍沈阳地区义勇军故地，全面梳理了沈阳地区的“义勇军往事”，推出《国歌墙前出发——探访沈阳地区义勇军故地》，总字数超过20万字。近20年内，我们又数次重走抗联路。在此基础上，伴随着调研与思考，提出了“沈阳是国歌精神的发源地”等观点，引起辽沈学界的广泛关注与共鸣。

关于“抗美援朝出征地”，它是我们所用时间最长、所付情感最多的主题。从2008年至今，在15年的时间里，我们不断讲述了有关抗美援朝烈士、弘扬抗美援朝精神的故事，报道总字数约120万字。先是2008年至2010年，我们从全国13个省、市、自治区寻找53位没有亲人扫墓的烈士的亲人。再从2014年清明节前夕开始，推出“心灵的祭台”专栏，讲述志愿军烈士的家事、家史并持续至今。在此期间，我们围绕着沈阳的“1950—1953”，在纸端、互联网端和移动端搭起一个“心灵的祭台”，为这座英雄城市增添了一抹温暖的底色，在人们心中不断激荡的回响。

关于“共和国工业奠基地”，我们更多地关注了劳模（劳动）精神。这在常态报道、日常报道中做了较为充分的呈现，最典型的便是2020年集结出版的《沈阳老厂记忆》。

关于“雷锋精神发祥地”，我们先是在全国寻访25任“雷锋班”班长的基础上，于2013年出版《雷锋正能量 25任“雷锋班”班长的故事》一书。而后，从2016年开始设立“雷锋‘引力波’”专栏，长期关注这座城市平凡英雄的代表，捕捉雷锋精神所释放的“微波微澜”。我们的“雷锋记录”，坚持至今也超过60万字了。

我们从身边的历史出发，积累了一批城市文化的“素材”。

本书约有九成以上的内容源自这些“素材”。我们重新整理这些内容，很多时候会产生选择困难症，做出选择后却又心疼不已。然后，我们又特别庆幸竟然做过了这些事。感谢辽沈地区一批专家学者，在历次大型报道中给予无私的支持、指导和帮助，使我们不至于走偏方向。受限于时间、视野、精力、水平等因素，本书在内容选择、语言表述等方面可能存有瑕疵。在此，恳请每位阅读本书的人勘谬纠错，批评指正，那将是对我、对我们的最大爱护，也是对英雄沈阳最大的尊重。